PRIX CLUB DES LECTEURS

Ce livre a été lu en avant-première par des lecteurs et libraires de la France entière, membres des Clubs des Lecteurs J'ai lu. Chaque mois, ces passionnés se réunissent pour partager leur amour des livres. Cette année, ils vont plus loin en élisant leur livre préféré parmi six romans.

Librairie Lagon Noir à Aix-en-Provence (13)
Brigitte, Caroline, Charlotte, Delphine, Kenza, Lucile, Nathalie, Stéphan

Espace Culturel E.Leclerc à Gouesnou (29)
Annaïg, Brigitte, Christine, Claudie, Françoise, Gwen, Hélène, Inès, Isabelle, Karine, Marion, Morgan, Nathalie, Nelly, Virginie

Librairie Olbia à Hyères (83)
Danielle, Françoise, Jessica, Lucie, Marcello, Maryse, Monique

Librairie un point un trait à Lodève (34)
Agnès, Cécile, Christelle, Colette, Cynthia, Élisabeth, Hélène G., Hélène T., Isabelle M., Isabelle P., Magali, Maud, Marie, Marie-José, Marion, Martine, Palma, Raoul, Sarah B., Sarah R., Stephan

Librairie-papeterie Colbert à Mont-Saint-Aignan (76)
Brigitte, Catherine, Christiane, Christine, Jérôme, Monique, Odile

Librairie Forum à Saint-Étienne (42)
Camille, Cécile, Clémence, Dominique, Edina, Fernando, Isabelle, Marie, Raphaël, Samia, Stéphanie

Cultura à Venette (60)
Delphine, Gwenaelle, Isabelle D., Isabelle N., Maryline, Noémie, Régine, Sylvie

Retrouvez toutes les informations sur le prix, la sélection et les clubs sur le site des Éditions J'ai lu : www.jailu.com

La librairie des rêves ensevelis

MADELINE MARTIN

La librairie des rêves ensevelis

ROMAN

Traduit de l'anglais (États-Unis)
par Élisabeth Luc

J'AI LU

TITRE ORIGINAL
The Last Bookshop in London

Aux auteurs de tous les livres que j'ai lus.
Merci de m'avoir procuré tant d'évasion,
de connaissances et d'avoir fait de moi ce que je suis.

CHAPITRE 1

Août 1939, Londres

Grace Bennett avait toujours rêvé de vivre à Londres. Mais elle n'aurait jamais imaginé qu'un jour, ce serait sa seule solution. Surtout à l'aube de la guerre…

La rame s'immobilisa à la station Farringdon, dans le quartier d'Islington, au nord de la capitale. Son nom était inscrit dans un rectangle bleu entouré d'un cercle rouge, le logo du métro londonien. Sur le quai régnait l'effervescence des usagers impatients de monter. Des citadins élégamment vêtus et bien plus sophistiqués que les gens de Drayton, Norfolk.

— On est arrivées, annonça Grace avec un mélange d'anxiété et d'enthousiasme.

Elle se tourna vers son amie, assise à côté d'elle. Viv reboucha son bâton de rouge à lèvres et esquissa un sourire vermillon. Puis elle regarda par la fenêtre pour observer les affiches publicitaires qui tapissaient la paroi arrondie de la station.

— Après toutes ces années… nous y sommes !

Elle prit la main de Grace dans la sienne et la serra très fort.

Dès leur plus tendre enfance, Viv brûlait de quitter leur bourgade rurale pour connaître le frisson de la grande ville. À l'époque, c'était une idée un peu folle. Grace n'aurait jamais imaginé qu'elle serait contrainte de partir.

Mais plus rien ne retenait Grace à Drayton désormais.

Les deux amies se levèrent pour récupérer leurs bagages. Chacune se contentait d'une lourde valise pleine à craquer, car leurs mouvements étaient déjà entravés par l'étui du masque à gaz qu'elles portaient en bandoulière. La population était tenue de se munir de ce terrible accessoire en permanence en cas d'attaque aérienne.

Par chance, Britton Street ne se trouvait qu'à deux minutes de marche, d'après Mrs Weatherford, une amie de longue date de la mère de Grace.

Cette dame avait une chambre à louer. Un an plus tôt, elle l'avait proposée à Grace, qui venait de perdre sa mère. Les conditions étaient avantageuses : pas de loyer les deux premiers mois, le temps que Grace trouve un emploi, et un tarif préférentiel par la suite. Malgré son envie de s'installer à Londres et les encouragements de Viv, la jeune femme était restée une année de plus à Drayton dans l'espoir de remettre de l'ordre dans son existence brisée.

C'était avant de découvrir que la maison qu'elle habitait depuis sa naissance appartenait en réalité à son oncle, et que celui-ci y emménage avec son épouse et cinq marmots envahissants. Avant que sa vie bascule davantage dans le chaos...

Grace n'avait plus sa place sous son propre toit. Sa tante n'avait cessé de le lui rabâcher, à tel point qu'elle s'était sentie de trop dans ce foyer pourtant rassurant et chaleureux du temps de sa mère. Quand sa tante avait enfin eu l'audace de la chasser, Grace n'avait plus eu le choix.

Le mois précédent, la mort dans l'âme, Grace avait donc écrit à Mrs Weatherford pour savoir si sa proposition tenait toujours, une épreuve qui lui avait donné l'impression de rendre les armes face à l'adversité. Elle éprouvait un sentiment d'échec.

Grace n'avait jamais brillé par son courage. En cet instant, elle se demandait encore si elle aurait réussi à venir jusqu'à Londres sans Viv, qui avait insisté pour l'accompagner.

Pleine d'appréhension, elle attendit que les portes du métro s'ouvrent sur un monde nouveau.

— Ce sera merveilleux, tu verras, murmura Viv. Bien mieux que là-bas, je te le promets.

Dès que les battants s'écartèrent dans un fracas métallique, elles émergèrent sur le quai au cœur d'une marée humaine. Les portes claquèrent et la rame redémarra dans un courant d'air qui fit voleter les jupes et les cheveux des jeunes femmes.

Sur une affiche, un séduisant maître-nageur fumait une cigarette Chesterfield, tandis qu'une autre appelait les hommes de Londres à s'engager dans l'armée, un rappel de la guerre qui s'annonçait et des dangers accrus de la vie citadine. Si Hitler décidait d'envahir la Grande-Bretagne, son premier objectif serait la capitale et ses habitants.

— Grace ! Regarde ! s'exclama Viv.

Grace se détourna de l'affiche pour observer l'escalier mécanique qui montait comme par magie et qui semblait disparaître au-delà du plafond voûté de la station, dans la ville de leurs rêves.

Oubliant les publicités qui bordaient le quai, elles se ruèrent vers l'escalator en contenant à grand-peine leur enthousiasme. Se laissant porter, Viv ne se sentait plus de joie.

— Je t'avais bien dit que ce serait fantastique !

Soudain, la réalité frappa Grace de plein fouet. Pendant des années, elles avaient rêvé, échafaudé mille projets, et elles y étaient ! Loin de l'oncle de Grace, ce tyran, et de l'autorité des parents très stricts de Viv. Londres leur tendait les bras.

Oubliant les problèmes qu'elles avaient laissés à Drayton, les deux amies émergèrent dans la rue tels deux oiseaux en cage sur le point de déployer leurs ailes pour prendre leur envol.

Autour d'elles se dressaient des bâtiments si hauts que, en levant le regard pour voir leur sommet, Grace dut se protéger les yeux du soleil. Elles surgirent dans une rue animée bordée d'enseignes colorées, un salon de coiffure, une pharmacie. Des camions passaient en grondant, croisant un autobus à impériale d'un rouge aussi éclatant que les ongles de Viv.

Grace dut se retenir pour ne pas agripper le bras de son amie. Fascinée, les yeux écarquillés, Viv redevenait une fille de la campagne découvrant la capitale, malgré sa toilette à la dernière mode et ses boucles auburn très en vogue. Moins coquette, Grace arborait quant à elle sa plus belle robe, qui lui arrivait juste au-dessous du genou. Elle l'avait resserrée à la taille à l'aide d'une fine ceinture noire assortie à ses chaussures à petits talons. L'ensemble était moins élégant que la robe à pois noirs et blancs de Viv, mais le coton bleu pâle mettait en valeur ses yeux gris et ses cheveux clairs.

C'était Viv qui lui avait confectionné cette robe. Celle-ci avait toujours nourri les plus grandes ambitions pour elles deux. Au fil des années, elles avaient passé des heures à coudre leurs vêtements et à se boucler les cheveux, à dévorer les magazines féminins pour s'informer des dernières tendances tout en s'efforçant de perdre leur léger accent provincial. Avec ses pommettes hautes et ses longs cils bruns, Viv aurait largement mérité sa place dans les pages de ces magazines.

Elles se frayèrent un chemin dans la foule des passants en direction de Britton Street, peinant sous le poids de leurs valises. Par chance, Mrs Weatherford leur avait fourni des instructions précises dans sa dernière lettre.

En revanche, elle n'avait pas évoqué les signes avant-coureurs de la guerre.

Dans la rue, des affiches appelaient les hommes à prendre leurs responsabilités, d'autres incitaient à ignorer la menace de Hitler et à réserver quand même des billets pour les vacances d'été. Une barricade de sacs de sable encadrait une porte sur laquelle une pancarte en noir et blanc indiquait qu'il s'agissait d'un abri contre les attaques aériennes.

Mrs Weatherford n'avait pas menti. Elles atteignirent Britton Street en deux minutes à peine et trouvèrent facilement la maison en briques. La porte verte était ornée d'un heurtoir en cuivre étincelant. Une jardinière de pétunias violets et blancs ornait le rebord d'une fenêtre.

Leur nouveau foyer.

Viv gravit les marches du perron d'un pas alerte et frappa à la porte. Brûlant d'impatience, Grace la suivit. Leur logeuse n'était autre que la meilleure amie de sa mère, une femme qui leur avait rendu visite plusieurs fois quand Grace était petite.

Lorsque Mrs Weatherford avait rencontré Beatrice, la mère de Grace, elle vivait encore en province. Après son déménagement, leur amitié avait perduré pendant la Grande Guerre qui avait coûté la vie à leurs maris respectifs, puis durant la longue maladie qui avait emporté Beatrice.

Mrs Weatherford apparut dans l'entrebâillement de la porte, plus âgée que dans les souvenirs de Grace. Si elle n'avait rien perdu de ses rondeurs, de son teint rose et de son regard bleu et pétillant, elle portait désormais de petites lunettes rondes et ses cheveux bruns étaient striés de gris.

La logeuse posa d'abord les yeux sur Grace et porta une main à sa bouche.

— Seigneur ! souffla-t-elle. Tu es le portrait craché de ta mère, Grace ! Beatrice était si jolie, avec ses beaux yeux gris.

Elle ouvrit la porte en grand, révélant sa robe de coton blanc parsemée de fleurs. Derrière elle, l'entrée était étroite, mais soignée.

— Entrez donc !

Grace murmura des remerciements, touchée par ce compliment qui ravivait hélas son chagrin.

Elle traîna presque sa valise à l'intérieur. Il y flottait de délicieuses effluves de viande et de légumes qui lui mirent l'eau à la bouche. Depuis la mort de sa mère, elle n'avait pas mangé un vrai bon repas. Sa tante n'avait rien d'un cordon-bleu et Grace, qui travaillait tard au magasin de son oncle, n'avait pas le temps de cuisiner.

Grace foula un tapis crème à motif fleuri, un peu élimé par endroits, mais d'une propreté impeccable.

— Bonjour, Vivienne, dit Mrs Weatherford dès que la jeune femme rejoignit Grace dans le hall.

— Mes amis m'appellent Viv, répondit-elle avec son sourire charmeur.

— Vous êtes de vraies beautés toutes les deux ! Vous allez faire rougir mon fils, c'est certain.

Elle leur fit signe de poser leurs bagages à terre.

— Colin ! s'écria-t-elle depuis le bas de l'escalier en bois ciré. Occupe-toi des bagages de ces demoiselles pendant que je mets de l'eau à chauffer pour le thé !

— Comment va Colin ? s'enquit poliment Grace.

Le jeune homme avait lui aussi perdu son père lors de la Grande Guerre. Bien qu'il ait deux ans de moins qu'elle, ils avaient souvent joué ensemble. Grace gardait de lui un souvenir tendre. Il y avait toujours eu une douceur chez Colin, une gentillesse sincère derrière l'intelligence vive de son regard.

Exaspérée, sa mère leva les mains au ciel :

— Ce garçon essaie de sauver le monde en recueillant tous les animaux blessés qu'il croise.

À en juger par son rire indulgent, cette manie la dérangeait moins qu'elle ne le prétendait.

Grace balaya l'entrée du regard. Sur une tablette trônait un téléphone noir et brillant, un luxe pour l'époque. Le papier peint à motif bleu et blanc un peu passé était assorti aux huisseries. L'ensemble était sobre, mais immaculé. Grace eut la certitude qu'elle ne trouverait pas un grain de poussière.

Des pas résonnèrent dans l'escalier. Un jeune homme brun coiffé avec soin apparut, vêtu d'un pantalon marron et d'une chemise blanche. Son sourire timide adoucissait ses traits, le faisant paraître plus jeune que ses vingt et un ans.

— Salut, Grace !

— Colin ? fit-elle, incrédule, face au garçon qui la dépassait d'une tête.

Il rougit, une réaction touchante. Il n'avait rien perdu de sa douceur au fil des années.

— Tu as bien grandi depuis notre dernière rencontre, dis-moi !

Encore plus intimidé, il haussa ses frêles épaules et adressa un signe de tête à Viv, qu'il connaissait également, car les deux amies avaient toujours été inséparables.

— Bienvenue à Londres ! Maman et moi vous attendions avec impatience.

Il sourit à Grace et se pencha vers les deux valises.

— Je m'occupe de vos bagages ?

— Ce n'est pas de refus, répondit Viv. Merci, Colin.

Il les monta sans effort à l'étage.

Mrs Weatherford se tourna vers l'escalier avec un regard plein d'adoration.

— C'est un bon garçon. Venez boire une tasse de thé. Ensuite, je vous ferai visiter la maison.

Elle les entraîna dans la cuisine inondée de lumière grâce à une fenêtre, au-dessus de l'évier, et à la porte vitrée. La petite pièce était aussi impeccable que l'entrée. Quelques assiettes séchaient dans l'égouttoir. Deux torchons jaune citron étaient pliés avec soin sur le comptoir et il émanait d'un plat qui mijotait un fumet appétissant.

La logeuse leur désigna une table entourée de quatre chaises blanches, puis elle s'empara de la bouilloire posée sur le fourneau.

— Ton oncle a bien choisi son moment pour reprendre possession de sa maison, juste avant une guerre ! Cela ne m'étonne pas d'Horace…

Masquant à peine son dégoût, elle fit couler de l'eau dans l'évier.

— Beatrice redoutait qu'il ne le fasse, mais elle est tombée malade si brutalement…

En remplissant la bouilloire, Mrs Weatherford observa Grace à la dérobée.

— Je ne devrais pas parler de tout ça. Tu viens à peine d'arriver. Je suis tellement contente de vous recevoir ici, les filles ! J'aurais préféré que les circonstances soient différentes…

Grace ne sut que lui répondre.

— Vous avez une maison ravissante, madame Weatherford, intervint Viv.

— C'est gentil, fit la maîtresse des lieux, flattée, en fermant le robinet. Elle était dans la famille de mon Thomas depuis plusieurs générations. Elle a connu des jours meilleurs, mais on se débrouille…

Sous la fine galette jaune couvrant les sièges, les jeunes femmes sentaient la dureté du bois.

— Merci encore de nous héberger. C'est très généreux…

— Oh, ce n'est pas grand-chose !

Mrs Weatherford posa la bouilloire sur le feu et alluma le brûleur à gaz.

— Je ferais n'importe quoi pour la fille de ma meilleure amie.

— Vous croyez qu'il sera difficile de trouver un emploi ? poursuivit Viv d'un ton détaché.

Grace n'était pas dupe. Son amie rêvait depuis toujours d'être vendeuse. En vérité, cette perspective ne lui déplaisait pas non plus. Travailler dans un grand magasin tel que Woolworths ne manquait pas de prestige.

Mrs Weatherford esquissa un sourire conspirateur.

— Il se trouve que je connais un certain nombre de vendeuses à Londres. Je suis sûre que je pourrai vous aider. De plus, Colin travaille chez Harrods. Il pourra vous recommander.

Le regard de Viv s'illumina. Incapable de maîtriser son enthousiasme, elle répéta le nom du magasin d'un ton rêveur.

Mrs Weatherford prit un torchon et sécha une assiette.

— Je dois dire que vous n'avez pas du tout l'accent de Drayton, admit-elle.

— Merci, dit Viv en redressant la tête. On a beaucoup travaillé là-dessus. On espère que ce sera un atout pour décrocher un poste.

— Tant mieux, commenta la logeuse en rangeant ses assiettes dans le placard. Je suppose que vous avez des lettres de recommandation.

La veille de leur départ pour la capitale, Viv avait passé des heures sur une machine à écrire qu'elle avait empruntée pour taper une fausse lettre. Elle avait proposé d'en rédiger une pour Grace, qui avait décliné son offre.

Dès que la logeuse eut le dos tourné, Viv adressa à son amie un regard lourd de sens.

— Nous avons des références, assura Viv avec aplomb.

— Viv en a une, corrigea Grace. Pas moi, hélas. Mon oncle a refusé de me remettre des références pour le temps que j'ai passé dans sa boutique.

Cela avait été son ultime coup bas, sa vengeance pour avoir « abandonné le magasin » où elle avait travaillé une grande partie de sa jeune vie. Peu lui importait que ce soit son épouse qui ait chassé Grace de la maison. Il regrettait de ne plus l'avoir à sa botte, corvéable à merci, voilà tout.

La bouilloire se mit à siffler et à cracher un jet de vapeur. Mrs Weatherford l'ôta aussitôt du feu, puis elle plaça une cuillerée de feuilles de thé dans la théière avant d'y verser l'eau bouillante.

— C'est dommage, vraiment dommage...

Elle grommela quelques paroles désobligeantes sur Horace en disposant trois tasses, un petit pot de lait et un sucrier sur son plateau en argent.

— Tu ne seras jamais engagée dans un grand magasin sans références, Grace, ajouta-t-elle, la mine renfrognée.

Cette dernière encaissa le coup. Peut-être aurait-elle dû opter pour une fausse lettre, finalement.

— Néanmoins, reprit Mrs Weatherford en posant son plateau sur la table, je pense à un endroit où tu pourrais travailler pendant six mois pour obtenir un document valable.

— Grace serait parfaite pour n'importe quel poste, assura Viv en ajoutant un peu de sucre dans son thé. Elle a toujours eu d'excellentes notes à l'école, surtout en maths. Elle a tenu la quincaillerie de son oncle avec brio.

— Dans ce cas, il ne devrait y avoir aucun problème, répondit la maîtresse de maison en buvant une gorgée de thé.

Sentant un frôlement sur son mollet, Grace baissa les yeux et découvrit un chaton tigré qui l'implorait de ses grands yeux d'ambre. Attendrie, la jeune femme caressa sa fourrure douce et le gratta entre les oreilles. Aussitôt, l'animal se mit à ronronner.

— Vous avez un chat ?

— Seulement pour quelques jours. J'espère que cela ne te dérange pas.

Mrs Weatherford voulut le chasser d'un geste, mais il resta posté près de Grace.

— Ce petit vaurien s'installe dans la cuisine dès qu'il sent qu'un repas se prépare, expliqua-t-elle face à la gourmandise éhontée de son pensionnaire. Colin adore les animaux. Si je lui permettais de garder toutes les créatures blessées qu'il recueille, cette maison deviendrait une véritable ménagerie.

Le chaton roula sur le dos, révélant une tache blanche en forme d'étoile sur son poitrail. Grace le caressa de plus belle et les ronronnements redoublèrent.

— Comment s'appelle-t-il ?

— Tabby, pour faire référence à son pelage tigré, pouffa Mrs Weatherford en levant les yeux au ciel. Mon fils est plus doué pour sauver les animaux que pour leur trouver un nom.

Colin choisit cet instant précis pour entrer dans la cuisine. Tabby se redressa aussitôt et trottina à la rencontre de son sauveur, qui le prit délicatement dans ses grandes mains.

— Sortez de ma cuisine, tous les deux ! Allez, ouste ! gronda Mrs Weatherford.

— Désolé, Maman.

Le jeune homme adressa un sourire contrit aux jeunes femmes et s'éloigna, le chaton contre son torse.

Sa mère secoua la tête avec affection.

— Je passerai voir Mr Evans pour qu'il t'engage.

Elle s'assit à nouveau et se tourna en direction du jardin avec un soupir las. En suivant son regard, Grace aperçut un trou creusé dans la terre, à côté d'un amas de fleurs déracinées et d'une pile de feuilles de tôle ondulée. Sans doute un abri Anderson en construction.

Si Grace n'en avait pas vu à Drayton, où les risques de bombardement étaient limités, elle savait que des « Andy », tels qu'on les surnommait familièrement, avaient été distribués dans plusieurs villes. Les habitants devaient installer ces petits abris antiaériens préfabriqués dans leur jardin au cas où Hitler attaquerait la Grande-Bretagne.

La jeune femme fut parcourue d'un frisson d'appréhension. Pourquoi fallait-il qu'elles réalisent leur rêve à l'aube d'une guerre ? En s'installant à Londres, elles devenaient des cibles de choix pour les bombardiers.

Cela dit, un retour à Drayton n'était pas envisageable. Elle préférait affronter le danger dans une ville choisie plutôt que de subir un jour de plus l'hostilité de son oncle et de sa tante.

À son tour, Viv jeta un coup d'œil par la fenêtre et se détourna aussitôt. Après une jeunesse rurale, elle ne voulait plus mettre les mains dans la terre. Elle avait déjà donné !

Mrs Weatherford soupira encore et but une gorgée de thé.

— J'avais un beau jardin, avant...

— Il retrouvera sa splendeur, promit Grace d'un ton qui se voulait assuré.

Si les Allemands bombardaient la capitale, aucun jardin n'en sortirait intact. Quant aux dégâts sur la population elle-même...

De sinistres pensées s'insinuèrent dans son esprit.

— Mrs Weatherford, dit-elle soudain, chassant ses idées noires, je peux savoir quel genre de commerce tient Mr Evans ?

— Bien sûr, mon petit ! répondit la logeuse avec un regard pétillant. C'est une librairie.

Grace masqua sa déception. Elle ne connaissait pas grand-chose aux livres. À Drayton, toute tentative de lecture était sans cesse interrompue. Elle avait été bien trop occupée à travailler d'arrache-pied pour songer à feuilleter un ouvrage...

La quincaillerie de l'oncle Horace était facile à gérer, d'autant que les bouilloires, torchons et autres vases lui étaient des objets familiers qui n'exigeaient guère de connaissances particulières. En revanche, la littérature était pour elle un domaine inconnu.

Enfin, presque.

Elle gardait le souvenir d'un recueil des contes de Grimm à la couverture décorée d'une élégante princesse. Elle aimait tant se plonger dans les illustrations colorées tandis que la voix douce de sa mère lui narrait ces récits pleins de magie ! En dehors de cette œuvre liée à son enfance, Grace n'avait jamais eu le temps de lire.

— Formidable ! déclara-t-elle avec un large sourire pour cacher son appréhension.

Elle se débrouillerait. Ce ne pouvait être pire que de travailler chez son oncle… Mais comment diable allait-elle réussir à vendre des livres ?

CHAPITRE 2

Le premier jour à la librairie Primrose Hill Books ne se déroula pas comme prévu.

Certes, Grace ne s'attendait pas à un miracle, mais elle espérait au moins que le patron serait informé de son arrivée.

Grâce aux directives comme toujours efficaces de Mrs Weatherford, la jeune femme n'eut aucun mal à trouver l'endroit. Contrairement à ce que suggérait son nom, la modeste boutique n'était pas située sur Primrose Hill. Elle faisait partie des nombreux petits commerces bordant Hosier Lane. En cet après-midi nuageux, les vitrines reflétaient le gris du ciel. Une façade en stuc d'un jaune fané, lacérée de fissures, surmontait une devanture peinte en noir. « Primrose Hill Books » figurait en grosses lettres noires et brillantes calligraphiées avec soin sur une enseigne blanche. Si l'ensemble se voulait élégant, Grace trouva la boutique triste et austère.

La même atmosphère morne se dégageait des vitrines sombres. Elles étaient striées de bandes collées un peu de travers, sans se soucier de l'alignement ou de l'aspect visuel. Nombreux étaient ceux qui protégeaient leurs vitrines et fenêtres à l'aide de ces rubans adhésifs, en prévision d'éventuels bombardements. Mais en général, ce travail était effectué avec soin.

Grace ne put maîtriser une certaine appréhension. Et si Mr Evans lui demandait le titre du dernier livre qu'elle avait lu ? Pour se donner du courage, elle prit une profonde inspiration avant de pousser la porte. Un carillon au tintement d'une gaieté incongrue annonça son entrée.

Une odeur de renfermé et de laine mouillée envahit aussitôt les narines de la jeune femme. À en juger par la couche de poussière qui couvrait les rayonnages, le ménage n'avait pas été fait depuis longtemps. Des livres s'empilaient sur le plancher, créant une impression de désordre que soulignait l'état du comptoir encombré de documents, de petits bouts de crayons taillés trop souvent et d'un bric-à-brac indescriptible.

Pas étonnant que Mr Evans ait besoin d'aide.

— Appelez-moi si vous avez besoin de quelque chose ! lança la voix rocailleuse d'un homme invisible.

— Monsieur Evans ?

Grace s'enfonça plus loin dans la boutique. De hauts rayonnages se dressaient bien au-dessus de sa tête, si serrés qu'elle se demanda comment les clients pouvaient se faufiler au milieu pour chercher un ouvrage. Le premier étage en mezzanine, visible au-dessus des étagères, semblait tout aussi encombré et désordonné que le rez-de-chaussée. Par rapport à la façade, l'intérieur exigu de la librairie paraissait sur le point d'exploser.

La jeune femme entendit des pas traînants, puis un homme corpulent aux cheveux blancs et aux sourcils broussailleux émergea d'entre deux rayonnages, un livre ouvert entre les mains. Il leva les yeux de sa lecture et observa longuement la nouvelle venue, sans dire un mot.

— Monsieur Evans ?

Elle contourna prudemment une pile de livres.

— Qui êtes-vous ? demanda Evans en haussant les sourcils.

Grace brûlait d'envie de se frayer un chemin vers la sortie dans cette forêt d'ouvrages, mais elle était venue dans un but précis. Elle se ressaisit et se redressa fièrement.

— Bonjour, monsieur Evans. Je suis Grace Bennett. Je viens de la part de Mrs Weatherford pour le poste de vendeuse.

Le libraire plissa ses yeux bleus derrière ses petites lunettes.

— De quoi se mêle-t-elle, celle-là ? Je lui ai pourtant dit que je n'avais besoin de personne.

— Pardon ? s'étonna Grace.

Il baissa les yeux vers son livre et se détourna.

— Vous n'avez rien à faire ici, miss Bennett.

D'instinct, Grace recula d'un pas vers la porte.

— Je... je vois, bredouilla-t-elle. Excusez-moi de vous avoir dérangé.

Sans un mot de plus, Evans se terra entre ses rayonnages pour lui signifier qu'elle pouvait disposer.

Éberluée, elle observa le vieil homme. S'il ne l'embauchait pas, quelles étaient ses chances d'obtenir une lettre de références ? Elle ne connaissait personne, à Londres, à part Mrs Weatherford, Colin et Viv. Qu'allait-elle devenir dans cette grande ville, si loin de chez elle ?

Prise de panique, les mains moites, elle décida de ne pas baisser les bras. Il fallait qu'elle se batte pour cet emploi dont elle avait tant besoin.

Et si elle se retrouvait dans l'impossibilité de payer son loyer dans deux mois ? Elle n'aurait pas le courage de faire à nouveau appel à la générosité de Mrs Weatherford. Et elle ne pourrait compter sur l'aide de Viv non plus.

Soudain, Grace se sentit oppressée dans cet espace confiné, comme si les rayonnages qui la dominaient menaçaient de l'ensevelir sous une avalanche de livres. Elle aurait dû rester et se battre, mais son esprit était en plein tumulte. Sa mère lui manquait tant en cet instant, avec ses précieux conseils et ses encouragements !

Sans un mot, Grace regagna l'avant de la boutique et sortit.

D'un pas vif, elle se dirigea vers Britton Street. Elle avait envie d'être seule pour ruminer son manque de courage. Hélas, elle n'en eut pas l'occasion. Au salon, Viv tenait compagnie à Mrs Weatherford. Colin avait travaillé toute la nuit au Pet Kingdom, la célèbre animalerie exotique de chez Harrods, à soigner un éléphanteau. Il tentait de faire manger un morceau de viande planté sur une fourchette à Tabby, le chaton, sous les encouragements de Viv, qui tenait l'animal dans ses bras. Dès que Grace eut franchi le seuil, tous les regards se posèrent sur elle.

Malgré la bienveillance de ses amis, elle eut envie de s'échapper pour ne pas avoir à leur avouer qu'elle s'était défilée devant la première difficulté.

— Ton entretien avec Mr Evans s'est bien passé ? lança Mrs Weatherford depuis son fauteuil bordeaux.

Grace s'empourpra, mais parvint à afficher un sourire forcé.

— J'ai la nette impression qu'il ne cherche pas une vendeuse, déclara-t-elle d'un ton qui se voulait nonchalant.

— Qu'est-ce qui te fait croire une chose pareille ?

Gênée, Grace hésita un instant.

— Il me l'a dit franchement.

Contrariée, Mrs Weatherford se leva.

— Colin, mets de l'eau à chauffer !

Assis par terre, sur le tapis, le jeune homme leva les yeux vers elle.

— Tu veux prendre le thé au salon, maintenant ?

— Ce n'est pas pour moi, expliqua-t-elle en se hâtant vers l'escalier. C'est pour Grace. Elle doit avoir besoin d'un petit remontant, le temps que j'aille dire deux mots à Mr Evans.

— Attends ! fit Viv en retenant Colin par l'épaule.

Elle déposa Tabby à terre et se leva.

— Au lieu de boire du thé, allons plutôt nous promener, proposa-t-elle. Grace, tu es déjà sur ton trente et un et mon entretien d'embauche n'a lieu que demain après-midi. Allons explorer la ville !

Viv avait obtenu un rendez-vous au service du personnel de chez Harrods, en partie grâce à Colin, qui y travaillait depuis plusieurs années, et grâce à sa lettre de références. *Quelle chance*, songea Grace, qui n'était en rien jalouse de son amie.

Elle n'avait pas envie de quitter le calme de la maison, mais Viv affichait un sourire si enthousiaste qu'elle se trouva incapable de refuser. Viv mit si peu de temps à se préparer qu'elle redescendit en même temps que Mrs Weatherford. Toutes deux arboraient un chapeau. Leurs talons hauts martelaient le parquet ciré.

— Je vous fiche mon billet que Mr Evans t'engagera, assura Mrs Weatherford en redressant légèrement son chapeau face au miroir de l'entrée. Sinon, il s'en mordra les doigts !

Grace aurait voulu protester, affirmer qu'elle n'avait pas besoin de ce poste ni du coup de pouce que lui proposait Mrs Weatherford.

Avant qu'elle ne puisse prononcer un mot, Mrs Weatherford sortit sur le perron d'un pas déterminé.

Viv prit Grace par la main.

— Allons admirer les merveilles de Londres, ma belle, dit-elle en adoptant un accent très chic.

Grace ne put réprimer un sourire et se laissa entraîner, abandonnant Colin avec Tabby.

Les deux amies furent vite entraînées dans l'effervescence de la ville, parmi les hauts bâtiments, les enseignes aux couleurs vives et la circulation dense et bruyante. Elles avancèrent d'un bon pas, au rythme effréné de la capitale.

Hélas, à l'approche de la guerre, Londres avait perdu de sa magie et de son éclat. Derrière les sacs de sable, son âme était mise à nu par les abris et les tranchées.

Comment ignorer de tels signaux ?

Les préparatifs étaient moins flagrants à Drayton. Les gens s'étaient presque amusés à poser du ruban tissé sur leurs vitres et redoutaient plus le rationnement que les bombardements.

Bien sûr, rien n'empêchait les deux amies d'oublier momentanément ces signes de mauvais augure. En entrant pour la première fois chez Harrods, Grace et Viv admirèrent les plafonds bordés d'élégantes moulures, les colonnes de style égyptien et les superbes éclairages. Le magasin était aussi vaste que les champs des alentours de Drayton et proposait des produits plus fascinants et sophistiqués les uns que les autres. Grace effleura des foulards en soie si fine qu'elle avait l'impression de toucher un nuage. Les flacons de parfum exposés derrière des vitrines étincelantes embaumaient l'atmosphère d'effluves luxueux et entêtants.

L'espace le plus extraordinaire était sans conteste le Pet Kingdom, l'animalerie exotique. L'éléphanteau que Colin avait passé la nuit à rassurer se roulait dans le foin tandis qu'un bébé léopard léchait avidement sa fourrure en observant les deux jeunes femmes de ses yeux verts curieux.

— Imagine, fit Grace d'un ton rêveur, tandis qu'elles déambulaient dans les allées. Tu seras bientôt vendeuse ici.

— Tu aurais vraiment dû me laisser t'inventer une lettre de références, murmura Viv.

L'enthousiasme de Grace retomba d'un cran quand elle songea à ce qui l'attendait si Mr Evans cédait à Mrs Weatherford. Le libraire semblait si bourru...

Et pourtant, Grace avait été incapable de tricher pour décrocher un emploi. Elle n'avait jamais su mentir. Elle rougissait et bredouillait... sans doute s'empêtrerait-elle dans de fausses explications. Sachant que Viv ne la laisserait pas tranquille tant qu'elle n'aurait pas obtenu l'ombre d'un compromis, elle concéda :

— Peut-être... à défaut d'une autre solution, j'y songerai.

— C'est comme si c'était fait, lança Viv dont le visage s'illumina.

— Seulement en dernier recours !

Grace espéra soudain que la redoutable Mrs Weatherford parvienne à infléchir Mr Evans.

Viv se contenta d'un vague grommellement tant elle était captivée par une paire de bas de soie. Elle reposa l'article à regret et caressa l'emballage.

— Tu sais ce qu'il nous reste à faire ?

Elle fit volte-face avec un tel enthousiasme que sa jupe verte voleta autour de ses genoux.

— Nous ne sommes pas allées à Hyde Park.

Grace sourit. En été, allongées dans l'herbe des prés, leur jeu préféré consistait à faire mine de se prélasser à Hyde Park !

— C'est un peu plus loin dans la rue, répondit-elle d'un air entendu.

— Il faudrait déjà trouver la sortie… fit Viv en balayant du regard les étals somptueux.

Grace chercha des yeux une issue, en vain. Elles mirent un temps fou à s'orienter et se perdirent même entre les rayons literie et jardinage. Enfin, elles émergèrent dans la rue et mirent le cap sur Hyde Park.

Elles s'attendaient à découvrir des groupes de chaises longues occupées par des promeneurs aux tenues extravagantes, les eaux scintillantes du Serpentine et un gazon si tendre et vert qu'elles auraient eu envie d'enlever leurs chaussures pour le fouler. En revanche, elles n'avaient pas prévu de trouver des tranchées creusées dans le sol et, pire encore, d'énormes canons.

Ces armes massives dépassaient la hauteur d'un homme, soutenues par des roues si grandes qu'elles arrivaient à la taille de Grace. Un long fût dépassait de chaque structure et se dressait vers le ciel, prêt à abattre un avion ennemi.

Grace leva les yeux vers les épais nuages comme si un escadron pouvait surgir à tout moment.

— Ne vous en faites pas pour les Allemands, mesdemoiselles, déclara un vieil homme en s'arrêtant devant elles. Ces canons antiaériens les descendront avant qu'ils ne puissent nous frapper. Vous ne risquez rien.

Grace en eut le souffle coupé. Alarmée par ces propos, Viv esquissa un sourire poli. L'homme effleura le bord de son chapeau et poursuivit son chemin dans le parc, un journal roulé sous le bras.

— Il va vraiment y avoir une guerre, n'est-ce pas ? murmura Viv.

Tout le monde le savait, même si beaucoup refusaient de l'admettre.

Les vacances avaient été écourtées et les enseignants priés de rentrer plus tôt pour préparer une éventuelle évacuation de milliers d'enfants londoniens vers la province. Si les autorités prévoyaient de déplacer les petits vers la campagne, la guerre était inévitable…

Viv s'était exprimée d'un ton résigné qui serra le cœur de Grace.

— Tu n'es pas obligée d'habiter ici, Viv. C'est dangereux. Tu n'es venue à Londres que pour m'aider, parce que j'avais trop peur de me lancer seule dans cette aventure. Tu pourrais…

— Retourner à Drayton ? fit Viv d'un air de dégoût. Plutôt mourir que de m'enterrer dans ce trou.

Nous risquons de nous retrouver enterrées quand même, mais sous les décombres, songea Grace.

Une pensée macabre que soulignait la présence de ces canons antiaériens, qui ressemblaient à des oiseaux de mauvais augure.

— La guerre n'est pas encore déclarée, rappela Viv en ajustant la bandoulière de l'étui de son masque à gaz. Viens, retournons chez Mrs Weatherford pour voir si elle a réussi à faire entendre raison à Mr Evans.

Grace fit une moue.

— Il ne veut pas plus m'engager que je n'ai envie de travailler chez lui, avoua-t-elle. Sa librairie est vieille et poussiéreuse, pleine de livres dont je n'ai jamais entendu parler.

— Voilà pourquoi ce poste est idéal pour toi, mon canard, railla Viv avec une lueur malicieuse dans le regard.

Grace sourit. Sa mère la surnommait ainsi quand elle était petite à cause des boucles blondes qui lui tombaient sur la nuque. Elles lui rappelaient la queue d'un canard. Seule Viv utilisait désormais ce terme affectueux.

— La quincaillerie de ton oncle n'était qu'un trou à rats crasseux avant ton arrivée, rétorqua Viv, les mains sur les hanches. Et quelque chose me dit que Mrs Weatherford forcera Mr Evans à t'écrire une lettre de recommandation dans six mois. Il n'osera pas refuser.

L'image de Mrs Weatherford malmenant le libraire était presque amusante.

— Un vrai combat de titans.

— Je sais sur qui je vais parier, fit Viv, espiègle. Rentrons voir si elle a obtenu gain de cause.

À leur retour à Britton Street, elles trouvèrent leur logeuse au salon. Un délicieux fumet de rôti flottait dans la maison. *Encore un dîner succulent en perspective*, songea Grace. Mrs Weatherford était aussi fin cordon-bleu que sa mère.

— Ah, vous voilà, les filles ! Grace, Mr Evans te versera un salaire honnête. Tu commences demain à huit heures sonnantes.

La jeune femme ôta ses chaussures et, sans enfiler ses pantoufles, foula l'épais tapis du salon.

— Vous voulez dire que… ?

— Oui, confirma-t-elle avec un sourire triomphant. Tu es la nouvelle vendeuse de Primrose Hill Books.

La jeune femme était à la fois soulagée et exaltée. Elle avait du travail et gagnerait sa vie à Londres ! Peut-être pourrait-elle tourner définitivement la page sur Drayton et son oncle…

— Merci de lui avoir parlé, Mrs Weatherford. C'est très gentil à vous.

— Ce fut un plaisir, mon petit.

Les deux amies n'en doutaient pas une seconde.

— Pourquoi la librairie porte-t-elle ce nom si elle ne se trouve pas sur Primrose Hill ?

Le sourire rêveur de Mrs Weatherford suggérait l'existence d'une bonne raison.

— Mr Evans et son épouse, paix à son âme, se sont rencontrés à Primrose Hill. Ils étaient adossés au même arbre et ont découvert qu'ils lisaient le même livre. Vous imaginez ? C'est ainsi que, une fois mariés, ils ont décidé de baptiser leur librairie Primrose Hill Books. C'est follement romantique, non ?

Grace avait du mal à imaginer ce vieux bougon en jeune homme transi d'amour. Néanmoins, l'anecdote était charmante. Travailler chez

Primrose Hill Books ne serait peut-être pas si terrible, finalement...

D'autant qu'elle n'avait besoin d'y rester que six mois.

CHAPITRE 3

Le lendemain matin, pleine d'appréhension, Grace se présenta à la librairie à huit heures moins dix. La veille, Viv lui avait ondulé les cheveux à la perfection. Cette dernière n'avait rendez-vous chez Harrods que dans l'après-midi, mais elle s'était levée aux aurores pour souhaiter bonne chance à son amie.

Et Grace en aurait grand besoin.

Lorsqu'elle franchit le seuil du magasin, Mr Evans se tenait derrière son comptoir encombré. Il portait une veste en tweed sur sa chemise. En entendant le carillon de la porte, il ne prit même pas la peine de lever les yeux.

— Bonjour, miss Bennett, énonça-t-il d'un ton morne.

Grace lui sourit, déterminée à repartir sur de nouvelles bases avec son patron, à moins qu'il ne s'agisse d'une forme de capitulation de sa part. Question de point de vue.

— Bonjour, monsieur Evans. Je vous remercie de me permettre de travailler chez vous.

Il la regarda enfin derrière les verres épais de ses petites lunettes. Ce jour-là, il avait essayé de dompter ses mèches blanches et même ses sourcils broussailleux.

— Je n'ai pas besoin d'une employée. Cette bonne femme m'a harcelé jusqu'à ce que j'accepte, expliqua-t-il en agitant un index un peu rageur. Et ne vous attachez pas trop à ce travail, miss Bennett. Vous n'êtes là que pour six mois.

Soulagée, Grace se détendit un peu. Au moins, Mr Evans ne s'attendait pas à ce qu'elle passe sa vie entière dans sa librairie, corvéable à merci.

— Je ne m'attacherai pas, promit-elle sincèrement.

S'attacher à ce nid à poussière ? Impossible ! Sans parler du désordre, de ces centaines de livres qui semblaient sur le point de déborder sur le trottoir. Dans la quincaillerie de son oncle, au moins, la marchandise était classée par rayons. Qu'allait-elle faire de ce chaos ?

Un sentiment d'impuissance montait en elle. Par où commencer ? Mr Evans avait-il un rôle précis à lui confier ?

Elle resta plantée là, son sac à main et son étui de masque à gaz en bandoulière, son chapeau sur la tête. Le libraire ne parut pas s'en rendre compte. Il inscrivit une série de chiffres dans un registre, tenant son minuscule crayon à papier avec soin, ce qui n'était pas facile, car il n'en restait plus grand-chose.

— Où puis-je poser mes affaires ? demanda enfin Grace.

— Dans l'arrière-boutique, marmonna-t-il sans s'interrompre.

Au fond du magasin, elle discerna une porte.

— Que voulez-vous que je fasse ensuite ?

La mine du crayon se brisa d'un coup sec. Mr Evans poussa un soupir de frustration et leva les yeux vers la jeune femme.

— Je vous l'ai dit : je n'ai pas besoin d'aide. Vous n'avez qu'à vous installer dans l'arrière-boutique pour coudre, lire, vous limer les ongles, que sais-je ? Cela m'est complètement égal !

Grace hocha la tête et longea une allée bordée de rayonnages vers la porte du fond. Elle était surmontée d'une plaque en cuivre gravée : « Primrose Hill Books, où les lecteurs trouvent l'amour ». Un bon présage pour les six mois à venir, espéra-t-elle.

La petite pièce était étroite et mal éclairée par une ampoule nue, meublée d'une table et d'une chaise rudimentaires. Les murs étaient tapissés de cartons entassés qui réduisaient l'espace et rendaient les lieux encore moins accueillants que la boutique elle-même, ce que Grace aurait cru impossible. Elle accrocha son manteau et son sac à des patères avant de regagner l'avant de la boutique.

Grace n'avait jamais apprécié la couture, qui était plutôt la spécialité de Viv, et n'avait aucune idée de livre à ouvrir. En observant ses ongles, en revanche, elle regretta d'avoir laissé sa lime à la maison.

Il ne lui restait plus qu'à trouver de quoi s'occuper. Les étagères avaient grand besoin d'être dépoussiérées, même si l'époussetage ne faisait pas partie des activités suggérées par le libraire.

Trois heures plus tard, toussotant dans un nuage de poussière, Grace regrettait de s'être attelée à cette tâche ingrate. Elle avait sali son corsage blanc à motif fleuri, l'un de ses préférés. Chaque fois qu'elle toussait, le libraire la foudroyait d'un regard noir.

Plusieurs clients s'étaient présentés. Tout en s'activant, la jeune femme s'était efforcée de rester à proximité au cas où ils auraient eu besoin d'un renseignement.

Qu'aurait-elle fait si l'un d'eux lui avait posé une question ? Par chance, ils l'avaient laissée tranquille, sauf lorsque le libraire s'était absenté pour faire une pause dans le pub du quartier.

— Excusez-moi, miss, avez-vous *Les Yeux en bandoulière* ?

Intriguée par cette question saugrenue, Grace esquissa un sourire gêné.

— Je ne comprends pas ce que vous voulez dire, désolée. Vous êtes dans une librairie...

La cliente parut s'étonner de sa réaction :

— C'est un livre, justement. Un roman de John Dickson Carr. Je viens de terminer *Le Naufragé du Titanic* et je tenais à me procurer la suite des enquêtes du docteur Gideon Fell.

Mortifiée, Grace aurait aimé que le sol s'ouvre sous ses pieds pour l'engloutir.

Elle avait mémorisé les deux titres et la série évoquée par la dame, mais où diable ces livres étaient-ils rangés ? En époussetant les ouvrages, elle n'avait pas réussi à identifier la moindre méthode de classement.

— Bien sûr...

Elle fit signe à la cliente de la suivre. Avec un peu de chance, elle tomberait peut-être par hasard sur le roman qu'elle cherchait. À moins qu'elle ne soit frappée par la foudre... Grace n'en menait pas large.

— Ainsi vous avez trouvé *Le Naufragé du Titanic* captivant ? demanda Grace pour obtenir des indices sur le genre littéraire dont il était question.

— Oh oui ! Une enquête palpitante. Je me suis enfermée dans ma chambre pour ne pas être dérangée par les enfants pendant le dernier chapitre.

Un roman policier, donc... Peut-être le rayon se trouvait-il au fond du magasin.

— Ce doit être par ici...

Elle scruta frénétiquement la tranche des nombreux ouvrages qui, bien sûr, n'étaient pas classés par ordre alphabétique d'auteur.

— Vous permettez... fit soudain une voix masculine, derrière elle.

Grace sursauta. C'était un jeune homme élancé, vêtu d'une veste grise bien coupée, qu'elle avait remarqué un peu plus tôt. Ses cheveux bruns étaient coiffés sur le côté. Quelle femme ne remarquerait pas un garçon aussi séduisant ? Elle le croyait déjà parti depuis un bon moment.

— Il me semble qu'il se trouve sur cette étagère, au fond, reprit-il.

Il désigna l'autre côté du magasin.

— Ah oui, merci, bredouilla-t-elle en s'empourprant.

Le regard appuyé du jeune homme ne fit qu'ajouter à son embarras.

— Suivez-moi, madame, balbutia Grace.

— Excusez-moi, miss, répondit la cliente en dévorant le jeune homme des yeux, je préfère que ce soit lui qui me montre le chemin.

Surpris par cette requête audacieuse, l'intéressé arqua les sourcils, puis il se mit à rire.

— Avec plaisir, déclara-t-il en offrant son bras à la dame entre deux âges.

Elle l'accepta avec un large sourire. Amusée, Grace regarda l'inconnu saisir un volume à couverture noire. Le titre se détachait en grosses lettres rouges. La cliente le remercia et rejoignit Grace au comptoir.

— Un vrai gentleman… commenta-t-elle en sortant son porte-monnaie de son sac à main. Si j'étais aussi jeune et jolie que vous, je ne le laisserais pas filer sans obtenir au moins son nom…

Grace se tourna vivement vers l'inconnu pour s'assurer qu'il n'avait pas entendu les propos quelque peu déplacés de la cliente. Heureusement, il lui tournait le dos et ne semblait pas les écouter. Dieu merci.

Rassurée, elle rendit sa monnaie à la cliente et lui remit son article en la remerciant. La dame quitta la librairie non sans adresser un clin d'œil complice à Grace.

Dès que le carillon de la porte se tut, un silence pesant s'installa dans la librairie. Grace ne ressentait que trop bien la présence du jeune homme, qui semblait décidé à s'attarder. À Drayton, dans la quincaillerie, elle lui aurait proposé de le renseigner et l'aurait même conseillé. Or, ce client connaissait manifestement la librairie bien mieux qu'elle.

Elle épousseta discrètement son corsage et se promit de ne plus porter de blanc tant que le ménage n'aurait pas été fait à fond. Pour se donner une contenance, elle se mit à ranger les objets qui traînaient sur le comptoir. Pourvu qu'il pense qu'elle le laissait faire son choix seul. Elle réunit les petits bouts de crayons dans une coupe, jeta les vieux papiers dans la corbeille – non sans avoir vérifié qu'il ne s'agissait pas de documents importants.

Soudain, en levant les yeux, elle vit le jeune homme face à elle, de l'autre côté du comptoir. Il lui sourit et posa sur elle son regard d'un vert saisissant. Une fossette adoucissait son menton plutôt carré. Il avait le physique et l'allure d'un acteur hollywoodien.

Elle chercha en vain quelque chose d'intéressant à dire.

— Que puis-je faire pour vous, monsieur ?

Il posa une pile de livres sur le comptoir et la poussa vers la jeune femme, trop captivée par ses prunelles d'émeraude pour s'en rendre compte.

— J'aimerais vous régler ces livres.

Il glissa les mains dans ses poches et adopta la posture décontractée d'un homme décidé à bavarder avec elle.

— À ma connaissance, Mr Evans n'a jamais eu de vendeuse.

Grace appuya sur les touches d'un vieux tiroir-caisse qui s'ouvrit avec un claquement sonore.

— C'est mon premier jour, avoua-t-elle d'un air contrit. Merci de m'avoir aidée, tout à l'heure. C'est gentil.

Le sourire du jeune homme s'élargit, créant de petites rides au coin de ses yeux.

— C'était la moindre des choses. Je viens ici régulièrement depuis mon enfance. J'ai remarqué que vous aviez un peu dépoussiéré les lieux. C'est un défi de taille.

— Je suis prête à le relever, déclara Grace.

Remettre de l'ordre dans ce chaos l'occuperait au moins durant les six mois à venir.

— Cela vaut mieux, dit-il avec une moue exagérée. Surtout si vous aimez les livres. Un roman policier peut être à la fois une enquête à suspense, un classique, une histoire d'amour et que sais-je encore.

— Je ne suis pas une lectrice assidue, confessa-t-elle. Je n'ai guère eu le temps de lire, hélas.

Il eut un sursaut imperceptible, comme si cet aveu le choquait, sans toutefois se départir de son sourire.

— Eh bien, dans un premier temps, je vous suggère *Le Comte de Monte-Cristo*, un grand classique que j'ai toujours adoré. On peut aussi affirmer que c'est une histoire d'amour.

— J'en prends bonne note, répondit Grace en tapant le prix du dernier ouvrage sur la caisse. Merci pour ce précieux conseil.

Le jeune homme sortit son portefeuille pour régler ses achats.

— Puis-je me permettre de vous demander votre nom ?

— Miss Grace Bennett.

— Miss Bennett, répéta-t-il avec un salut de la tête. George Anderson, enchanté. Je suis impatient de voir ce que vous allez faire de cette boutique.

Elle hocha la tête sans un mot. Mr Anderson partit à reculons, non sans lui adresser un dernier sourire charmeur.

Seigneur !

Elle posa la main sur son cœur pour calmer ses battements effrénés. Soudain, le carillon de la porte retentit à nouveau et Mr Evans apparut, plus renfrogné que jamais. En découvrant le comptoir dégagé, il fronça les sourcils.

— Que s'est-il passé ? Un cambriolage ? bougonna-t-il, consterné.

— J'ai un peu rangé.

Mr Evans balaya les rayonnages du regard.

— Ça explique la poussière partout, commenta-t-il.

Il se mit à agiter furieusement son journal comme pour chasser une nuée de frelons.

Grace se prépara à des réprimandes aussi cassantes que celles de son oncle. De la fin de sa scolarité à Drayton jusqu'à son départ pour Londres, il n'avait cessé de lui adresser des reproches. Les compétences professionnelles de la jeune fille n'étaient jamais à la hauteur de ses attentes : elle gaspillait des produits encore utilisables, elle n'incitait pas suffisamment les clients à acheter, elle n'était pas assez intelligente, intuitive, motivée...

Elle crispa les poings et attendit que son patron l'accable.

— Un bon nettoyage ne serait pas du luxe, je suppose, grommela Mr Evans de mauvaise grâce.

— Pardon ?

— Les rayonnages sont un peu poussiéreux et je n'ai jamais le temps de m'en occuper.

Il posa son journal sur le comptoir et saisit une pile de reçus dont plusieurs voletèrent vers le sol.

— Je vous prie de ne pas fouiller dans mes comptes.

— Je ne me permettrais pas...

Elle ramassa les reçus tombés à terre et les remit à son patron en prenant soin de ne pas lire les sommes. Mr Evans les glissa parmi les autres et disparut dans l'arrière-boutique. Il n'en sortit qu'au bout d'un long moment et demeura au fond du magasin, à fouiller ses rayonnages. Il ressemblait plus à un client qu'à un libraire.

Grace passa le reste de l'après-midi à dépoussiérer et astiquer le comptoir en noyer sculpté. Par chance, elle ne fut sollicitée par personne et put se contenter d'encaisser les achats.

Lorsqu'elle annonça au libraire qu'il était temps pour elle de rentrer, il se contenta d'un vague grommellement.

Épuisée, pleine de poussière, Grace n'était pas satisfaite de sa première journée de travail. Elle avait la désagréable impression de ne pas en avoir fait suffisamment. Impatiente de savoir comment s'était déroulé l'entretien d'embauche de Viv, elle se hâta de rentrer à la maison.

Elle ouvrit vivement la porte d'entrée.

— Viv ! Tu as... ?

Dans le salon, le poste de TSF était allumé. Une voix nasillarde informait les auditeurs que la flotte était mobilisée.

Quelle flotte ?

Penchées en avant, Mrs Weatherford et Viv écoutaient avec attention. Viv tourna la tête et fit signe à son amie d'approcher.

Grace s'assit près d'elle sur le canapé en laine bleue.

— Qu'est-ce qui se passe ? souffla-t-elle. Pourquoi y a-t-il les nouvelles à la radio ? Il n'est pas encore six heures.

— La nouvelle est tombée cet après-midi, répondit nerveusement Viv. L'armée de réserve est mobilisée. Il paraît qu'il ne faut pas en conclure que la guerre est inévitable. Comment faire autrement alors que les réservistes et le reste du personnel de la Royal Air Force sont appelés ?

Sous le choc, Grace s'écroula sur le dossier du canapé. Pourquoi n'en savait-elle rien ? Elle avait passé la journée dans sa bulle, à nettoyer la librairie et à servir quelques rares clients.

L'atmosphère d'anticipation qui régnait sur la ville s'empara de la jeune femme. Le moment qu'ils redoutaient était venu.

C'était la guerre.

La mine impassible, Mrs Weatherford garda le silence, puis elle se leva d'un bond et éteignit rageusement le poste.

— Ça suffit pour aujourd'hui ! J'en ai assez entendu. Grace, ta première journée s'est bien passée ?

— Oui, merci.

— Tant mieux. À présent, excusez-moi. J'ai une tourte aux rognons à préparer. Sans quoi on n'aura rien à se mettre sous la dent, ce soir.

Sur ces mots, elle quitta la pièce d'un pas décidé.

— Ils évacuent les enfants demain, expliqua Viv à voix basse. Les petits s'en vont à la campagne, du moins ceux dont les parents sont d'accord.

Grace sentit son cœur se serrer. Viv avait raison : comment ne pas craindre la guerre face à toutes ces mesures alarmantes ?

Elle songea à la dame qui lui avait acheté un roman, ce jour-là, sans savoir que ses enfants allaient partir dès le lendemain. Non seulement cette évacuation allait séparer les mères londoniennes de leur progéniture, mais nombre d'entre elles verraient aussi leur mari partir à la guerre.

Quand les volontaires viendraient à manquer, il y aurait alors une conscription. L'angoisse de la jeune femme monta d'un cran. Et si Colin était mobilisé ?

Pas étonnant que Mrs Weatherford refuse d'en entendre davantage.

Inquiète, Viv baissa les yeux. Grace chercha quelque chose à dire pour alléger l'atmosphère et ne pas sombrer dans le désespoir.

— Du moment qu'ils ne se retrouvent pas chez mon oncle, les enfants seront parfaitement bien à la campagne.

Viv esquissa un sourire triste et joua le jeu.

— De toute façon, ils ne sont pas du genre à accueillir quelqu'un chez eux.

Grace se rendit soudain compte que Viv portait encore son élégant tailleur bleu marine.

— Tu as réussi ton entretien chez Harrods ?

— Ils m'ont proposé un poste de vendeuse. Je commence demain. Reste à savoir pour combien de temps, au vu des circonstances…

— Je suis sûre que tu y resteras longtemps, affirma Grace en prenant la main de son amie. Les gens auront toujours besoin d'une paire de bas ou d'un nouveau corsage pour se remonter le moral.

— Ou d'un éléphant ? railla Viv.

— Un wombat, peut-être…

— Ou un guépard.

— Dans ce cas, n'oublie pas d'ajouter une laisse, recommanda Grace.

— On s'en sortira, affirma Viv en retrouvant son sérieux. Tu verras.

Leur amitié les avait aidées à supporter la mort de la mère de Grace, leur vie monotone à Drayton, les parents autoritaires de Viv et même les taquineries incessantes de cet imbécile de Geoffrey Simmons.

Ensemble, elles étaient capables de surmonter n'importe quelle épreuve, qu'il s'agisse de l'hostilité d'un libraire bourru ou d'une guerre imminente.

CHAPITRE 4

Le défilé des enfants était sans fin. Mais en vérité, Grace n'avait guère eu le loisir de penser à cette évacuation tragique. Durant la soirée de la veille, la maisonnée avait dû se préparer à vivre la première nuit du black-out instauré par le gouvernement. De son côté, Colin apportait les dernières touches à l'abri Anderson dans le jardin de sa mère.

La logeuse avait beau affirmer que le sacrifice de ses massifs de fleurs n'avait guère d'importance, elle était manifestement contrariée.

Au cœur de cette agitation, Grace n'avait pas repensé au sort des enfants. En quittant Britton Street pour se rendre à la librairie non plus. Son attention s'était portée sur les étranges ballons gris qui flottaient dans le ciel tels des poissons d'argent bouffis, et leur utilité mystérieuse.

Lorsqu'elle s'engagea sur Albion Place, elle en observait un avec une telle concentration qu'elle faillit percuter un homme en uniforme de la Royal Air Force, son paquetage sur l'épaule.

— Oh, pardon, bredouilla la jeune femme. Je ne...

Sa voix s'éteignit dès qu'elle aperçut une file d'enfants qui s'étendait le long de la rue en direction de la station Farringdon.

Le militaire lui répondit, mais elle n'entendit rien de ses paroles tandis qu'il s'éloignait d'un pas vif. Elle ne voyait plus que ces enfants portant leur petit masque à gaz en bandoulière, avec une étiquette à leur nom sur leur manteau et leurs maigres bagages. Leurs sacs semblaient minuscules pour un voyage qui risquait de durer. Qui savait quand ils reviendraient ?

Certains étaient enthousiastes, le visage illuminé par l'impatience de vivre la grande aventure. D'autres, en larmes, s'accrochaient désespérément à leur mère. Les femmes qui les accompagnaient étaient blêmes et s'efforçaient de faire bonne figure face à la douleur de la séparation.

Aucune mère ne devrait être confrontée à un tel dilemme : envoyer son enfant à la campagne, chez des inconnus, ou le garder dans une ville exposée aux pires dangers. Le risque de bombardement devait être considérable pour prendre la peine de déplacer tant d'enfants, même par précaution.

Grace espérait avoir des enfants, un jour. Le déchirement de ces mamans qui cherchaient à mettre leurs petits à l'abri des bombes lui serra le cœur. En état de choc, elle poursuivit son chemin. Devant la station de métro, elle constata qu'une autre file s'était formée dans l'autre direction. Ils étaient des centaines, des milliers, peut-être.

Elle hâta le pas pour ne plus voir ce spectacle navrant. Lorsqu'elle entra en trombe dans la librairie, Mr Evans l'accueillit d'un regard perçant.

— La guerre a commencé ? demanda-t-il sèchement.

Il se pencha à nouveau sur le livre posé devant lui.

— C'est tout comme, répondit-elle en jetant un coup d'œil par la vitrine. Les enfants partent pour la campagne.

Le libraire se contenta d'un grommellement distrait.

— Et tous ces ballons…

— Ce sont des ballons de barrage, expliqua Mr Evans.

— De quoi s'agit-il, au juste ?

Le libraire poussa un soupir d'impatience et referma son livre.

— Ils sont reliés à des câbles métalliques pour empêcher les avions de voler trop bas. Ils nous protègent.

— Alors on ne sera pas bombardés ? s'enquit Grace avec espoir.

— Oh si, hélas, souffla Mr Evans. Les Allemands peuvent toujours nous bombarder. Pendant la Grande Guerre, les ballons étaient efficaces, car les avions volaient moins haut, à l'époque. Au moins, les avions ennemis seront à la portée des canons antiaériens, cette fois.

Grace fut parcourue d'un frisson d'effroi. Elle brûlait d'envie d'en savoir davantage, mais son patron avait déjà repris sa lecture. Ce jour-là, les clients furent rares. Les hommes partaient à la guerre et les enfants à la campagne, laissant les femmes seules avec leur chagrin.

En dépit de son intention de classer les livres, Grace restait perturbée par le spectacle de ces enfants et de ces mères. Elle se rappela un jour où la sienne avait rendu visite à Mrs Weatherford, quand elle était petite, en la confiant à la famille de Viv pour une semaine. Elle lui avait beaucoup manqué.

Ces pauvres petits…

Finalement, Grace entreprit d'ôter le ruban adhésif qui protégeait les vitres et de nettoyer les traces de colle. Cette tâche ne nécessitait aucune réflexion, ce qui lui convenait à merveille, car son esprit était ailleurs.

Il ne lui restait plus que deux bandes à arracher. Aurait-elle le temps d'appliquer du ruban tissé neuf, avec soin cette fois ?

— Rentrez chez vous, miss Bennett, lança Mr Evans. Avec si peu de clients, il ne sert à rien de rester ouvert. En tout cas pas aujourd'hui. De plus, je n'ai rien pour couvrir les vitres quand viendra l'heure du black-out.

Il croisa les bras et balaya sa boutique du regard avec un soupir.

— La guerre est proche et les gens achèteront bientôt autre chose que des livres.

Grace réunit les rubans arrachés et se redressa.

— Ils auront aussi besoin de se divertir, objecta-t-elle.

— Demain, j'apporterai de vieux journaux pour obturer les vitrines, conclut le libraire.

Grace imaginait déjà ses vitres propres maculées d'encre à cause du papier journal.

— Je peux façonner des rideaux si vous voulez. Mrs Weatherford dispose de pas mal de tissu et nous avons des chutes.

La logeuse n'était pas peu fière d'avoir obtenu un immense coupon de satinette noire à seulement 2 shillings le mètre.

Pourquoi Grace proposait-elle de rendre ce service à Mr Evans ? Elle n'aurait su le dire, d'autant qu'il venait de suggérer qu'il n'aurait sans doute plus les moyens de payer une employée. Cependant, il leur restait du tissu et elle était prête à tout pour obtenir une lettre de références de son patron.

Ravie de terminer plus tôt, Grace s'empressa d'enfiler son manteau. Mr Evans la rejoignit à l'entrée et retourna la pancarte du côté « fermé ».

— Bon après-midi, miss Bennett.

Mr Evans verrouilla la porte derrière elle. Il n'y avait plus d'enfants dans la rue, à croire que leur départ massif n'avait jamais eu lieu. Sur le chemin du retour, Grace chassa ses idées noires en réfléchissant à des moyens d'attirer des clients à la librairie.

Elle avait réussi à faire prospérer la quincaillerie de son oncle. Des pancartes dans la vitrine et quelques articles présentés de façon stratégique avaient suffi à fidéliser la clientèle.

Naturellement, Primrose Hill Books était bien moins fréquenté. En cette période troublée, les gens étaient tendus. Pourtant, les livres avaient leur rôle à jouer et la moindre distraction serait bonne à prendre, en temps de guerre.

Si elle avait réussi à dynamiser un premier commerce, elle était capable de renouveler l'exploit. Et cette fois, elle veillerait à recevoir d'excellentes références de la part de son patron en reconnaissance de ses efforts.

Devant la maison, elle croisa Mrs Weatherford, les bras chargés de sacs de provisions. Sa logeuse lui fit signe de s'approcher.

— Tu arrives à point nommé, Grace. Viens vite !

La jeune femme la débarrassa d'une partie de ses achats. Le sac était si lourd qu'elle faillit le lâcher.

— Qu'est-ce que c'est ? Des sacs de sable ?

Mrs Weatherford scruta les alentours en quête d'oreilles indiscrètes.

— Du sucre... souffla-t-elle d'un air conspirateur.

Elle souleva un autre sac.

— Et j'ai aussi du thé. Rentrons vite !

Sans un mot, elles se hâtèrent de porter leur fardeau dans la cuisine. Même ouverts, les lourds rideaux noirs assombrissaient la pièce d'ordinaire lumineuse, leur rappelant que le black-out entrerait en vigueur le soir même. Lors du mois écoulé, plusieurs essais avaient eu lieu. Cette fois, c'était pour de bon.

— Seigneur, c'était lourd ! soupira Mrs Weatherford.

— Vous n'avez pris que du thé et du sucre ? demanda Grace en examinant les sacs pleins à craquer.

— Non, il y a aussi de la farine. Ne fais pas cette tête, Grace ! La guerre approche et, tu peux me croire, le rationnement nous guette. Il fallait que je me procure ces produits avant que les égoïstes ne dévalisent les épiceries.

— Comment cela ?

Mrs Weatherford entreprit de déballer son butin.

— Mrs Nesbitt en a engrangé le double et elle vit seule !

La logeuse se pencha pour faire de la place au fond du placard.

— Tu la connais, c'est la propriétaire de Nesbitt, l'une des librairies prestigieuses de Paternoster Row, au cœur de la City de Londres.

Elle interrogea Grace du regard. La jeune femme avoua son ignorance d'un signe de tête. Mrs Weatherford fronça les sourcils.

— Mr Evans ne t'a pas parlé de Paternoster Row ?

— Non, répondit Grace en rangeant quelques paquets de farine.

La logeuse s'affairait à ranger ses boîtes de thé en lieu sûr.

— C'est une rue où se rendent tous les amateurs de lecture un peu fortunés. J'ai répété des dizaines de fois à Mr Evans de s'installer là-bas.

Elle recula d'un pas pour inspecter son placard plein d'un air satisfait.

— Tu devrais y faire un saut, un de ces jours, pour voir à quoi ressemble une librairie digne de ce nom. Je t'indiquerai le chemin.

Une librairie digne de ce nom. Voilà précisément l'inspiration dont elle avait besoin pour améliorer les performances de Primrose Hill Books !

— Excellente idée. À propos, cela vous dérangerait que je prenne un peu de votre satinette noire ? J'aimerais en faire des rideaux pour Primrose Hill Books.

Mrs Weatherford afficha un sourire plein de fierté qui lui rappela agréablement sa mère.

— Bien sûr, mon petit. Attention, il faut au moins trois épaisseurs de tissu pour empêcher la lumière de passer. Je suis sûre que Mr Evans apprécie beaucoup tes efforts, tu sais.

Elle versa de l'eau dans la bouilloire et la mit sur le feu.

— Même s'il n'est pas très loquace, reprit-elle.

Colin entra dans la cuisine, le chat sur les talons.

— Salut, dit-il en rougissant. On a reçu un bébé guépard, ce matin, chez Harrods. Une petite boule de poils au caractère bien trempé.

De ses mains, il lui montra la taille de l'animal.

— Il doit être mignon…

— Tu n'as qu'à passer le voir la prochaine fois que tu viendras au magasin. Maman, donne-moi une boîte de thon, s'il te plaît.

Mrs Weatherford s'exécuta, non sans pincer les lèvres.

— Tabby devient assez grand pour trouver un autre foyer. Bientôt, nous aurons du mal à manger à notre faim, alors s'il faut nourrir un chat en plus…

Colin prit la boîte de conserve avec un sourire contrit.

— Vous me prenez pour une folle, je sais, mais je vous garantis que nous serons rationnés, poursuivit sa mère en posant la bouilloire sur le feu.

Une forte odeur de poisson envahit la cuisine. Tabby se mit à miauler avec frénésie.

— Mets-toi à l'aise, Grace, dit la logeuse. Passe au salon et allume la radio pendant que je prépare le thé.

Grace ne se fit pas prier. Hélas, la nouvelle que diffusa le poste était bien pire qu'une odeur de poisson. La voix grave et solennelle de Lionel Marson s'adressait aux auditeurs :

— L'Allemagne a envahi la Pologne et bombardé de nombreuses villes…

Abasourdie, la jeune femme l'écouta détailler l'offensive menée sur la Pologne et la mobilisation en France. Quelques jours plus tôt avait été signé un accord d'assistance entre la Pologne et la Grande-Bretagne. La Grande-Bretagne et la France devraient sans doute intervenir.

Ils passèrent le reste de la journée au salon, à écouter les bulletins d'information, avides de précisions, même s'ils savaient déjà l'essentiel.

Pendant ce temps, Grace cousit les rideaux destinés à la librairie, avec l'aide de Viv, rentrée de sa première journée chez Harrods. Après un repas sans grand appétit pour la Woolton Pie de Mrs Weatherford, un plat aux légumes qui était sa spécialité, ils se préparèrent pour le black-out.

Adolf Hitler pouvait infliger à l'Angleterre le même sort qu'à la Pologne. Or, le moindre rai de lumière filtrant par une fenêtre ferait d'eux des cibles pour les avions ennemis.

Grace fut parcourue d'un frisson. Elle qui redoutait auparavant le black-out et ses règles strictes se réjouissait à présent que le gouvernement soit assez avisé pour les protéger au cœur de la nuit.

La présence d'un abri Anderson dans le jardin la rassurait également.

Lors de cette première nuit de black-out, la jeune femme peina à trouver le sommeil. L'image des enfants évacués revenait sans cesse la hanter.

Les rideaux se révélèrent efficaces. Le lendemain matin, Grace se réveilla presque une demi-heure plus tard que prévu. En se préparant à la hâte, elle parvint à arriver à la librairie avec à peine quelques minutes de retard.

Mr Evans posa sur elle un regard morne. Sans doute allait-il la réprimander. Grace crispa les doigts sur le sac qui contenait les rideaux noirs.

— Et moi qui croyais que vous aviez quitté le navire car la cause était perdue, railla le libraire en se dirigeant vers le fond du magasin. Ce serait compréhensible…

— Je suis désolée ! lança-t-elle dans son dos. Je vous ai apporté les rideaux !

Il regarda par-dessus son épaule et hocha la tête.

Elle ne s'attendait pas à mieux, en guise de remerciement. Dans un premier temps, la jeune femme rangea un peu le magasin et tria les reçus qui traînaient sur le comptoir. Malgré ses lacunes en littérature, elle sélectionna quelques ouvrages à la couverture attrayante et les disposa en arc de cercle dans les vitrines.

C'était un début.

Au moment où elle allait grimper sur un escabeau pour accrocher les rideaux, le carillon retentit. Un vieil homme entra et la repéra aussitôt.

— Qui êtes-vous ?

— Miss Bennett, répondit-elle. La nouvelle vendeuse.

Il avait tout d'un moineau tombé du nid, avec ses cheveux blancs et duveteux qui tombaient sur ses épaules voûtées. Ses petites jambes maigres semblaient surgir de sa veste foncée.

En posant les yeux sur les rideaux, il émit un grommellement sceptique.

— À quoi bon se donner cette peine ? Une bonne couche de goudron fera l'affaire.

Grace n'avait aucune envie de salir ses vitres.

— Je peux vous renseigner, monsieur ?

— Où est Evans ?

— Pritchard ? C'est toi ? fit la voix du libraire.

Mr Evans émergea de sa forêt de rayonnages, un livre à la main. Il le referma vivement et remonta ses lunettes sur son nez.

— Tu as engagé une vendeuse ?

L'homme balaya les lieux du regard. Son nez busqué accentuait son air d'oiseau.

— Les affaires marchent donc si bien ? reprit-il.

— On ne sait jamais, à l'aube d'une guerre, railla Mr Evans, pince-sans-rire. Tu reviens comparer nos librairies, Pritchard ?

— Allons ! La guerre n'est pas encore déclarée. Et si ces histoires avec la Pologne nous entraînent dedans, on montrera à Hitler et ses nazis de quel bois on se chauffe. Crois-moi, tout sera réglé pour Noël.

— Je préfère garder mes rideaux quand même, dit Mr Evans en faisant signe à Grace pour lui indiquer qu'elle n'avait pas à participer à cette conversation. Ils empêcheront au moins ces maudits gardes de l'ARP[1] de venir frapper à la porte.

Grace souleva l'étoffe glissante et grimpa sur l'escabeau pour suspendre les rideaux pendant que les deux hommes parlaient politique et ventes de livres.

— Comment diable fais-tu pour éviter les souris ? s'enquit Mr Pritchard. Ces vermines m'ont toujours posé problème.

— Pas à moi, répondit Mr Evans, un peu distrait, signe que leur entretien touchait à sa fin.

Mr Pritchard ne l'entendait pas de cette oreille. Il se voûta davantage et se renfrogna.

— C'est sans doute parce que tu es moins proche de la Tamise, ici, par rapport à Paternoster Row.

1. Air Raid Precautions : service de protection civile contre les raids aériens. *(N.d.T.)*

— Ce qu'il vous faut, c'est un chat, intervint Grace en descendant de son perchoir, sa mission accomplie. Le fils de Mrs Weatherford cherche justement un foyer pour un jeune chat tigré.

— Cette femme qui se mêle de tout ? pouffa Mr Pritchard.

Grace masqua sa contrariété en repliant l'escabeau.

— Un chat chasserait vos souris. Je sais que Mrs Weatherford n'avait rien de prévu pour ce matin. Elle serait certainement ravie de votre visite.

Et surtout de trouver un foyer pour Tabby.

— Je vois… eh bien, je vais y réfléchir. Bonne journée, Evans !

Ce dernier bougonna en guise de salut. Satisfaite de sa vitrine et de ses rideaux, Grace s'attela à son projet suivant : trouver de la place sur les étagères pour les livres qui jonchaient le sol.

La mission était plus difficile qu'elle ne le pensait. En l'absence de véritable classement, elle devrait créer son propre système. Mais ce serait pour plus tard. Dans l'immédiat, elle se contenta de trouver une place aux volumes égarés sur le plancher.

Elle était si concentrée sur son travail que Mr Evans dut lui rappeler à plusieurs reprises que sa journée était terminée. À chaque fois, elle lui répondait qu'elle avait presque fini, ce qu'elle croyait franchement… avant de découvrir de nouvelles piles de livres.

Soudain, un grondement de tonnerre attira leur attention. Mr Evans apporta un parapluie à la jeune femme.

— Rentrez chez vous, miss Bennett, il commence à pleuvoir. Je ferme le magasin.

Grace se détourna de son rayonnage plein à craquer. Les rideaux étaient tirés. Était-il donc si tard ?

— Restez à la maison demain, ajouta le libraire. Vous avez bien trop travaillé pour une seule journée.

— Mais hier...

— Il fait nuit, coupa Mr Evans en lui plaçant le parapluie de force dans les mains. Et si Mrs Weatherford appelle une fois de plus pour avoir de vos nouvelles, je crois que je vais devenir fou.

C'était donc cela... Mrs Weatherford le harcelait. Sans doute s'inquiétait-elle de son retard.

Elle s'empressa de prendre ses affaires et quitta la boutique pour se retrouver dans la nuit noire, le vide absolu.

Elle cligna les yeux, en vain. Jamais elle n'aurait imaginé que le black-out puisse être aussi efficace.

— Je devrais vous raccompagner, grommela le libraire, depuis la porte de la librairie.

— C'est inutile, répondit-elle en se redressant fièrement, comme Viv quand elle voulait donner le change. J'en ai pour moins de dix minutes. Il serait dommage d'être trempés tous les deux.

Evans fronça les sourcils. Alors qu'il ouvrait la bouche pour protester, quelqu'un siffla.

— La lumière ! rappela une voix lointaine avec autorité.

C'était un garde de l'ARP, un volontaire de la protection antiaérienne qui veillait à la bonne application des consignes.

— Bonsoir, monsieur Evans, dit-elle en ouvrant le parapluie.

Mr Evans resta posté à l'entrée.

— Lumière, monsieur Evans ! répéta le garde, plus proche.

Dès qu'il obéit, Grace se trouva enveloppée par la nuit noire.

D'ordinaire, elle aurait au moins vu des phares de voiture, la lueur des réverbères… Figée, elle peinait à garder l'équilibre.

Elle allait devoir se diriger à tâtons, de mémoire. Au terme d'une semaine dans la capitale, elle connaissait déjà son itinéraire sur le bout des doigts, mais en plein jour…

Elle fit un pas hésitant dans un silence assourdissant, puis un autre, et un autre encore, s'attendant à buter sur un obstacle. De ce pas traînant, elle chemina peu à peu.

Soudain perdue, elle tendit un bras devant elle. Peut-être fallait-il revenir en arrière et accepter la proposition de Mr Evans… mais comment regagner la librairie ?

Les sens en alerte, elle se remit en marche. Un grondement soudain la fit sursauter et trébucher. Une voiture aux phares éteints passa en trombe dans une flaque d'eau. La jeune femme fut éclaboussée avec une telle force que sa robe se plaqua sur son corps, imbibée d'eau boueuse et froide. Les doigts crispés sur la poignée de son parapluie, elle se recroquevilla sur elle-même sous une pluie battante.

Un éclair zébra le ciel, inondant soudain la rue de lumière. Elle eut le temps de se rendre compte qu'elle marchait bien en direction de Britton Street et qu'aucune voiture ne roulait vers elle.

Trempée, frigorifiée, Grace avança d'un pas prudent vers sa destination. Son trajet de dix minutes semblait interminable. Sans doute était-elle passée plusieurs fois devant la maison de Mrs Weatherford sans la reconnaître.

Enfin, elle arriva à bon port et gravit les marches du perron. Ses chaussures trempées pesaient une tonne et suintaient à chaque pas. Elle chercha la poignée à tâtons et sentit son métal froid sous sa paume. Par chance, la porte n'était pas fermée à clé.

La jeune femme fut presque éblouie par la lumière pourtant tamisée du vestibule. Dès qu'elle eut franchi le seuil, elle vacilla.

— Grace ! s'exclama la logeuse depuis le salon. Seigneur, que s'est-il passé ? Nous étions morts d'inquiétude.

Dans ces moments difficiles, le caractère autoritaire de Mrs Weatherford avait son utilité. En moins d'une heure, Grace se sécha, se changea et but une tasse de thé bien chaud avant de se glisser entre ses draps.

À l'abri sous ses couvertures, elle se replongea dans le noir. Avant de sombrer dans le sommeil, elle décida de profiter du lendemain matin pour faire un tour à Paternoster Row. En observant les vitrines et l'organisation des rayons, elle trouverait un moyen d'être plus efficace dans son travail.

Hélas, ses projets partirent en fumée quand tomba la nouvelle tant redoutée...

CHAPITRE 5

Il était onze heures quinze, Grace n'avait pas encore quitté la maison, quand le Premier Ministre fit une déclaration spéciale sur les ondes.

Installée sur le canapé avec Viv, elle écoutait la voix du Premier Ministre Chamberlain résonner dans la pièce. Colin ne s'asseyait plus sur le tapis depuis que Mr Pritchard avait adopté Tabby. Il était perché sur un accoudoir du fauteuil Morris de sa mère.

Sur la table basse, à côté d'un bouquet de dahlias, le plateau de thé demeurait intact.

Le Premier Ministre annonça que l'Allemagne avait refusé de se retirer de la Pologne. Grace retenait son souffle, redoutant la terrible nouvelle…

— … en conséquence, notre pays est désormais en guerre contre l'Allemagne.

Ces mots frappèrent Grace de plein fouet, et elle ne fut pas la seule à réagir. Viv s'essuya les yeux de son mouchoir ourlé de dentelle.

Mrs Weatherford demeura bouche bée. Colin prit aussitôt la main de sa mère.

Ils étaient en guerre. Qu'est-ce que cela signifiait, au juste ? Seraient-ils bombardés ? Les hommes seraient-ils appelés à se battre ? Les vivres seraient-ils rationnés ?

Grace se rappelait les histoires que lui racontait sa mère sur la Grande Guerre. Ce n'étaient alors que des récits abstraits dans son esprit. Mais à présent, ce monde insondable s'apprêtait à devenir réalité.

Soudain, un son strident rompit le silence. La sirène d'alerte antiaérienne hurlait sur la ville. Pétrifiée, le souffle court, la jeune femme sentit son sang se figer dans ses veines.

Un bombardement, comme en Pologne ! Ils étaient attaqués par les Allemands.

— Grace, fit Mrs Weatherford avec une telle intensité qu'elle revint aussitôt sur terre, va remplir la baignoire et le lavabo. Viv, ouvre toutes les fenêtres. Je vais chercher nos masques pendant que Colin coupera le gaz.

— Mais... les bombes... bredouilla Viv, terrifiée.

— Ils viennent de repérer l'avion, expliqua Mrs Weatherford en se levant pour éteindre la radio. On a au moins cinq minutes pour se réfugier dans l'abri Anderson, sinon plus.

Elle s'exprimait avec une autorité et un sang-froid qui encouragèrent les jeunes à agir. Pourquoi la logeuse l'avait chargée de remplir la baignoire et le lavabo ? La jeune femme obéit au son de la sirène hurlante.

Elle eut l'impression que l'eau coulait très lentement.

Sa tâche accomplie, elle courut vers le jardin. Elle tenait à peine sur ses jambes. L'abri n'était guère plus qu'un demi-cercle de tôle formant un U à l'envers, enfoui à quelques centimètres de profondeur. Comment un dispositif aussi rudimentaire allait-il les protéger ? Jusqu'à cet instant, elle ne s'était pas posé la question.

Grace s'introduisit dans l'espace réduit qui sentait la terre et le métal humide et bloquait la lumière du jour. Viv était déjà assise sur l'un des petits bancs que Colin avait placés de part et d'autre de l'entrée. Les bras enroulés autour d'elle-même, elle leva vivement la tête vers elle, les yeux écarquillés d'effroi.

La sirène se tut enfin pour faire place à un silence inquiétant.

Grace s'assit à côté de Viv et serra sa main dans la sienne, incapable de trouver des paroles réconfortantes tant elle appréhendait une explosion.

Quel bruit produisait une bombe ? Que faire s'ils étaient frappés dans leur abri de tôle ?

Colin les rejoignit et se recroquevilla en face d'elles, la tête penchée à cause du plafond bas. La dernière à se présenter fut Mrs Weatherford, munie de quatre masques à gaz en bandoulière et d'une grande boîte. Le tintement des étuis qui s'entrechoquaient résonna sous la structure métallique.

Colin prit la boîte des mains de sa mère, qui lui sourit avant de distribuer les masques.

— Faut-il le mettre ? s'enquit Grace, les mains tremblantes.

— Seulement si vous entendez la cloche d'un garde ARP à l'extérieur, répondit-elle en s'asseyant près de son fils. J'ai acheté de la pommade contre le gaz à la pharmacie. On a une minute pour s'en étaler sur la peau en cas d'exposition, ce qui suffit largement. Vous voyez, il n'y a pas à s'inquiéter.

Elle souleva le couvercle de sa boîte, qui recelait des trésors : un pot de pommade anti-gaz, un paquet de chips, quelques bouteilles de limonade, des aiguilles à tricoter et une pelote de laine.

— Tu as éteint le gaz, Colin ? s'enquit-elle d'un ton posé, comme s'ils ne risquaient pas la mort.

Son fils hocha la tête.

— Et le lavabo, la baignoire, l'évier ? poursuivit-elle en se tournant vers Grace.

La jeune femme opina, de même que Viv, avant même qu'on ne lui demande si elle avait accompli sa tâche.

— Formidable, conclut la logeuse.

Elle tendit la boîte aux deux amies.

— Vous voulez des chips ?

La gorge nouée, la bouche sèche, Grace était incapable d'avaler quoi que ce soit.

— Faut-il mettre la porte en place ? demanda Viv.

— Seulement si nous entendons des avions. Sinon, nous allons nous retrouver dans le noir complet.

— Comment faites-vous pour garder votre calme ? s'enquit Grace.

— Ce n'est pas la première fois que Londres est bombardé, mon petit.

Elle proposa des chips à Viv, qui refusa également d'un signe de tête.

— La connaissance est le meilleur moyen de lutter contre la peur. J'ai rebattu les oreilles de Mr Stokes de mes conseils sur la façon de se préparer à toutes les éventualités.

— Mr Stokes est notre garde ARP, expliqua Colin.

Il déboucha une bouteille de limonade et la proposa à Grace, qui accepta machinalement. Le jeune homme servit ensuite les autres et lui-même.

Mrs Weatherford referma sa boîte et but une gorgée de limonade.

— On remplit baignoires et éviers afin de pouvoir éteindre les débuts d'incendie éventuels en cas de coupure d'eau. Les fenêtres restent ouvertes pour que les départs de feu à l'intérieur soient visibles de l'extérieur. Quant au gaz, l'explication va de soi.

Rassurée par le flegme de sa logeuse, Grace se détendit un peu. Parviendrait-elle à avoir la même attitude que l'amie de sa mère face aux bombardements ?

Elle porta la bouteille de limonade à ses lèvres et but une gorgée du breuvage frais et acidulé, qui coula dans sa gorge desséchée pour étancher une soif dont elle n'avait pas conscience.

— C'était comment, pendant la Grande Guerre ? demanda Viv.

Tous les regards se posèrent sur Mrs Weatherford. Grace connaissait les souvenirs de sa mère, bien sûr, mais la vie devait être différente à Londres.

— Eh bien… ce n'était pas très agréable. Vous êtes sûrs de vouloir le savoir alors que les mêmes épreuves nous attendent ?

— Vous l'avez dit vous-même, la connaissance est le meilleur moyen de lutter contre la peur, déclara Viv.

— Comment résister à une telle repartie ? concéda la logeuse.

Elle prit une profonde inspiration et leur décrivit le rationnement strict. On pouvait être verbalisé pour avoir nourri les pigeons dans un parc. Elle évoqua les ballons dirigeables, les appareils légers qui volaient au-dessus de la ville avant de lâcher leurs bombes, trop haut pour être touchés par la RAF.

Elle parla aussi de la victoire, des dirigeables abattus par de nouveaux avions performants, des femmes au travail, du droit de vote, de la résilience du peuple britannique, de la camaraderie.

— Qu'est-ce qui fut le pire, pour vous ? s'enquit Viv. Que nous puissions nous préparer…

Mrs Weatherford posa sur son fils un regard plein de gravité, puis elle se détourna.

— Certains hommes ne sont jamais rentrés, répondit-elle d'une voix douce.

Soudain, la sirène retentit à nouveau. Malgré son angoisse, Grace remarqua que le son était différent, une longue note continue au lieu d'une inflexion modulée.

— L'alerte est levée, annonça Mrs Weatherford en terminant sa limonade. Vous venez de survivre à votre première alerte. Si seulement c'était la dernière...

Elle rassembla les masques tandis que Colin s'occupait de la boîte de provisions. Enfin, le quatuor surgit de son abri exigu.

Plus tard, ils apprirent à la radio qu'il s'agissait d'une fausse alerte. Et si la suivante ne l'était pas ?

Dans le silence de la nuit, Grace chercha en vain le sommeil tant son esprit était tourmenté.

Le lendemain, lorsque Grace se mit en route pour la librairie, les bulletins d'information ne leur en avaient pas appris davantage sur la situation.

À son entrée, Mr Evans ne leva même pas la tête. Grace ne se faisait guère d'illusions. Le comptoir était jonché de papiers et les rideaux de black-out étaient encore tirés. De nouvelles piles de livres étaient apparues sur le plancher comme par enchantement.

— Il semblerait que nous soyons en guerre, déclara la jeune femme.

Le libraire arqua les sourcils.

— D'après Mr Pritchard, tout sera terminé à Noël, bougonna-t-il.

— Et vous, qu'en pensez-vous ?

— La guerre est une chose imprévisible, miss Bennett.

Il glissa un morceau de papier entre deux pages de son registre et le referma, laissant un autre bout de papier de côté.

Croyant à un oubli, Grace s'en saisit et voulut le lui tendre, mais Mr Evans refusa.

— Vous avez là certains ouvrages en vente ici, classés plus ou moins par sujet.

Enthousiaste, la jeune femme parcourut la liste de titres et de thèmes rédigée d'une écriture nette.

— Sur quelle étagère puis-je les trouver ? s'enquit-elle.

Le libraire haussa les épaules d'un air fataliste.

— Quand vous les aurez dénichés, ils vous serviront de point de départ pour rétablir un semblant d'ordre dans ce chaos.

Sur ces mots, Mr Evans tourna les talons et disparut dans les méandres de ses rayonnages.

— Veillez à partir à quatorze heures, surtout ! lança-t-il par-dessus son épaule. Je refuse que vous rentriez chez vous dans le noir complet. Hors de question que je réponde à un seul appel de Mrs Weatherford à ce propos.

Grace fit la moue. Elle ne pouvait qu'imaginer la tournure d'une telle conversation. Pour ne pas s'apitoyer sur Mr Evans, elle porta son attention sur la liste.

Elle comptait au moins vingt-cinq titres de littérature classique, suivis d'ouvrages sur l'histoire, la philosophie, et des romans policiers. En début d'après-midi, Grace n'avait déniché que quatre romans classiques quand le carillon de la porte l'interrompit. Elle quitta son rayonnage pour poursuivre ses recherches à l'avant du magasin au cas où le client aurait besoin d'elle.

Ce n'était autre que George Anderson, qui la salua d'un sourire charmeur.

— Bonjour, miss Bennett.

— Monsieur Anderson... Que puis-je faire pour vous ?

Elle faillit rire du ridicule de sa question au vu de son manque de compétences.

— Je peux au moins vous tenir compagnie pendant que je recherche certains titres, ajouta-t-elle.

— Que cherchez-vous donc ? s'enquit-il en remarquant sa liste.

Comprenant qu'il voulait l'aider, la jeune femme cacha le bout de papier dans son dos.

— Rien ! fit-elle en secouant négativement la tête.

Les yeux verts de George se plissèrent, à la fois soupçonneux et amusés.

— Rien ? répéta-t-il avec un sourire taquin. Vous en êtes bien sûre ?

Elle voulut protester, mais à quoi bon ? Mr Anderson connaissait les lieux bien mieux qu'elle. Elle lui remit donc sa liste.

— Je m'efforce de réorganiser les rayons de la librairie et je suis chargée de commencer par ces titres...

Il étudia le document. Avec son costume gris à la coupe parfaite et ses cheveux bruns coiffés avec soin, il ressemblait plus à un avocat penché sur un dossier sensible qu'à un client venant en aide à une vendeuse.

Quel pouvait être son métier ?

Grace brûlait de lui poser la question.

— J'ai trouvé *Les Hauts de Hurlevent, Le Conte de deux cités* et *Frankenstein*, précisa-t-elle en s'approchant de lui pour lui désigner les titres sur les étagères.

Il sentait bon le savon et un agréable parfum épicé qu'elle ne sut identifier.

— C'est un bon début, commenta-t-il d'un air complice. Voyons ce qu'on peut faire.

Tandis qu'ils parcouraient ensemble les rayonnages, elle lui confia son intention de faire un tour à Paternoster Row, histoire de trouver quelques bonnes idées.

— Cette rue est un haut lieu de l'édition, répondit-il. On y trouve non seulement des librairies, mais aussi des imprimeurs, des relieurs et plusieurs éditeurs. Certains sont spécialisés dans la religion, ce qui n'a rien d'étonnant compte tenu de l'histoire des lieux.

— Quelle histoire ?

— La cathédrale Saint-Paul est toute proche.

Il passa un index sur les tranches colorées des ouvrages.

— On dit que, il y a très longtemps, les hommes d'Église défilaient dans cette rue en récitant le Notre-Père, d'où son nom de Paternoster.

Il s'arrêta devant un volume à reliure bordeaux dont le titre était inscrit en lettres dorées.

— *Raison et sentiments*. Si je puis me permettre, un excellent roman. Un classique, reprit-il.

— C'est aussi une histoire d'amour, n'est-ce pas ?

Grace prit le livre et l'ajouta à la pile de ses maigres trouvailles.

Il émit un rire un peu rauque qu'elle trouva irrésistible.

— Vous n'allez pas faire de cette librairie un antre de prétention, comme certaines autres, j'espère.

— Je ne les ai pas encore visitées, admit Grace. Toutefois, je doute qu'une telle chose soit possible. J'aimerais au moins rendre ce magasin plus accueillant.

— J'ai toujours apprécié l'ambiance désuète, ici. Il serait dommage d'en faire un autre Nesbitt's Fine Reads, un lieu flambant neuf totalement dénué de personnalité.

— Je vous crois sur parole en attendant de m'y rendre moi-même. Je tiens à faire de mon mieux pour rendre Primrose Hill Books plus attrayant et faire venir de nouveaux clients.

— Je salue votre motivation.

— Mes intentions ne sont pas totalement altruistes…

Elle lui expliqua qu'il lui fallait une lettre de références et qu'elle avait passé des années à améliorer les résultats de la quincaillerie de son oncle pour se retrouver à Londres sans rien. Elle n'avait pas coutume de se confier à des inconnus, mais Mr Anderson dégageait une gentillesse qui la touchait et la rassurait.

Le front plissé, il l'écouta en hochant la tête de temps en temps.

— Je suis désolé que vous ayez subi ces déconvenues. J'aimerais vous aider dans votre projet afin que vous obteniez de Mr Evans la plus élogieuse des lettres de références.

La jeune femme s'empourpra. Soudain, sa situation lui paraissait moins pénible.

— En fait, vous le pouvez.

— En trouvant les titres de votre liste ? fit-il d'un air enjoué.

— J'ignore si c'est faisable.

Elle se tourna vers la porte pour s'assurer qu'aucun client n'était entré. Elle était si concentrée sur Mr Anderson qu'elle en oubliait tout le reste…

— Accepteriez-vous de répondre à quelques questions sur la lecture ? Cela me permettrait de mieux mettre les livres en valeur.

— Vous voulez donc vous mettre à la place des lecteurs. Excellente idée !

Grace rougit de plus belle.

— Que préférez-vous dans la lecture ?

George prit un air pensif.

— Excellente question. Autant me demander de décrire les couleurs d'un kaléidoscope.

— C'est donc si compliqué ? dit-elle en riant.

— Je veux bien essayer.

Il inclina la tête, le regard vague.

— Lire, c'est… c'est voyager sans prendre le train ou le bateau, c'est découvrir de nouveaux mondes merveilleux, c'est mener une vie à laquelle on n'est pas destiné, avoir une chance de voir les choses avec les yeux d'un autre, c'est apprendre sans risquer l'échec et ses conséquences. Quel meilleur moyen de réussir ? Je crois qu'il existe au fond de chacun d'entre nous un vide à combler. Pour moi, ce sont les livres qui jouent ce rôle, avec les expériences multiples qu'ils nous procurent.

Sa façon de parler, empreinte de tendresse et de poésie, toucha le cœur de la jeune femme, qui envia cet épanouissement que les livres apportaient à Mr Anderson. Rien n'avait jamais suscité une telle passion chez elle.

— Je comprends ce que vous voulez dire en évoquant les couleurs d'un kaléidoscope, affirma-t-elle. C'est une très belle réponse.

Il croisa une fois de plus son regard et esquissa un sourire modeste.

— Je ne sais pas si elle vous aidera à promouvoir la librairie.

— Bien sûr que si !

Grace se tut le temps de remettre de l'ordre dans ses pensées.

— Je pensais à un thème sur la lumière et le black-out, les joies de la lecture pour oublier la guerre grâce à de nouvelles aventures, expliqua-t-elle.

— Excellent ! commenta George Anderson. Vous allez faire des merveilles.

— Merci, souffla-t-elle, intimidée et ravie à la fois.

— Pardonnez-moi, dit-il en consultant sa montre, mais j'ai un rendez-vous. Il faut que je file. J'aimerais poursuivre notre conversation sur l'aide que je peux vous apporter dans vos efforts. Accepteriez-vous de prendre un verre avec moi, un de ces jours ?

— Avec plaisir, répondit-elle, écarlate.

— Que diriez-vous de mercredi prochain, à midi ? suggéra George.

Grace travaillait, ce jour-là. Mr Evans lui accorderait certainement une pause si elle le lui demandait. Du moins l'espérait-elle.

— Parfait.

— Au pub du coin de la rue, le P & V ?

— Je voulais l'essayer, justement.

— Tant mieux. J'ai hâte, conclut-il avec un sourire, avant de s'incliner galamment. Bonne fin de journée, miss Bennett.

Elle fut parcourue d'un frisson d'exaltation qu'elle réprima le temps que Mr Anderson quitte la librairie. Dès qu'il se fut éloigné dans la rue, Grace porta les mains à son cœur, puis à ses joues brûlantes.

— C'est d'accord, pour mercredi ! lança Mr Evans depuis le fond du magasin.

Abasourdie, Grace se figea.

— Euh… pardon ?

— Je ne vous espionnais pas, mais vous parliez un peu fort, tous les deux.

Le libraire émergea de ses rayonnages, les bras croisés, et observa leur pile de livres.

La jeune femme se redressa fièrement.

— Vous auriez pu plus mal tomber qu'avec George Anderson, reprit-il. Il est ingénieur et ne sera sans doute pas envoyé au front. Cela dit, il est du genre à se porter volontaire quand même, le bougre.

Cette référence à la guerre ramena Grace brutalement sur terre. L'espace d'un instant, elle l'avait oubliée. Le monde était redevenu normal.

Hélas, il y avait les ballons de barrage, les enfants évacués à la campagne chez des inconnus, les hommes qui partaient et ne reviendraient peut-être pas... Sans parler des bombes qui risquaient de les frapper à tout moment.

Elle avait l'impression de se réveiller d'un rêve pour se retrouver en plein cauchemar.

Dans le ciel, un nuage passa soudain devant le soleil, projetant une ombre dans la vitrine.

— J'espère simplement que ces bêtises avec Mr Anderson ne vous feront pas perdre la tête, prévint Mr Evans, la mine grave. En ce moment, un tas de jeunes filles se marient à la hâte avant que leurs hommes ne partent faire la guerre. Il faut rester raisonnable.

Grace n'en revenait pas. Son patron venait-il vraiment de se mêler de sa vie privée ?

— Je n'ai pas l'intention de me marier de sitôt, répondit-elle.

Il grommela quelques mots indistincts avant de disparaître dans ses rayonnages. Dans l'après-midi, Grace ne trouva que deux autres livres de sa liste au terme de recherches bien moins palpitantes sans Mr Anderson.

Quand vint enfin l'heure de partir, Grace ne se dirigea pas vers Britton Street. Plus que jamais, elle était déterminée à se rendre à Paternoster Row pour voir comment les autres librairies attiraient le chaland.

CHAPITRE 6

Paternoster Row était jalonné de vastes vitrines ornées de lettres dorées au nom de chaque librairie. Des affiches annonçaient des promotions pour attirer les passants. Grace découvrit des présentations soignées dans certaines boutiques et, dans d'autres, des piles d'ouvrages sans ordre particulier qui encombraient l'intérieur au point que les rideaux du black-out semblaient superflus.

Dans la rue étroite, la jeune femme dut longer les hautes façades pour éviter les bornes peintes en noir qui empêchaient les voitures de se garer sur le trottoir.

Entre ces boutiques, des vendeurs des rues proposaient toutes sortes de denrées sur leurs charrettes, de la limonade aux sandwichs. L'odeur de friture du *fish & chips* flottait dans l'air.

Alors qu'elle admirait les grandes vitrines de chez F.G. Longman, un visage familier capta son attention. Sur le seuil d'une librairie, sur le trottoir opposé, se tenait un homme aux petites jambes maigres et au nez busqué, un chat tigré sur les talons.

Mr Pritchard.

Avant qu'elle ne puisse s'inquiéter d'être repérée, il tourna les talons et disparut à l'intérieur de la librairie Pritchard & Potts, non sans tenir la porte pour son chat. Le nom de la boutique était peint en grosses lettres sur une vitre noircie au goudron.

Grace se réjouit du surplus de tissu de Mrs Weatherford qui lui avait permis de coudre les rideaux de Primrose Hill Books.

La devanture était bordée de bacs pleins de livres divers. L'intérieur devait être tout aussi désordonné, sans doute encore plus que chez Mr Evans.

La jeune femme réprima un frisson et se remit en marche vers une façade d'un rouge vif particulièrement attrayant. La vitrine très sophistiquée ne présentait que quelques titres. Le nom de « Nesbitt's Fine Reads » se détachait en lettres noires et dorées sur la vitre.

La librairie de Mr Evans n'atteindrait pas ce degré de raffinement, mais Grace était déterminée à glaner quelques idées, en plus des conseils judicieux de Mr Anderson, bien sûr.

Dès son entrée, elle remarqua que la porte était bien huilée. Le délicat tintement d'un carillon annonça son arrivée.

Les rayonnages étaient espacés et parfaitement ordonnés autour de tables qui, trônant au centre de la pièce, attiraient les lecteurs vers de beaux livres aux couleurs vives présentés sur des lutrins. Les murs de l'étage supérieur étaient tapissés d'étagères blanches garnies de volumes.

Tout était propre, neuf, sans un grain de poussière. Le bois était ciré, le verre étincelant, l'éclairage si efficace que même les jaquettes des livres brillaient de mille feux.

Une librairie de rêve.

— Puis-je vous renseigner ?

Grace se tourna vers une femme au nez pointu et aux cheveux gris relevés en un chignon strict.

— Non merci. Je regarde...

La vendeuse ne broncha pas. Son tailleur anthracite soulignait sa maigreur. Ses yeux sombres étaient rivés sur Grace.

— Vous êtes l'une des locataires de Mrs Weatherford, n'est-ce pas ? Cette bicoque délabrée... énonça-t-elle d'un ton sec et hautain.

La jeune femme eut envie de défendre la logeuse qui l'avait recueillie alors qu'elle n'avait nulle part où aller. Hélas, elle ne connaissait que trop bien le genre de personne qu'était Mrs Nesbitt. Les mégères de son espèce ne manquaient pas, que ce soit à la campagne ou en ville. Mieux valait encaisser les coups pour en rire plus tard.

Au lieu de laver l'honneur de Mrs Weatherford, Grace releva la tête et se redressa fièrement.

— Effectivement. Pourquoi ?

Son impudence se refléta dans le regard perçant de Mrs Nesbitt.

— Vous venez m'espionner ? Je sais que vous travaillez dans le gourbi crasseux de Percival Evans.

— Si c'est un gourbi crasseux, pourquoi vous sentez-vous menacée par ma présence ?

Grace n'en revenait pas de sa propre audace. Jamais elle n'avait pris la défense de personne, mais la mesquinerie de Mrs Nesbitt avait le don de la titiller.

La libraire s'en offusqua et secoua la tête avec emphase.

— Ne vous avisez pas de venir chez moi dans l'intention de me copier !

— Je n'ai aucune intention de vous copier, rétorqua Grace. Je compte faire beaucoup mieux.

Sur ces mots, elle s'en alla.

Ivre de sa victoire et désireuse de consigner quelques idées sur le papier, la jeune femme rentra vivement chez elle. Elle savait désormais ce qu'elle voulait faire.

En songeant à George Anderson, elle se troubla. Viv serait sidérée d'apprendre qu'elle avait rendez-vous avec lui !

Dans la soirée, Grace dressait un inventaire de ses projets pour Primrose Hill Books quand la porte de la chambre qu'elle partageait avec Viv s'ouvrit. Son amie apparut, laissant un parfum fleuri dans son sillage. Elle avait toujours été élégante, mais la capitale semblait avoir exacerbé sa coquetterie et son goût pour la mode. Son chandail bleu de chez Harrods se mariait joliment avec la jupe crayon en tweed qu'elle s'était confectionnée la veille et ses cheveux étaient mis en plis avec soin. Elle aurait pu figurer en couverture d'un magazine.

— Grace chérie, j'espérais te trouver ici !

Elle portait un petit sac dans le creux de son bras.

— J'espérais que tu rentrerais bientôt, répondit Grace en se levant d'un bond. Il y a du nouveau...

Viv se frotta les mains d'impatience.

— Parle...

— Un homme m'a invitée à sortir ! s'exclama Grace en frétillant d'enthousiasme.

Viv étouffa un cri de joie.

— C'est ton fameux client de la librairie ?

Grace lui avait parlé de George Anderson un soir où elles ne trouvaient pas le sommeil. Naturellement, ce détail n'avait pas échappé à Viv.

Grace hocha la tête et s'empressa de lui narrer la proposition du jeune ingénieur.

— Et tu as accepté ?

— Bien sûr !

Viv tapa dans ses mains, ce qui fit grand plaisir à Grace.

— J'ai quelque chose pour toi, dit-elle.

De son sac, elle sortit un petit écrin.

Grace souleva le couvercle et découvrit une gourmette très simple en métal, ornée d'un médaillon d'un côté de la chaînette, et d'une plaque ovale et blanche de l'autre. Une carte précisait qu'il s'agissait d'un bracelet d'identification de l'ARP.

— J'en ai un aussi, expliqua Viv en tendant fièrement son poignet.

Elle y avait inscrit son nom et leur adresse, qui figurait aussi sur le bracelet qu'elle venait d'offrir à Grace.

— Je les ai trouvés chez Woolworths.

Grace examina le bijou, soudain submergée par une sourde angoisse.

— Un bracelet d'identification ?

— En cas de bombardement, précisa Viv en se mordant l'intérieur de la lèvre dans une moue que Grace lui connaissait depuis son enfance. C'est plus solide que des papiers. Pour qu'on puisse nous identifier.

L'année passée, le National Registry avait déjà fourni à chaque citoyen britannique une carte, qui devait être portée sur soi en toutes circonstances. Mais Viv avait raison, le simple morceau de carton, même épais, restait fragile.

— Viv…

Ébranlée par ce cadeau, Grace ne savait que dire.

— S'il arrive quelque chose, ne vaut-il pas mieux que l'autre en soit informée ? insista Viv en posant son sac à côté d'un coupon de mousseline de soie jaune pâle acheté la veille. Je ne supporterais pas d'ignorer ce que tu es devenue au cas où tu ne rentrerais pas à la maison. L'autre jour, quand tu t'es perdue en plein black-out… j'étais folle d'inquiétude.

Grace voulut s'approcher pour l'étreindre, mais Viv la repoussa d'un geste.

— Non ! Tu vas me faire pleurer et mon maquillage sera fichu.

Elle essuya délicatement une larme de son index.

— Tu dois trouver cette idée un peu morbide, admit-elle.

Grace pinça les lèvres pour ne pas protester. Les deux amies se connaissaient si bien.

— Sur l'endroit du médaillon, il y a saint Christophe, le patron des voyageurs, reprit Viv. Tu n'es pas obligée de le porter, ce bracelet, tu sais. Moi, je ne quitte pas le mien. J'ai tellement peur des bombardements ! Cet après-midi, un bus a pétaradé à cause d'un problème de démarrage. La plupart des passagers sont descendus, en proie à la panique, croyant à l'explosion d'une bombe. Moi y compris, ajouta-t-elle avec un rire amer.

— C'est gentil de m'avoir acheté cette gourmette, déclara Grace en songeant aux implications d'un tel cadeau.

Il servait à identifier les victimes méconnaissables, après un assaut meurtrier. Elle en eut un frisson d'effroi.

— Je le porterai peut-être plus tard, promit-elle.

— Pour plus tard, oui, voilà, renchérit Viv, pleine de compréhension.

Grace rangea la chaînette dans le tiroir de sa table de chevet. Soudain, Viv huma un délicieux fumet.

— Je crois que Mrs Weatherford nous prépare un succulent *toad in the hole*, ce soir. La spécialité de ta mère. Tu crois que c'est prêt ?

Quand Grace était petite, sa mère préparait souvent ce plat à base de saucisses et de yorkshire pudding, au point que la jeune femme avait fini par s'en lasser. Étrangement, elle en eut l'eau à la bouche, maintenant que sa mère n'était plus là.

— Descendons voir, suggéra-t-elle. Et merci encore pour le bracelet… et d'avoir pensé à moi.

Viv la prit par les épaules.

— Je ne te lâcherai jamais, ma belle.

Son estomac se mit à gargouiller, provoquant l'hilarité des deux amies. Au milieu de l'escalier, elles entendirent la voix un peu étouffée de leur logeuse dans le vestibule.

— Bonsoir, monsieur Simons, Mrs Weatherford à l'appareil.

Viv s'arrêta sur une marche.

— Elle téléphone au chef de Colin, souffla-t-elle à Grace.

— Je voulais m'assurer que vous aviez réussi à déclarer Colin en tant qu'employé essentiel, déclara la logeuse à voix basse.

De toute évidence, elle ne voulait pas que son fils l'entende. Cette conversation ne concernait en rien les deux jeunes femmes, qui n'avaient aucun droit de l'écouter. Grace fit signe à Viv d'avancer, mais celle-ci refusa d'un geste.

— Dans combien de temps pensez-vous obtenir une réponse ? s'enquit la logeuse. Je vois… Je vous rappellerai demain… oui, demain… bonsoir, monsieur Simons.

Elle raccrocha. Viv dévala les marches comme si de rien n'était.

— Le dîner sent très bon ! lança-t-elle. On mange bientôt ?

— Il est sept heures ? fit la logeuse en lissant son tablier lavande avec une décontraction que contredisait son front soucieux.

— Sept heures pile, rétorqua Viv avec entrain.

— Eh bien, dans ce cas, passons à table.

Grace ne dit rien de peur de trahir son sentiment de culpabilité.

— Tu téléphonais à qui, Maman ? demanda Colin en posant les assiettes sur la table de la salle à manger.

Sa question était si innocente qu'il ne se doutait certainement de rien. Il se tourna vers Grace et Viv et leur sourit en rougissant. Le regard bleu vif de ce jeune homme un peu introverti cachait sans doute bien des secrets.

Songeait-il à une nouvelle méthode pour nourrir un lion ou au moyen de soigner l'aile brisée d'un oiseau ?

— C'était miss Gibbons qui se plaignait de l'épicier.

Mrs Weatherford entreprit de couper des parts de flan aux saucisses à peine sorti du four.

— Apparemment, il ne reste déjà plus de sucre dans les magasins. Tous ces gens qui font des réserves et vident les rayons ! C'est une honte.

Elle posa son couteau et observa ses convives.

— Quelqu'un veut de la sauce ?

Pendant le repas, Grace observa Colin à la dérobée. Il était honnête, bien élevé et gentil. Dans la maison, il effectuait les petites réparations, participait aux tâches ménagères. Outre son travail à la ménagerie exotique de chez Harrods, il veillait à leur confort et leur sécurité à toutes les trois.

Serait-il désireux de partir à la guerre si la possibilité se présentait ?

La plupart des hommes semblaient volontaires.

Elle ne comprenait pas comment on pouvait aller au-devant du danger délibérément. Cela dit, elle-même manquait de courage, au contraire de ces patriotes prêts à donner leur vie pour leur pays.

Ce soir-là, en se glissant entre ses draps, elle réfléchit à cet engagement. Face à un tel héroïsme, elle se sentait plus lâche que jamais.

Il fallait qu'elle travaille sur ce défaut. Sa mère l'avait toujours encouragée à défendre ses opinions et à ne pas se laisser malmener. Et elle avait la ferme intention d'y remédier. Un jour.

Dès qu'elle aurait remis de l'ordre dans la librairie Primrose Hill Books.

*

Le lendemain matin, Grace arriva à la librairie avec dix minutes d'avance, sa liste d'idées en main.

En entendant le tintement puissant du carillon, Mr Evans leva la tête et fronça les sourcils.

— Désolée, je ne voulais pas être aussi brusque.

Le libraire ne se départit pas de sa mine renfrognée pour autant.

— Je vous assure ! insista-t-elle. Je me suis laissé emporter par mon enthousiasme. J'ai un tas d'idées...

Mr Evans posa une main sur un paquet enveloppé dans du papier kraft et accompagné d'une carte.

— C'est pour vous, annonça-t-il d'un ton lugubre.

L'enveloppe blanc cassé portait l'inscription « Miss Bennett ». L'écriture était élégante.

— Je suis désolé...

Mr Evans abandonna son bout de crayon et ses papiers épars sur le comptoir et s'éloigna.

Pourquoi diable était-il désolé ?

Dans le silence de la boutique, Grace sortit la lettre de l'enveloppe. Elle remarqua aussitôt qu'elle portait la signature de George. Non pas Mr Anderson. George.

Cette familiarité fit battre le cœur de la jeune femme, dont la joie fut de courte durée. Le jeune homme lui annonçait qu'il s'était porté volontaire et qu'il allait intégrer la RAF. Elle apprit avec surprise que, outre son métier d'ingénieur, il avait une solide expérience de pilote. Il ne s'attendait pas à être si vite mobilisé, deux jours seulement après s'être inscrit sur les listes d'enrôlement.

Il annulait à regret leur rendez-vous, et s'excusait de ne pouvoir l'aider dans son travail au magasin. Toutefois, il lui proposait quelques idées de slogans. Il lui laissait aussi quelque chose dont il espérait pouvoir discuter avec elle lorsqu'ils se reverraient, et qui avait fortement alimenté sa passion de la lecture.

Grace sentit son cœur se serrer d'inquiétude et de déception. En temps de guerre, de nombreux avions étaient abattus. Les pilotes étaient constamment en danger.

Elle ferma les yeux. Non, elle ne devait pas y penser. Elle le reverrait.

Restait à savoir quand…

Elle posa doucement la lettre et prit le paquet, qui contenait manifestement un livre. George avait inscrit un commentaire sur le papier kraft.

Un classique, mais aussi une histoire d'amour.

Elle déballa un volume relié de cuir un peu usé et corné, dont elle examina le dos.

Le titre était presque effacé. Elle devina les lettres dorées : *Le Comte de Monte-Cristo*, d'Alexandre Dumas.

Non seulement George lui offrait un livre que, selon lui, elle allait apprécier, mais il lui cédait son propre exemplaire de jeunesse. À en juger par son état, il l'avait lu et relu. Un objet précieux.

Elle effleura la couverture en imaginant George enfant, avide d'évasion. Elle allait vivre l'aventure qui lui avait transmis la passion de la lecture. Pourvu qu'il en soit de même pour elle ! Et surtout, pourvu qu'elle le revoie pour le lui rendre et discuter de son contenu.

Hélas, son travail à la librairie ne serait plus le même sans l'espoir de croiser le sourire charmeur de George.

— Je vous avais prévenue qu'il était du genre à se porter volontaire ! lança Mr Evans depuis le fond du magasin.

Grace ferma les yeux pour chasser son angoisse. Il fallait qu'elle s'occupe pour ne pas trop réfléchir. Elle avait déjà surmonté une épreuve durant la maladie de sa mère et après sa mort. Pour se donner du courage, elle afficha un sourire.

— Je savais bien que j'aurais dû l'épouser d'abord ! s'exclama la jeune femme avec emphase.

Elle guetta la réaction de son patron, dont la tête apparut entre deux rayonnages.

— Vous plaisantez, j'espère...

— Je cherchais à attirer votre attention, avoua Grace en brandissant sa liste d'idées. J'aimerais parler avec vous de certains changements à apporter à la librairie.

— Non.

Sans un mot de plus, il disparut de nouveau telle une tortue se réfugiant dans sa carapace.

Grace rangea la lettre de George dans son enveloppe et la glissa dans son sac à main, puis elle posa le livre sur le comptoir.

— Nous commencerons en douceur, promit-elle.

— Vous avez déjà fait le ménage et chamboulé mes piles de livres !

— Jetez un coup d'œil, au moins.

Elle le débusqua dans son dédale de rayonnages, où il affichait la mine boudeuse d'un enfant contrarié. Grace lui tendit sa liste et alla accrocher son manteau dans l'arrière-boutique. À son retour, le libraire la dévisagea d'un air méfiant.

Il posa le bout de papier sur une rangée de livres.

— Je veux bien que vous déplaciez les livres dans un souci d'organisation, mais ne forcez pas trop sur les pancartes. De plus, mes livres ne sont ni repris ni échangés et jamais je ne vendrai d'articles d'occasion comme chez Foyles.

— Naturellement.

Il grommela quelque chose dans sa barbe qui aurait pu être un oui.

— Pardon ? demanda-t-elle d'un air innocent. J'ai cru entendre que vous acceptiez ?

— Oui… soupira Mr Evans.

Elle reprit sa liste, sachant déjà quelle serait sa première action.

— Vous ne le regretterez pas, promit-elle.

— Je l'espère, marmonna-t-il.

Si Grace était certaine qu'il finirait par apprécier ses efforts, la tâche restait considérable. Pourvu qu'elle n'aille pas au-delà des six mois prévus, car elle n'avait aucune intention de s'attarder chez Primrose Hill Books.

CHAPITRE 7

Les deux mois qui suivirent s'écoulèrent dans l'attente d'une guerre imminente qui ne vint pas. Les Londoniens avaient presque l'impression de s'être préparés en vain. Se seraient-ils alarmés pour rien ? Il n'y eut ni alerte, ni rationnement, ni attaque au gaz. À la radio, les bulletins d'informations tournaient en rond.

Grace ne reçut pas de nouvelles de George. Puisqu'elle n'avait aucune adresse où le joindre, elle espérait qu'il lui écrirait à la librairie.

Pour elle, cette période d'expectative se déroula dans la frénésie de sa réorganisation du magasin. Elle déplaçait des étagères, nettoyait les surfaces à n'en plus finir. Elle était si occupée qu'elle vit à peine arriver le mois de novembre.

Si tout n'était pas encore parfait chez Primrose Hill Books, la jeune femme se rengorgeait chaque fois qu'elle franchissait le seuil. Ses efforts avaient payé. L'espace était plus dégagé. Elle avait disposé des tables en plein milieu, face à l'entrée, pour accueillir les clients. Chaque rayon était clairement indiqué par une étiquette, en noir sur blanc.

En vérité, elle n'avait pour l'heure trié qu'un quart des livres, ce qui représentait déjà un grand nombre d'articles. Le reste était stocké dans la réserve ou à l'étage désormais inaccessible.

Un matin, alors qu'elle descendait l'escalier en colimaçon avec un carton dans les bras, elle entendit le carillon tinter. Posant son fardeau au pied des marches, elle remit en place la pancarte « privé » qui empêchait les clients de s'aventurer plus loin.

Mr Pritchard apparut, la tête enfoncée dans les épaules, son fidèle Tabby sur les talons.

— Bonjour, monsieur Pritchard ! lança-t-elle. Mr Evans est au fond, au rayon histoire.

Le vieil homme observa la signalisation des rayons.

— C'est nouveau, ça.

— J'ai installé l'ensemble il y a quelques semaines.

— J'espère que ces changements seront plus efficaces que ce chat ne l'est pour chasser les souris, maugréa le vieil homme.

Il observa le félin qui se léchait une patte.

— Cette bête préfère dormir.

En réaction, Tabby passa ses coussinets sur son oreille.

— C'est dommage, répondit Grace. En revanche, il semble vous apprécier.

— Cela ne résout pas mon problème de rongeurs. J'ai l'impression que vous êtes très occupée, miss Basset.

Elle ne prit pas la peine de le corriger. Il s'intéressait à une pancarte inspirée de sa conversation avec George et qui disait : « Illuminez votre black-out à l'aide d'un bon livre. »

Grace pensait souvent à lui et se sentait un peu coupable de ne pas avoir avancé dans sa lecture du *Comte de Monte-Cristo*. En dépit de ses multiples tentatives, elle était toujours trop distraite ou trop fatiguée pour se concentrer. Elle s'était arrêtée au bout de quelques pages. Depuis, le livre demeurait sur sa table de chevet.

Sa liste de choses à faire était interminable. Quand elle ne travaillait pas au magasin, elle notait des idées pour promouvoir la librairie et, lorsqu'elle se permettait de souffler enfin, elle tombait de sommeil.

— Il paraît que les affaires vont mieux, ici, déclara Mr Pritchard en se redressant. Vous croyez que c'est grâce à vos pancartes ?

Elle haussa les épaules d'un air vague. Mr Evans ne voudrait sans doute pas qu'elle divulgue ces informations.

Mr Pritchard s'approcha. Il sentait la menthe et la naphtaline.

— Je vous paierai un shilling de plus par heure si vous venez travailler chez Pritchard & Potts.

— Pritchard ! s'exclama Mr Evans qui apparut soudain derrière eux.

Avant que Grace ne puisse affirmer qu'elle ne travaillerait ailleurs pour rien au monde, son patron poursuivit d'un ton posé :

— Si tu veux visiter mon magasin, tu es le bienvenu. Tu peux même y exprimer à loisir ta frustration et ton point de vue sur la guerre.

Ses yeux bleus se plissèrent derrière les verres de ses petites lunettes.

— En revanche, si tu viens débaucher miss Bennett, je vais te demander de partir.

Grace ne se sentait plus de joie. Son oncle ne l'aurait jamais soutenue de la sorte.

Piqué au vif, Mr Pritchard se redressa fièrement.

— Elle serait plus utile dans une librairie de Paternoster Row, une situation bien plus prestigieuse que Hosier Lane, persifla-t-il avec dédain.

Sur ces mots, il sortit sur ses petites jambes grêles, Tabby sur les talons.

— Je ne comptais pas accepter son offre, assura Grace.

— Je m'en doutais, rétorqua Mr Evans en la toisant par-dessus ses lunettes. Vous avez déjà servi plus d'un tiers de votre peine ici.

Au fil des semaines, elle en était venue à apprécier son humour pince-sans-rire.

— Vous êtes certain de ne pas vouloir que je reste plus longtemps ? demanda-t-elle avec un sourire.

Il chassa cette idée d'un geste désinvolte et se dirigea vers le comptoir pour consulter le registre des ventes mis en place par Grace. Le libraire aimait calculer les meilleures ventes de chaque journée.

En fin de semaine, lorsqu'il lui remit son salaire, elle constata une augmentation d'un shilling par heure. Sans doute lui rédigerait-il une lettre de références élogieuse au terme de ses six mois de travail.

Viv s'en sortait tout aussi bien chez Harrods où son responsable louait ses compétences. Elle avait un talent sans pareil pour aider les clientes à trouver une tenue seyante. En rentrant du travail, Grace et Viv avaient pris l'habitude de se retrouver dans la cuisine, autour d'un thé, pour évoquer leur journée, parfois en compagnie de Mrs Weatherford.

Un jour de pluie, Viv poussa un long soupir en voyant la pluie marteler les carreaux.

— Cela ne te rend pas folle ? demanda-t-elle.

Grace semblait fascinée par le spectacle des gouttes d'eau qui fusionnaient pour former une rigole sur la vitre.

— Quoi donc ?

— Cet ennui, répondit Viv en regardant au-dehors avec nostalgie.

Grace faillit s'esclaffer. Son travail à la librairie ne lui accordait guère le temps de s'ennuyer.

— Je sais bien que tu ne t'embêtes jamais, concéda Viv en levant les yeux au ciel. Mais cette guerre n'en finit pas…

— Il ne se passe rien ! protesta Grace.

Pas d'alertes antiaériennes, ni de bombardements ou de rationnement. Certes, des rumeurs circulaient, mais elles demeuraient infondées.

— Justement ! objecta Viv, exaspérée. J'imaginais une vie londonienne trépidante, pleine de paillettes, de sorties, de soirées dansantes.

— Nous pourrions retourner au cinéma, suggéra Grace, hésitante.

Viv se renfrogna davantage en songeant à leur dernière tentative de sortie. Une soirée ratée à tous points de vue. Le bâtiment était plongé dans le noir et elles avaient trébuché à plusieurs reprises dans le couloir menant à la caisse. Il faisait si sombre qu'elles voyaient à peine le contenu de leur porte-monnaie. Elles avaient oublié leurs masques à gaz, ce qui arrivait de plus en plus souvent, et n'avaient pu entrer dans la salle. Sur le chemin du retour, une voiture dépassant largement les nouvelles limites de vitesse avait failli les renverser.

Pour couronner le tout, elles avaient eu droit à un sermon de Mrs Weatherford sur l'importance vitale du masque à gaz.

Grace en avait assez de sortir en plein black-out. Entre son expérience effrayante de la première semaine, l'accident évité de justesse en rentrant du cinéma, et les vols et agressions qui faisaient rage dans une ville plongée dans le noir, les deux amies avaient décidé de ne plus s'aventurer dans les rues après la nuit tombée.

Néanmoins, Grace était attristée par l'ennui de Viv.

— Ils ont peint des bandes blanches sur les trottoirs, fit cette dernière en lissant le devant de sa robe, encore une de ses créations.

Elle en réalisait au moins une tous les quinze jours, pour elle-même ou pour Grace et Mrs Weatherford.

— Il paraît que les gardes ARP portent désormais une cape fluorescente, ajouta-t-elle.

Grace tourna distraitement sa cuillère dans son thé.

— Et pourtant, plus d'un millier de piétons ont été percutés par des véhicules. Sans parler des travailleurs des docks qui, faute d'éclairage, tombent parfois à l'eau et se noient.

Un éclair zébra le ciel. Deux mois plus tôt, elles auraient sursauté de peur, redoutant un bombardement. Cette fois, les deux amies ne sourcillèrent même pas.

Viv avait raison, il ne se passait rien lors de cette « guerre de l'ennui », comme la surnommaient certains.

— Écoute... voilà, je songe à intégrer l'ATS, déclara-t-elle.

Stupéfaite, Grace lâcha sa cuillère. L'Auxiliary Territorial Service était la branche féminine de l'armée britannique. Viv devrait suivre un entraînement militaire et serait certainement affectée ailleurs qu'à Londres.

— Pourquoi ?

— Pourquoi pas ? répliqua Viv avec un haussement d'épaules. D'après ce que je sais, les femmes sont affectées à des postes dans l'administration ou les commerces. Cela ne me changerait pas beaucoup et, au moins, je contribuerais à l'effort de guerre. J'ai hâte qu'elle cesse pour aller danser ou voir des films sans redouter d'être renversée par une voiture en rentrant à la maison dans le noir. Et j'aimerais bien rencontrer un bel inconnu quand les hommes rentreront, sortir avec un garçon. Je ne veux plus avoir peur qu'une bombe nous tombe dessus ou appréhender un rationnement. Je veux retrouver une vie normale.

— Pourtant tu adores ton travail chez Harrods ! protesta Grace.

— C'est vrai qu'il est passionnant. Du moins il l'était au début. Les dames s'intéressent beaucoup moins à la mode par les temps qui courent. Et les rares clientes s'épanchent sur leurs malheurs. Elles se rongent d'angoisse pour leurs hommes envoyés au front et leurs enfants confiés à des inconnus à la campagne. Elles reçoivent des lettres terriblement tristes ! Les petits veulent rentrer chez eux et promettent d'être sages pour ne plus jamais être envoyés au loin. Je voudrais tant que cette foutue guerre se termine…

Soudain, un cri étouffé rompit le silence qui régnait dans la maison.

Viv et Grace sursautèrent, puis échangèrent un regard alarmé. Elles se levèrent d'un bond et se précipitèrent dans l'entrée. Mrs Weatherford était adossée à la porte, des enveloppes éparpillées à ses pieds, une main devant la bouche. Devant elle, Colin, les manches de sa chemise relevées, tenait une lettre ouverte.

— Que se passe-t-il ? s'enquit Viv.

— Tout va bien ? renchérit Grace en s'approchant de la logeuse.

Épouvantée, Mrs Weatherford ne lui répondit même pas, les yeux rivés sur Colin.

Grace se tourna vers le jeune homme qui, pour une fois, ne rougit pas. L'air déterminé, il fixait sa lettre, la gorge nouée.

— C'est arrivé...

Il leur montra l'en-tête : « Loi de 1939 sur le service national (forces armées) », provenant du ministère du Travail et du Service national. La date du samedi 11 novembre était tamponnée à l'encre bleue. Le jeune homme devait se présenter au service de santé pour une visite médicale.

— Je croyais que tu ferais partie des professions essentielles, souffla Mrs Weatherford, incrédule.

— Ils avaient promis d'essayer, rien de plus, Maman. Je n'avais aucune garantie. Je ne peux pas rester ici les bras croisés alors que les autres hommes sont à la guerre.

— Tu t'es porté volontaire ? s'enquit sa mère, perplexe.

— Non, rétorqua-t-il, la mâchoire crispée. Maman, je sais que tu ne veux pas que je parte et que tu as essayé de me faire rester... mais je ne peux pas ignorer ce courrier.

Le cœur serré, Grace remarqua que ses mains tremblaient légèrement, en dépit de son ton assuré.

Colin n'était pas taillé pour la guerre.

— Et ils te convoquent le jour de l'armistice ! déclara Mrs Weatherford en lissant nerveusement sa robe à fleurs.

Grace l'avait déjà vue effectuer ce geste quand elle cherchait à maîtriser ses émotions.

— Ton père est mort pour rendre l'armistice possible, poursuivit-elle. De quel droit te convoquent-ils ce jour-là ?

Sa voix stridente trahissait sa peur et sa douleur.

Grace tendit une main vers elle, mais sa logeuse la repoussa d'un geste.

— Il faut que j'appelle Mr Simons. Il m'a dit qu'il t'avait inscrit en tant qu'employé essentiel. Il pourra…

Colin fit un pas vers elle pour l'en empêcher. Sa mère se figea et leva vers lui ses yeux embués de larmes.

— Je ferai mon devoir, Maman. Notre pays a besoin de moi.

Grace sentit l'émotion monter en elle. Ce jeune homme si gentil, si doux, à peine sorti de l'adolescence, démontrait un grand courage.

Elle n'imaginait pas la maison sans lui et Mrs Weatherford sans ce fils adoré qui faisait sa fierté.

La logeuse ravala ses sanglots.

— Excusez-moi, bredouilla-t-elle. Je…

Elle s'enfuit vers l'escalier et gravit les marches en toute hâte. Quelques instants plus tard, la porte de sa chambre claqua et un cri de douleur s'éleva.

Colin baissa la tête.

— Va la rejoindre, lui conseilla Grace, une main sur son bras. Je mets de l'eau à chauffer.

Sans la regarder, il hocha la tête et monta à l'étage d'un pas lent. Grace entraîna Viv dans la cuisine.

Colin partait à la guerre…

D'abord George, et maintenant Colin ?

Elle posa les yeux sur Viv qui s'en irait bientôt, elle aussi, et eut le cœur gros.

Comme si elle lisait dans ses pensées, son amie secoua la tête.

— Je regrette ce que je t'ai dit tout à l'heure, Grace. Je n'intégrerai pas l'ATS, pas si Colin part.

Viv la prit dans ses bras, l'enveloppant de son parfum fleuri.

— Je ne partirai pas, promit-elle. Mrs Weatherford va avoir besoin de nous deux.

Grace acquiesça en silence, soulagée, car elle n'aurait pu supporter de perdre également Viv.

Pendant plusieurs jours, Colin s'affaira à mettre la maison en état avant son départ. Il donna sa démission chez Harrods et effectua toutes les réparations qu'il pouvait. Il montra même aux deux jeunes femmes comment changer un joint de robinet ou revisser une poignée de porte.

Un jour, Grace le trouva accroupi près d'une fenêtre du salon, en train d'appliquer du ruban adhésif tissé sur les vitres pour éviter que le verre ne vole en éclats en cas de bombardement, une éventualité qui lui semblait de moins en moins plausible.

Viv avait prévenu Grace qu'elle rentrerait tard, car elle avait une course à faire. Grace posa sa liste de slogans potentiels pour la librairie et s'agenouilla près du jeune homme. Elle ne prit pas la peine de lui proposer son aide, car elle savait qu'il déclinerait son offre. Elle se contenta d'humecter une bande adhésive et de la poser sur la vitre en respectant le motif.

Il la dévisagea un instant de ses yeux bleus pleins de tendresse, puis lui sourit.

— Je croyais que ta mère refusait de protéger ses fenêtres, dit-elle en poursuivant sa tâche.

— Je tiens à ce que vous soyez en sécurité.

Colin appuya sur le ruban que Grace venait de poser pour en chasser d'éventuelles bulles d'air.

— Si tu voyais ce que j'ai fait des quelques fleurs qu'il lui restait, reprit-il.

— Ne me dis pas que tu… « cultives la victoire », railla la jeune femme, abasourdie.

Depuis le mois d'octobre, le gouvernement invitait les Londoniens à arracher leurs massifs de fleurs pour planter des légumes afin de contribuer à l'effort de guerre. Le slogan appelait à « cultiver la victoire ». Il n'existait pas encore de rationnement officiel, mais cet appel au développement des potagers était un signe de son imminence.

Cela ne signifiait en rien que Mrs Weatherford était disposée à renoncer à ses chers rosiers et à ses jonquilles. Colin hocha la tête en inspectant son œuvre.

— Je connais mal la culture des légumes. J'ai consulté un manuel et j'ai fait de mon mieux.

— Tu aurais dû demander un coup de main à Viv. Elle a grandi dans une ferme.

— C'est justement pourquoi j'ai agi en son absence.

Il se leva pour s'attaquer à la partie supérieure de la fenêtre.

— Elle est toujours si apprêtée... Je ne pouvais la faire travailler dans le jardin, gratter la terre et casser ses ongles vernis.

Grace se leva à son tour. Elle arrivait à peine à l'épaule de Colin et elle était trop petite pour atteindre les vitres supérieures.

— Et tu sais combien elle est têtue. Elle aurait tenu à t'aider.

Elle humecta une bande de ruban et la tendit au jeune homme.

— Ce n'est pas moi qui le dis, répondit-il.

— Ta mère a vu le potager ?

— Non. Elle a rejoint le Women's Voluntary Service et participe à sa première réunion. Quand elle verra l'état de son jardin, on l'entendra d'ici.

Il regarda par la fenêtre, vers la rue, et afficha une mine grave.

— En mon absence, elle aura besoin d'aide, tu sais.

— Je serai là, promit Grace.

Il baissa la tête.

— Je déteste l'idée de la quitter. Et si les Allemands pilonnaient Londres ? Vous seriez en danger, toutes les trois.

Grace se garda de lui faire remarquer qu'il ne pouvait empêcher les bombes de tomber sur la ville.

— Nous avons l'abri Anderson, les fenêtres sont protégées, tu nous as même préparé un potager. De plus, tu sais que ta mère a stocké des vivres.

Il se mit à rire.

— Ah oui ! Pour empêcher les égoïstes de dévaliser les épiceries ! railla-t-il avec un clin d'œil complice.

— C'est cela ! Ne t'inquiète pas, on s'en sortira à merveille. Prends soin de toi et nous te préparerons la plus belle des fêtes pour ton retour.

Il lui répondit d'un sourire si doux que son cœur se serra.

— Ça me ferait plaisir.

Ils entendirent la porte d'entrée s'ouvrir et se refermer, puis le fracas de chaussures que l'on enlève et d'un masque à gaz que l'on suspend à une patère.

Colin fit une moue.

— C'est ta mère ? souffla Grace.

Il hocha la tête.

— On lui dit ?

Colin secoua négativement la tête avec une vigueur qui amusa la jeune femme. En entendant la porte du fond, ils comprirent qu'ils n'auraient pas à informer Mrs Weatherford du sacrifice de ses fleurs, car un cri strident retentit.

La disparition des massifs de fleurs et les vitres striées de ruban adhésif, qu'elle trouvait « affreuses », furent vite oubliées devant la véritable catastrophe : le départ de Colin.

Au matin du 11 novembre, Colin fut déclaré apte lors de la visite médicale. Deux jours plus tard, il reçut son ordre de mobilisation. Tout se passa très vite. Quand vint le jour du départ, la maisonnée était en état de choc. Colin accepta d'abord une étreinte de Viv, à peine capable d'afficher un sourire forcé. Puis il embrassa Grace.

— Veille bien sur Maman, lui murmura-t-il.

— C'est promis...

En quittant les bras de sa mère, il avait les larmes aux yeux. Il les chassa et sortit, se tenant bien droit. Naturellement, Mrs Weatherford aurait souhaité l'accompagner, mais il avait préféré s'en aller seul.

Dès que la porte se fut refermée derrière lui, un silence pesant s'installa. La maison elle-même pleurait son départ. Par la fenêtre, Mrs Weatherford le regarda s'éloigner dans la rue. Elle ne bougea plus de la journée, comme pour prolonger ces adieux.

Ce sacrifice terrible n'était que le premier d'une longue série à venir...

CHAPITRE 8

Si les rues de Londres se vidaient de ses jeunes hommes, Primrose Hill Books avait encore des clients. Des femmes venaient chercher un nouveau roman, de vieux messieurs examinaient le rayon politique d'un œil critique, des garçons trop jeunes ou des hommes trop âgés pour faire la guerre… Grace n'était que trop heureuse de les guider dans leur choix. Depuis la réorganisation de la librairie, les clients restaient plus longtemps et achetaient trois fois plus d'ouvrages qu'auparavant.

Chacun trouvait désormais ce qu'il cherchait, une différence essentielle. Seul un professeur à la retraite se plaignit des rayonnages trop propres qui n'avaient plus l'authenticité du joyeux désordre d'antan. Ce jugement fit sourire Grace, qui pensa aussitôt à l'affection de George pour l'ancien dédale poussiéreux.

Elle avait réussi à convaincre Mr Evans d'adopter les bons d'achat de livres. On pouvait ainsi acheter une carte-cadeau que la personne échangeait contre le livre de son choix. Grace avait découvert ce système chez Foyles, une vaste librairie sur six niveaux qui vendait des ouvrages d'occasion et organisait des événements avec des célébrités. Ces bons étant disponibles dans toutes les librairies, Mr Evans était à la traîne par rapport à ses concurrents.

Jusqu'à ce jour.

À l'approche de Noël, la librairie avait vendu plusieurs dizaines de bons rien que le premier jour, après que Grace eut promu la nouvelle.

— Je dois l'avouer, miss Bennett, c'est une excellente idée que vous avez eue, avec ces tickets, avoua Mr Evans après le départ d'un client.

Elle trouvait touchant qu'il parle de « tickets » et non de bons.

— Je suis contente qu'ils aient un tel succès.

Elle était en train de façonner des décorations en papier pour une vitrine sur le thème des fêtes de fin d'année.

— La fin du mois de décembre approche, annonça le libraire en notant la vente d'un bon dans son registre.

Il posa son crayon tout neuf et jeta un bout de papier dans la corbeille prévue à cet effet.

— Pourvu qu'avec l'an 1940 vienne la fin de la guerre, dit la jeune femme.

— Vous avez effectué les deux tiers de vos six mois de travail chez moi, reprit Mr Evans en refermant son registre.

— C'est vrai.

Elle se tourna vers son visage impassible.

Au moment où il allait lui répondre, un jeune homme élancé à moustache fit tinter le carillon de la porte. Mr Evans poussa un long soupir.

— Bonjour, monsieur Stokes. Aurions-nous commis une infraction ?

Grace ne parvenait pas à situer le nom de cet homme, qui lui était pourtant familier.

— Je suis de service, répondit-il.

Son ton autoritaire permit à Grace de retrouver la mémoire : Mr Stokes était le garde ARP du quartier.

— J'avoue que c'est un peu calme, ces derniers temps.

Avec sa mine renfrognée coutumière, Stokes scruta les rayonnages.

— J'aurais bien besoin d'un livre pour passer le temps, la nuit. Mon collègue est un gamin et il n'est pas très bavard. On pourrait croire qu'avec les fêtes, on verrait un peu de lumière dans les maisons. Mais non, rien.

Il semblait déçu de ne pas avoir l'occasion de réprimander ses concitoyens.

— Un bon roman policier, peut-être ? suggéra Mr Evans en lui faisant signe de le suivre.

Le libraire excellait dans ce domaine, au contraire de Grace. Elle s'était tellement concentrée sur la réorganisation des rayons qu'elle n'avait pas eu le temps de lire, de sorte qu'elle n'était toujours pas capable de conseiller les clients sur un plan purement littéraire. Était-ce ce que Mr Evans comptait lui dire quand il avait évoqué la fin de ses six mois de travail ?

Elle n'eut pas l'occasion de le découvrir, car le reste de l'après-midi fut frénétique. En cette fin d'année, la jeune femme avait pris la résolution de lire certains des livres qu'elle vendait. Elle pourrait cesser de limiter ses recommandations aux meilleures ventes.

En l'absence de Colin, Noël se déroula dans la tristesse. Mrs Weatherford avait préparé un festin compte tenu des difficultés d'approvisionnement. D'après les rumeurs, le rationnement débuterait en janvier. La logeuse avait trouvé une dinde à rôtir, ainsi que des panais, des pommes de terre et des choux de Bruxelles. Pour détendre l'atmosphère, elles avaient échangé des présents. Hélas, le cœur n'y était pas.

Grace avait offert des bons-cadeaux à Mrs Weatherford et un chapeau en vogue à Viv, qui leur avait cousu des robes. Quant à Mrs Weatherford, elle avait acheté à chacune de ses locataires un étrange sac à main à fond arrondi pouvant contenir un masque à gaz. Il était en cuir noir avec un fermoir doré et ne manquait pas d'allure.

— Vous ne pourrez plus oublier vos masques, désormais, déclara la logeuse d'un ton sans réplique.

Non seulement Noël ne vit pas la fin de la guerre, contrairement aux prévisions de nombreux optimistes, mais le rationnement tant redouté de certaines denrées – le bacon, le beurre et le sucre – rendit cet hiver, parmi les plus froids qu'ait connus la capitale, d'autant plus amer.

Chaque personne, y compris le couple royal, se vit attribuer un carnet de rationnement. Les réserves de sucre que Mrs Weatherford gardait sous clé depuis des mois semblaient fondre comme neige au soleil.

Dans cet univers morne, Grace trouva néanmoins un rayon de soleil inattendu.

Un après-midi, par une journée glaciale, la jeune femme bénéficia de quelques heures de liberté et, pour une fois, se retrouva désœuvrée. Elle se prépara une tasse de thé et se recroquevilla dans le fauteuil Morris du salon, sous un plaid, avec son exemplaire du *Comte de Monte-Cristo*.

Elle caressa le cuir usé de la couverture en pensant à George Anderson et à tous les appelés.

Où étaient-ils ? La vie était-elle aussi assommante pour eux ?

Elle l'espérait. L'ennui était préférable au danger.

Lentement, elle ouvrit le livre au dos déjà assoupli et commença sa lecture.

Ce qu'elle découvrit n'avait rien à voir avec les textes qu'elle étudiait à l'école. Le roman capta toute son attention et finit par la happer.

L'intrigue partait d'une accusation qui dégénérait vers la perfidie, puis la trahison. Au fil des pages, la jeune femme fut entraînée dans un monde inconnu où elle s'identifia à un être qu'elle n'avait jamais été.

Elle était captivée, investie corps et âme dans ce récit. Elle dévorait chaque mot, avide de connaître le sort d'Edmond...

— Grace ?

La voix de Mrs Weatherford vint anéantir la scène qui se déroulait dans son esprit. Elle sursauta et leva les yeux vers sa logeuse.

— À table !

Elle soupira et se précipita vers la fenêtre.

— Tu n'as pas tiré les rideaux. On ne va pas tarder à avoir des nouvelles de Mr Stokes.

Un peu désorientée, Grace réalisa qu'il faisait presque nuit. Elle se souvenait d'avoir songé à allumer la lumière, mais elle avait tout de suite oublié, emportée par les fiançailles de Mercédès et Edmond qui battaient leur plein et par les intrigues qui commençaient à se mettre en place.

Une lampe s'alluma soudain, réfléchissant le blanc de la page qu'elle était en train de lire. Les lettres noires ressortirent bien mieux.

— Qu'est-ce que tu lis ? s'enquit la logeuse en se penchant vers la couverture de l'ouvrage.

— *Le Comte de Monte-Cristo*. Le livre que m'a laissé Mr Anderson avant de partir.

— C'est aussi l'un des romans préférés de Colin, dit-elle, la mine sombre.

— Vous avez des nouvelles ?

Mrs Weatherford errait dans la pièce telle une âme en peine, remettant de l'ordre dans une pile de revues, secouant les coussins.

— Non, mais cela ne devrait pas tarder. Tu sais bien qu'ils forment les appelés avant...

Avant de les envoyer sur le front. Ces mots évocateurs d'un terrible danger restèrent en suspens.

— Si vous voulez le lire, quand j'aurai terminé, je vous le prêterai volontiers, suggéra Grace, histoire de changer de sujet.

— Je te remercie. Je possède désormais un superbe roman de Jane Austen grâce à ton boncadeau. Je n'avais pas encore lu *Emma*.

Elle ajusta longuement les rideaux noirs.

— De plus, reprit-elle, je m'efforce de m'occuper avec les femmes du WVS. Allez, viens manger. Le dîner va refroidir.

Le Women's Voluntary Service faisait un bien fou à Mrs Weatherford. Il lui permettait de s'occuper quand elle n'astiquait pas la maison jusqu'à tomber de fatigue, et lui apportait la compagnie réconfortante d'autres mères.

Grace obéit et posa son roman. Elles prenaient désormais leurs repas dans la cuisine. La salle à manger leur semblait bien trop grande et elles ne supportaient pas de voir la place vide de Colin.

À son entrée, Viv sourit.

— Je commençais à croire que tu ne viendrais pas dîner. Tu semblais tellement captivée par le livre de George, railla-t-elle.

Grace eut l'impression de revenir à la réalité après avoir voyagé dans un autre monde. Un peu gênée, elle se mit à rire.

— Désolée, je ne t'ai pas entendue rentrer. Je n'ai même pas vu la nuit tomber.

Durant tout le repas, malgré les bavardages, Grace ne put s'empêcher de penser à Edmond

Dantès. Elle ressentait ses expériences poignantes comme si elle les avait vécues elle-même.

Elle comprenait à présent la passion de George pour la lecture.

Dans la soirée, sous ses couvertures, à la lueur d'une torche, elle découvrit la suite des aventures d'Edmond. À chaque nouveau chapitre, elle se promettait que ce serait le dernier. Enfin, ses yeux se fermèrent d'eux-mêmes, mêlant les images présentes à son esprit à celles de ses rêves.

Le lendemain matin, elle se réveilla en sursaut, les yeux rougis, presque en retard. Après une tasse de thé sans sucre et une tranche de pain grillé tartinée d'une lichette de beurre, Grace affronta les éléments en direction de la librairie.

Le court trajet, si plaisant en été et en automne, était particulièrement éprouvant dans le vent glacial.

Aux abords de la station Farringdon, elle revivait les scènes du *Comte de Monte-Cristo* quand un éclat de rire attira son attention vers une rue transversale. Deux enfants bien emmitouflés et aux joues rougies par le froid couraient en tous sens, jouant à chat. De la buée s'échappait de leurs bouches hilares.

Naguère, ces rires insouciants étaient partout, ils faisaient partie des bruits de la rue, avec les moteurs des voitures et les conversations des badauds. Désormais, ces voix étaient devenues incongrues.

Toutes les mères n'avaient pas évacué leurs enfants à la campagne. Ces gamins-là ne furent pas les seuls qu'elle croisa, ce matin-là. Près de la librairie, elle vit plusieurs fillettes avec leurs poupées, autour d'un landau miniature.

Les enfants seraient-ils de retour à Londres ? Cela signifiait peut-être la fin de la guerre...

Dès son arrivée à Primrose Hill Books, Grace interpella Mr Evans :

— Vous avez vu les enfants ? On dirait qu'ils reviennent.

— Pour l'amour du ciel, fermez la porte, miss Bennett ! gronda le libraire. Il fait un froid de canard !

Grace obéit de ses doigts engourdis. Une fois à l'abri, elle se réchauffa vite.

— Les enfants sont revenus pour Noël, expliqua Mr Evans, penché sur son registre. Qu'est-ce que j'ai écrit, là ?

Elle déchiffra les pattes de mouche de son patron, ignorant son début de migraine. Elle n'avait pas assez dormi.

— Cinq exemplaires, je crois.

Il acquiesça d'un grommellement et prit quelques notes.

— Vous lisez mieux mon écriture que moi-même.

— Vous devriez peut-être commander des livres pour enfants et créer un nouveau rayon, suggéra-t-elle.

Elle posa son énorme sac à main alourdi par son masque à gaz et son livre.

— Maintenant que les fêtes sont passées, ils vont sûrement retourner à la campagne, commenta le libraire en écrivant avec application.

— Un petit rayon, alors.

Grace ouvrit son manteau et ôta son cache-nez en cherchant des yeux un petit espace libre dans la boutique.

L'une des tables du milieu devait accueillir une nouveauté à succès analysant le programme de Hitler. La jaquette orange promettait une étude allant au-delà de *Mein Kampf* sur les motivations et les projets potentiels de Hitler. Selon Grace, c'était un livre odieux, mais puisque le grand public semblait très désireux d'en savoir davantage…

Mrs Weatherford avait peut-être raison en affirmant que le savoir était le meilleur moyen de chasser la peur.

— Ici, décréta-t-elle en désignant cette table qui, à ses yeux, méritait d'être consacrée au rayon jeunesse.

Mr Evans émit un grognement qu'elle interpréta comme une forme d'acceptation. Ce n'était pas un non, en tout cas.

Dans l'après-midi, elle se mit à l'œuvre et passa commande à Simpkin Marshall, le grossiste installé sur Paternoster Row et qui livrait rapidement grâce à un entrepôt bien garni.

Le Comte de Monte-Cristo ne quittait pas la jeune femme. Edmond venait à peine de parcourir le tunnel menant à la cellule de l'abbé.

Qu'allait-il y trouver ? Et s'il se faisait prendre ? Cette simple pensée fit battre le cœur de Grace.

Sa commande envoyée, elle prit son roman et se glissa entre deux rayonnages, au fond du magasin, pour se replonger dans sa lecture. Aussitôt, son esprit embrumé s'éclaircit.

— Miss Bennett, fit la voix de Mr Evans, qui s'insinua dans sa bulle et ramena Grace à la réalité de la librairie.

Elle sursauta et referma vivement le volume relié de cuir, regrettant aussitôt de ne pas avoir noté le numéro de la page. C'était la première fois qu'elle prenait un peu de temps pour elle. Rongée par la culpabilité, elle leva les yeux vers son patron.

Intrigué, il observa le dos du livre.

— Vous lisez *Le Comte de Monte-Cristo* ?

— Eh bien oui, je...

Au moment de se justifier, elle se ravisa. Rien ne pouvait excuser sa conduite.

— Je regrette.

Mr Evans esquissa un sourire indulgent.

— Je vois que vous suivez le conseil de Mr Anderson... Continuez, miss Bennett, puisque vous êtes captivée par ce roman. J'espère que vous parviendrez à en vendre un certain nombre d'exemplaires.

— Je vais de ce pas en commander chez Simpkin Marshall, répondit-elle, soulagée.

— Faites donc. Et je vous recommande de poursuivre vos lectures par Jane Austen. Les dames semblent aimer ses personnages.

Curieuse, elle se promit d'acquérir un roman de Jane Austen. *Emma*, peut-être, que Mrs Weatherford appréciait.

— Je me réjouis de constater que votre travail vous a donné le goût de la littérature.

Le libraire ôta ses lunettes. Ses yeux semblaient plus petits, sans ses verres épais.

— Même s'il ne vous reste qu'un mois à passer ici, d'après notre accord.

Comment était-ce possible ? Le temps avait passé vite, en dépit des circonstances particulières. Ne sachant que dire, elle hocha la tête, mais se rendit compte qu'il ne la voyait sans doute pas, sans ses lunettes.

Ayant essuyé ses verres à l'aide de son mouchoir, il les remit.

— Vous ne vous êtes pas attachée à Primrose Hill Books, au moins ?

Cette question la désarçonna. En vérité, elle devait admettre que si. Elle aimait voir les clients trouver facilement ce qu'ils cherchaient grâce à sa réorganisation des lieux, elle appréciait les jaquettes, les couvertures plus créatives les unes que les autres. Elle aimait même l'odeur de poussière et de renfermé, sans oublier Mr Evans et son humour pince-sans-rire.

Avant qu'elle ne puisse formuler une réponse, le carillon tinta, annonça un nouveau client.

— Evans ? lança Mr Pritchard. Tu es là ?

Le vieux libraire leva les yeux au ciel et alla saluer son confrère. Grace s'interrogeait toujours sur leurs rapports. Étaient-ils amis ou ennemis ?

— Bonjour, Pritchard.

— Tu as essayé le *fish & chips* de chez Warrington, dernièrement ? Je viens d'en manger et il était infect. C'est un scandale. Il n'y a même plus un *fish & chips* digne de ce nom dans cette ville ! Je sais bien qu'on ne trouve plus la même huile de friture, mais j'ai fait la queue et j'ai payé cher...

Ils discutèrent des affres du rationnement et s'accordèrent sur l'infériorité de la margarine par rapport au vrai beurre. Grace les écoutait d'une oreille distraite.

Bientôt, elle ne viendrait plus. Alors qu'elle avait tant de fois rêvé de rejoindre Viv chez Harrods, au cœur des rayons d'étoffes colorées parfumés de senteurs onéreuses, pas une seule fois elle n'avait mesuré à quel point elle appréciait sincèrement son poste actuel.

Elle serra son livre contre elle comme si cela pouvait apaiser ses tourments. Dans un mois, elle aurait sa lettre de références en poche. Mr Evans lui avait recommandé dès le départ de ne pas s'attacher, et malgré tout, elle s'était involontairement entichée de sa librairie.

Au point qu'à présent, elle ne voulait plus la quitter.

CHAPITRE 9

Grace ne parvenait pas à chasser la mélancolie que lui inspirait son prochain départ de Primrose Hill Books. Et pourtant, durant trois semaines, elle n'osa pas demander à son patron si elle pouvait rester.

En revanche, elle termina *Le Comte de Monte-Cristo* et le conseilla chaudement à ses clients. Elle en commanda même des exemplaires supplémentaires, ce dont Mr Evans se réjouit.

Elle s'était précipitée dans sa lecture jusqu'à la dernière page, pour découvrir si Edmond avait assouvi sa vengeance et enfin trouvé le bonheur. Mais rien ne l'avait préparée à cette fin douce-amère. Jamais elle n'aurait imaginé se sentir aussi… dépossédée. Elle avait l'impression d'avoir fait ses adieux à un ami proche. Quand elle s'en ouvrit à Mr Evans, il se contenta de sourire et lui conseilla de se plonger sans tarder dans un autre roman. Elle se consola donc avec

Emma, qui se révéla un réconfort merveilleusement efficace.

Par ailleurs, Grace avait remarqué un changement chez Viv. Un après-midi, alors qu'elles prenaient le thé dans la cuisine, le malaise de son amie lui sauta aux yeux. D'abord, Viv oublia d'allumer le fourneau sous la bouilloire. Puis elle apporta la théière sans les tasses.

Cette distraction ne ressemblait pas à Viv, qui ne faisait rien à moitié. Avec elle, le moindre geste du quotidien devenait un spectacle.

Grace alla chercher les tasses dans le placard, puis elle dévisagea son amie.

— Quelque chose te tracasse. Qu'est-ce que tu as ?

Viv s'écroula sur sa chaise et poussa un long soupir. Elle se tourna vers le jardin, où le potager planté avec amour pour Colin avait gelé. Ce n'était plus qu'un lopin de terre aride.

— Tu n'as jamais l'impression de ne pas en faire assez ? demanda-t-elle.

Viv but une gorgée de thé, laissant une trace de rouge à lèvres en forme de croissant de lune sur la porcelaine blanche.

Grace ne répondit pas. Cette semaine-là, il avait fait si froid que le sol était couvert de neige. Elle avait les doigts glacés en permanence.

— Cette guerre durera tant que nous ne ferons rien de concret, reprit Viv, une note d'angoisse dans ses grands yeux bruns.

Grace n'allait pas aimer ce qu'elle avait à lui dire.

— Où veux-tu en venir ? s'enquit cette dernière, l'estomac noué par une sourde appréhension.

— Je n'en peux plus ! avoua Viv. Tu me connais, je ne suis pas du genre à rester assise les bras croisés en attendant que les choses se passent.

Grace posa sa tasse. Effectivement, Viv avait toujours mordu la vie à pleines dents, prête à affronter tous les obstacles.

— Tu penses à l'ATS ? hasarda Grace.

Viv hocha la tête.

— L'uniforme est affreux, je sais, mais son action correspond à mes compétences. C'est bien mieux que de devenir une *Land Girl*...

Elle faisait allusion aux membres de la Women's Land Army, une organisation civile qui plaçait des femmes dans les fermes pour remplacer les agriculteurs partis à la guerre. Si cet engagement restait volontaire, Viv redoutait d'y être affectée contre son gré en raison de son passé à la ferme familiale.

Depuis leur arrivée à Londres, elle n'avait eu des nouvelles de ses parents qu'une seule fois. Dans sa lettre, sa mère lui avait reproché son départ soudain en précisant que ce n'était pas la peine de revenir. Viv avait feint de prendre ce rejet à la légère, mais elle était profondément blessée.

— Tu ferais une excellente fermière, pourtant ! railla Grace en réprimant un sourire narquois.

Viv afficha un air faussement offusqué et arqua ses sourcils auburn épilés à la perfection.

— Tu es odieuse, Grace ! fit-elle avec une tape amicale. Tu pourrais m'accompagner. Tu nous imagines, toutes les deux, au sein de l'ATS, attifées de cet affreux uniforme marron qui fait les fesses plates, à sacrifier notre jeunesse pour l'Angleterre.

— Eh bien, vu sous cet angle… s'esclaffa son amie.

En dépit de son ironie, elle savait qu'elle avait un devoir envers son pays. Les hommes étaient appelés, les mères confiaient leurs enfants à des inconnus, des femmes se portaient volontaires. Et elle, que faisait-elle ?

Rien.

— Allez, viens avec moi, mon canard, insista Viv avec un clin d'œil complice. Lançons-nous ensemble dans l'aventure.

En pensant aux implications d'un engagement dans l'ATS, Grace sentit son cœur se serrer. Elle laisserait derrière elle ses remords de devoir quitter bientôt la librairie, et elle n'aurait plus à affronter Harrods sans Viv. Et surtout, elle resterait aux côtés de son amie, comme depuis leur plus tendre enfance.

Mrs Weatherford demeurerait seule dans une maison vide.

Le soutien du WVS avait ses limites, et la vie de Mrs Weatherford commençait à s'émietter. La logeuse au caractère autoritaire se retrouvait sous les ordres d'une responsable locale qui n'avait aucune intention de lui laisser sa place de chef. Mrs Weatherford assouvissait donc son obsession du contrôle sur le ménage.

Elle passait tant de temps à astiquer son foyer qu'une odeur de savon noir imprégnait la moindre surface. Dans la salle de bains, les serviettes étaient pliées et alignées à la perfection. Dans la cuisine, les pots à épices ressemblaient à des soldats au garde-à-vous sur leur étagère. Même les anses des tasses étaient dirigées dans le même sens, dans le placard.

Si Grace partait, Mrs Weatherford n'aurait plus personne, or, elle avait promis à Colin de veiller sur sa mère.

— Je ne peux pas m'en aller, déclara-t-elle.

— À cause de Mrs Weatherford, c'est ça ? devina Viv.

Grace baissa les yeux vers son thé.

— Je ne peux pas l'abandonner à son triste sort. De plus, je n'ai jamais été très courageuse, contrairement à toi. Je ne suis pas taillée pour l'ATS ou toute autre organisation de ce type.

— Tu es plus courageuse que tu ne le crois, affirma Viv en portant à nouveau sa tasse à ses lèvres.

Le sentiment de culpabilité de Grace ressurgit. Viv n'avait pas cherché à provoquer cette réaction, mais Grace était consciente de ne pas en faire assez pour l'effort de guerre.

— Je te comprends, assura Viv. Réjouis-toi, tu auras la chambre pour toi seule ! Tu pourras laisser la lumière allumée aussi longtemps que tu voudras, au lieu de lire à la lueur d'une torche.

Grace se mit à rire. Elle avait du mal à trouver des piles du bon format, de sorte qu'il lui était plus facile d'acheter régulièrement une nouvelle torche. Après que Viv eut avoué à Grace qu'elle s'ennuyait, celle-ci avait pris l'habitude de lui consacrer un peu de temps. Elles prenaient le thé ensemble, faisaient des emplettes. Le soir, elles écoutaient la radio au salon.

Même lors des bulletins d'informations, elle ne pouvait s'empêcher de penser au roman qu'elle était en train de lire. Naturellement, elle passait ses fins de soirée à lire sous ses couvertures.

Mr Evans ne s'était pas trompé. Grace adorait Jane Austen dont elle avait décidé de découvrir l'intégralité des œuvres.

— Sans toi, ce ne sera plus pareil ici, déclara-t-elle.

Viv prit sa main dans la sienne.

— Je reviendrai de temps en temps, quand j'aurai une permission.

— Et tes parents ?

— Ils ne seront pas d'accord, c'est sûr, fit Viv en levant les yeux au ciel. De toute façon, ils m'ont dit que ce n'était pas la peine que je rentre. Je préfère venir te voir plutôt que de subir leurs sermons sur mes défauts et la déception que je représente à leurs yeux.

— Tu seras un atout pour l'ATS, commenta Grace avec fierté. Tu as toujours été très courageuse.

Viv grommela modestement.

— J'aurais bien aimé travailler chez Harrods avec toi. Avant de partir, je leur dirai un mot en ta faveur. Ce serait bien que tu puisses récupérer mon poste.

Grace hocha la tête en affichant un sourire forcé. Elle n'avait plus aucune envie de travailler chez Harrods, surtout sans Viv.

Plus que jamais, Grace tenait à rester à la librairie. Restait à convaincre Mr Evans de la garder.

Le lendemain matin, en arrivant à la librairie, Grace trouva un grand carton sur le comptoir. Mr Evans en sortait des piles de livres et, tout en les mettant de côté minutieusement, il la salua.

Lorsque la jeune femme réapparut après avoir accroché son manteau dans l'arrière-boutique, il avait presque déballé tous les ouvrages.

— C'est la dernière livraison de Simpkin ? demanda-t-elle avec un calme apparent.

Il hocha la tête et sortit trois volumes.

— Il reste moins d'une semaine avant la fin de mes six mois, hasarda Grace.

— Je travaille déjà sur votre lettre de références, bougonna-t-il. Ne vous inquiétez pas.

Elle encaissa le coup. La situation devenait soudain plus concrète. Un peu trop, même.

Avant qu'elle ne puisse réagir, il sortit du carton un volume entouré de toile qu'il posa sur le comptoir avec révérence avant de le déballer.

Le livre était sale. Sa couverture d'un jaune doré était maculée de traînées brunes. Une grosse tache couleur rouille s'étalait sur sa surface jusqu'à imbiber la tranche. Grace se pencha pour lire le dos.

Quantentheorie des einatomigen idealen Gases d'Albert Einstein.

Parcourue d'un frisson, elle se redressa.
— C'est de l'allemand ?
— En effet.
Mr Evans pinça les lèvres et fronça les sourcils.
— C'est un rescapé des ouvrages brûlés par les nazis il y a sept ans, lors des terribles autodafés. La librairie Foyles a l'intention de tous les acquérir. Elle a même adressé une proposition à Hitler en personne. Je me demande bien pourquoi...
Le libraire effleura la couverture sans oser la toucher.
— Connaissant Foyles, il est capable de les fourrer dans les sacs de sable qui protègent sa boutique, comme il le fait sans vergogne avec ses vieux livres.
Grace avait remarqué la forme anguleuse inhabituelle de ces sacs. Jamais elle n'aurait imaginé qu'ils contenaient des livres. Son regard se porta sur la tache rougeâtre de la couverture, qu'elle trouvait à la fois fascinante et déconcertante.
— Qu'est-ce que c'est ?
Mr Evans prit une profonde inspiration.
— Du sang, souffla-t-il en soulevant l'objet. Du sang séché. Hitler n'apprécie pas qu'on cache chez soi les livres qu'il veut brûler.
Grace fut saisie d'effroi.
— Vous voulez dire que quelqu'un est peut-être mort pour le sauver ?
Elle suivit son patron dans l'arrière-boutique où il déplaça plusieurs cartons. En découvrant un coffre-fort installé dans le mur, Grace demeura bouche bée.
— C'est probable, répondit-il enfin.

Il tourna le cadran pour ouvrir la lourde porte métallique. Le coffre recelait une dizaine d'autres livres en allemand. S'ils n'étaient pas neufs, aucun ne se trouvait dans le même état que le titre d'Albert Einstein.

— Hitler veut faire taire de nombreuses voix, surtout les voix juives, expliqua Mr Evans en déposant avec soin son acquisition dans le coffre. Le reste du monde a le devoir de veiller à ce qu'elles ne soient jamais réduites au silence.

Il tapota le dos jaune portant le titre d'*Almansor* en lettres d'or.

— « Là où l'on brûle des livres, on finit par brûler les hommes », cita le libraire. Si Heinrich Heine n'est pas juif, ses idées vont à l'encontre de celles de Hitler.

Le coffre-fort se referma avec un bruit sinistre.

— Cette guerre va bien plus loin que le black-out ou le rationnement, miss Bennett.

La jeune femme sentit sa gorge se nouer d'émotion.

Des gens mouraient pour sauver des livres, pour éviter que des idées et des êtres ne disparaissent.

Et elle ne faisait rien.

— Je crois que je vais rejoindre l'ATS, déclara-t-elle de but en blanc.

Le libraire écarquilla les yeux derrière ses lunettes.

— Je ne trouve pas cela très raisonnable, miss Bennett. Pourquoi ne pas devenir garde au sein de l'ARP, plutôt ?

Grace n'avait aucune envie d'être comme Mr Stokes, à guetter le moindre rai de lumière provenant des habitations pour ordonner aux occupants de l'éteindre.

Le carillon de la librairie tinta. Sans un mot, elle laissa Mr Evans devant son coffre-fort pour aller à la rencontre du nouveau client. Il s'agissait de Mrs Nesbitt.

Elle portait un imperméable beige ceinturé à la taille et un chapeau noir sur son chignon austère. Ses lèvres minces teintées de rouge à lèvres étaient pincées.

— C'est vous que je viens voir, scélérate ! lança-t-elle d'un air arrogant.

Face à cette attaque, Grace demeura sans voix.

— P… pardon ?

— Ne jouez pas les innocentes, petite sorcière !

Mrs Nesbitt foula le plancher de ses petits talons.

— Quelle organisation ! railla-t-elle. Quelle propreté !

Elle désigna les étiquettes indiquant les rayons, puis s'intéressa à la table consacrée aux enfants, avec ses livres colorés bien présentés.

— Comment se fait-il que vos commandes chez Simpkin Marshall augmentent alors que nous autres peinons à écouler notre stock ? s'insurgea-t-elle d'un ton accusateur.

Grace fut d'abord un peu déstabilisée par cette hostilité flagrante. Piquée au vif, elle se devait de défendre l'honneur de Primrose Hill Books.

— Sauf votre respect, madame Nesbitt, répondit-elle en déployant des trésors de patience, vous n'êtes pas la seule à exposer votre marchandise de la sorte, ni la seule à indiquer vos différents rayons par des pancartes.

— Votre étal est particulièrement travaillé, rétorqua Mrs Nesbitt.

Grace savait que sa vitrine était attrayante, mêlant romans policiers à succès avec quelques livres pour enfants pour attirer les mères de famille. Elle n'était pas plus « travaillée » que celles des librairies de Paternoster Row.

— Merci, intervint Mr Evans. Grace s'est donné beaucoup de mal, comme toujours.

La grande et maigre Mrs Nesbitt fit volte-face pour affronter le petit homme ventripotent.

— Ce que je voulais dire, c'est qu'elle ressemble beaucoup à *ma* vitrine, rétorqua-t-elle. Quel toupet !

Il posa sur elle un regard blasé.

— Seriez-vous en train d'attribuer la baisse de vos ventes à l'augmentation des nôtres ?

— Naturellement ! Comment expliquer votre soudaine prospérité ?

— Par l'absence de concurrence dans le quartier, intervint Grace, encouragée par le soutien de son patron. Il y a beaucoup de librairies, sur Paternoster Row, alors que nous sommes la seule de Hosier Lane.

— Et nous proposons un service chaleureux, renchérit Mr Evans avec un sourire. D'ailleurs, madame Nesbitt, je vous prie de quitter les lieux.

Je ne voudrais pas que vous fassiez peur à mes clients.

Outrée, elle demeura bouche bée.

— Je n'ai jamais...

— Entendu de tels propos ? intervint Mr Evans. Eh bien, il est grand temps d'y remédier.

Sur ces mots, il lui indiqua la sortie.

Mrs Nesbitt se redressa fièrement et prit congé sans demander son reste.

Mr Evans fronça les sourcils. Grace crut qu'il allait lui reprocher d'avoir créé un scandale en public.

— Miss Bennett, oubliez l'ATS et restez ici.

— À Londres ?

— Chez Primrose Hill Books.

Le vieux libraire glissa les mains dans ses poches et baissa la tête.

— Vous aviez prévu d'aller travailler chez Harrods et je ne devrais pas vous faire une telle proposition, je sais. Je vous suis reconnaissant de ce que vous avez accompli et j'aimerais que vous réfléchissiez.

Grace n'en croyait pas ses oreilles.

— Je vous accorderais une augmentation de salaire, cela va de soi.

— Comment refuser une telle proposition ? répondit-elle avec un sourire.

— À la bonne heure ! Me voilà ravi.

Cet après-midi-là, en prenant le thé, Grace informa son amie qu'elle n'aurait pas à la recommander chez Harrods. Viv montait son dossier de candidature pour l'ATS.

Les femmes qui se portaient volontaires n'étaient pas envoyées en formation aussi vite que les hommes. Le temps que Viv remplisse son formulaire, se rende à la visite médicale et attende une réponse par courrier, le mois de février touchait déjà à sa fin. Dans le jardin, le sol était assez souple pour commencer les plantations.

Un mercredi matin, Mrs Weatherford apparut dans la cuisine vêtue d'un pantalon marron à taille très haute, roulé sur ses chevilles, et d'un pull vert mousse dont le col usé s'effilochait par endroits.

Elle nageait dans l'uniforme de Colin. La coquette logeuse avait-elle tourné la page sur ses robes pastel et ses tabliers fleuris ?

Grace et Viv se figèrent, une tranche de pain grillé tartinée de margarine à la main.

— Colin a arraché mes massifs de fleurs pour créer son potager, alors je vais faire en sorte que des légumes y poussent. J'ai l'intention d'en planter de nouveaux puisque les premiers ont gelé pendant l'hiver.

— Vous savez vous y prendre ? s'enquit Grace.

— Je connais les fleurs, assura-t-elle en remontant son pantalon. Planter quelques graines ne doit pas être sorcier, non ?

Viv faillit s'étouffer avec une gorgée de thé quand Mrs Weatherford brandit une brochure présentant le calendrier du jardinier.

— D'après ceci, on plante les oignons, les navets, les panais et les haricots en février.

— Pas les navets, intervint Viv. Il vaut mieux les planter en été. Franchement, vous devriez attendre le mois de mars.

Mrs Weatherford se plongea dans l'étude de sa brochure. Grace interrogea Viv du regard pour savoir si elle comptait venir en aide à leur logeuse. La jeune femme lui fit signe que non.

— Ah oui ! Tu as raison, à propos des navets, admit Mrs Weatherford.

Elle posa la brochure et mit un vieux chapeau de paille.

— Bon, j'y vais, annonça-t-elle. Je ferai de mon mieux.

Sur ces mots, elle sortit dans le jardin d'un pas déterminé.

— Tu vas vraiment la laisser se débrouiller seule ? gronda Grace.

Viv fit la moue.

— Je me suis juré de ne plus jamais remettre les mains dans la terre.

Par la fenêtre, elle vit sa logeuse préparer ses outils, puis se poster au milieu du terrain. D'un doigt ganté, elle creusa un trou dans la terre.

— Tu crois qu'elle sait ce qu'elle fait ? demanda Grace.

Viv but une gorgée de thé, les yeux rivés sur Mrs Weatherford qui creusait des trous pour former un cercle.

— Non.

Grace l'implora du regard.

— Je ne l'aiderai pas ! s'entêta-t-elle en s'adossant plus confortablement.

Mrs Weatherford examina trois sachets avant de prélever quelques graines de chaque variété.

— Elle mélange tout dans le même trou ? s'étonna Grace en se penchant vers la fenêtre.

— Je ne sortirai pas !

Mrs Weatherford recouvrit ses graines de terre et recommença un peu plus loin.

— Elle n'a même pas laissé de repères, grommela Grace.

Viv posa sa tasse si brusquement que quelques gouttes de thé s'en échappèrent.

— Un massacre ! Je monte me changer et je vais lui donner un coup de main.

— Je m'occupe de la vaisselle avant de vous rejoindre, répondit Grace en réprimant un sourire triomphant.

Elles mirent une bonne partie de la matinée à réorganiser le potager, en gardant un peu de place pour les plantations des mois plus chauds.

— Viv, tu es encore plus douée que Colin pour le jardinage, commenta Mrs Weatherford quand elles eurent terminé. Je sais que tu as envie de t'engager dans l'ATS, mais tu ferais plutôt une excellente *Land Girl*.

Viv se contenta d'un sourire poli.

Les trois femmes avaient passé un bon moment dans le jardin à bavarder tout en s'affairant. Elles ignoraient que ce moment de complicité serait le dernier. Cet après-midi-là, Viv reçut son ordre de mission. Elle partait le lendemain dans le Devon pour suivre une formation.

Grace se retrouvait privée de sa meilleure amie pour affronter les dangers de la capitale en guerre.

CHAPITRE 10

Sans Viv, Grace se sentait seule. Était-elle passée à côté de quelque chose en refusant de rejoindre l'ATS ?

Au lieu de devenir garde ARP, elle se laissa convaincre par Mrs Weatherford d'assister aux réunions du WVS.

Grace se retrouva entourée de ménagères, dont la plupart avaient son âge. Elle les aida à enrouler des bandages en les écoutant se lamenter sur les couches sales, le retard du courrier et les difficultés liées à l'absence d'un mari. Elles s'encourageaient, échangeaient des recettes pour vivre au mieux le rationnement, d'autant qu'il était étendu à la viande depuis le mois de mars. Comment préparer un repas digne de ce nom avec quelques grammes de viande à peine ?

Grace n'avait jamais souffert de sa timidité, car elle était compensée par l'exubérance de Viv. Mais sans son amie pour l'entraîner dans sa sociabilité, la jeune femme ne parvenait pas à se lier avec les femmes du WVS, malgré les semaines qui passaient.

En avril, Grace se mit à élaborer des excuses pour ne pas se rendre aux réunions, car elle préférait de loin lire dans son lit. Par chance, Mrs Weatherford ne lui faisait aucun reproche.

Quand elle n'aidait pas sa logeuse à cultiver leur semblant de potager, Grace dévorait les œuvres de Jane Austen, puis de Charles Dickens, avant de s'attaquer à *Frankenstein*, de Mary Shelley et à un roman plus actuel de Daphné du Maurier.

Grace recommandait chaudement ses lectures aux clients de la librairie. Les ventes prospéraient à tel point que Mr Evans lui prêtait des ouvrages à lire. Elle avait d'abord résisté, mais, consciente de l'impact de sa nouvelle passion sur son budget, elle avait fini par accepter avec joie.

Grace venait juste de conseiller *Rebecca* à une cliente croisée aux réunions du WVS, mais qui ne se souvenait visiblement pas d'elle, quand Mr Stokes apparut. Mr Evans ne s'inquiétait plus d'avoir enfreint les règles du black-out quand il voyait entrer cet homme entre deux âges, à la mine renfrognée. Ce dernier était désormais un client fidèle de la librairie et semblait dévorer les romans aussi vite que Grace.

— Cela fait presque trois jours qu'on ne vous avait pas vu, déclara Grace après avoir encaissé sa cliente. J'imagine que vous avez mis un certain temps à lire *Le Comte de Monte-Cristo*.

Elle ne masqua pas son amusement. Il lui avait demandé un livre qui lui durerait plus d'une nuit. Ses yeux cernés indiquaient qu'il avait sans doute essayé de terminer l'imposant ouvrage au plus vite. Grace ne lui avait pas conseillé cette lecture à la légère. Tout comme George Anderson, en lui offrant son propre exemplaire. Soudain, elle eut très envie de parler avec George. Si seulement elle avait pu lui dire combien son cadeau avait influé sur son existence ! Si seulement elle avait son adresse pour lui écrire combien elle avait apprécié le roman !

— Vous aviez raison. Cette histoire a occupé une bonne partie de mon temps, soupira-t-il. Elle était plus longue que les autres et aussi captivante. Le type avec qui je patrouillais a été appelé, alors je me retrouve à faire le boulot de deux personnes. Vous ne connaîtriez pas quelqu'un qui aurait envie de devenir garde ARP ?

— Grace y a songé ! intervint Mr Evans depuis le rayon histoire.

Elle savait maintenant que son patron se passionnait pour l'histoire et la philosophie. Il passait le plus clair de son temps plongé dans son propre stock, pour s'assurer qu'il n'y avait pas de coquilles dans les ouvrages, selon ses dires.

Contrariée d'être ainsi désignée, la jeune femme s'affaira à dépoussiérer le comptoir avec une vigueur si inutile qu'elle songea à Mrs Weatherford et sa manie du ménage. Elle voulait surtout éviter le regard de Mr Stokes, de peur qu'il ne cherche à l'embrigader.

Ses tentatives au sein du WVS avaient échoué. Pire encore, elle se sentait mal à l'aise, incapable de mener une vie sociale. Serait-elle plus efficace en tant que garde ARP ? Les alertes se soldaient toujours par quelques heures passées dans un réduit étouffant, au point que les gens ne prenaient même plus la peine de se mettre à l'abri.

Elle avait reçu deux fois des nouvelles de Viv. Comme elle était stationnée en Angleterre, ses lettres arrivaient plus souvent que celles de Colin. Depuis l'étranger, la distribution du courrier n'était pas fiable. Au moins, Viv semblait s'adapter à ses nouvelles missions plus facilement qu'elle-même au sein du WVS.

— Miss Bennett, est-ce vrai ? s'enquit Mr Stokes.

Grace redressa une pile des dernières aventures de Bobby Bear, un livre pour enfants présenté près de la caisse afin de déclencher un achat de dernière minute chez les mères de famille.

— J'y ai songé, oui…

— Mais vous êtes une femme, objecta Stokes.

Grace se crispa, offusquée par ce sous-entendu désobligeant.

— Si vous insinuez qu'elle en est incapable, vous vous mettez le doigt dans l'œil, mon vieux, intervint Mr Evans en émergeant du rayon histoire.

Il foudroya Mr Stokes du regard. Celui-ci pouffa d'un air narquois.

— Puisque c'est ainsi, je me porte officiellement volontaire, décréta-t-elle, piquée au vif.

— Vraiment ? fit le garde, sceptique.

— Ne faites pas semblant de crouler sous les candidatures, railla Mr Evans.

Un sourire aux lèvres, il disparut au milieu de ses livres.

— Très bien, concéda Stokes. Passez vous inscrire au poste de garde, cet après-midi… et je prendrais bien un autre livre, si vous en avez un à me recommander.

À la fin de sa journée de travail, Grace suivit le conseil de Mr Stokes et alla se renseigner au service de l'ARP. Au bout de quelques jours, elle se vit remettre un casque en métal orné d'un W blanc, un sifflet, une cloche servant à signaler une attaque au gaz, et le manuel du garde ARP, un carnet à couverture orange, et l'incontournable masque à gaz. Il était bien plus gros que les masques réservés au grand public, car il était équipé d'un micro. Loger ce monstre dans son sac à main ne serait pas facile !

Quatre jours plus tard, elle effectua sa première garde aux côtés de Mr Stokes, portant son masque dans un étui disgracieux. Un manteau léger la protégeait de la fraîcheur des nuits d'avril et la bandoulière ne cessait de glisser sur son épaule. Agacée, elle finit par la coincer sous son insigne de l'ARP.

Lorsqu'ils émergèrent du poste de garde, le black-out était presque total. La lune était cachée derrière d'épais nuages.

Les mains moites, malgré le froid, Grace n'y voyait absolument rien.

— Allez, venez, dit Mr Stokes en ouvrant la marche d'un pas assuré.

Grace avança avec précaution.

— Miss Bennett, on ne va pas traîner devant le poste la nuit entière, reprit-il avec impatience.

Grace regrettait déjà de s'être engagée dans l'Air Raid Precautions. Comment allait-elle se repérer dans le noir complet soir après soir ?

Elle se dirigea vers la voix de son responsable, qui se mit à rire.

— Les nouveaux réagissent toujours comme vous. De vraies taupes ! Cherchez les lignes blanches des trottoirs, miss Bennett, et vos yeux s'adapteront. Vous parviendrez vite à les distinguer.

Ils parcoururent les rues de leur secteur, si familières en plein jour. Mr Stokes lui désigna les abris ainsi que les sites vulnérables en cas de bombardement.

Outre le nom des résidents, il lui rappela les consignes décrites dans leur manuel, sans rien lui épargner des détails sordides liés aux effets du gaz et aux blessures éventuelles. S'il avait pu voir son visage, il aurait constaté le dégoût de la jeune femme. Peut-être était-ce son intention… Elle le savait capable de la décourager afin qu'elle démissionne.

— Les Taylor, grommela Stokes d'un ton hostile. Vous avez vu ça ?

Il semblait contrarié. En regardant droit devant elle, Grace s'efforça de surmonter sa sensation d'oppression. Au loin, elle décela une lueur dorée encadrant une fenêtre.

Grace faillit s'esclaffer tant la lueur était à peine visible.

— Elle ne peut être visible depuis un avion allemand.

Mr Stokes se remit en route d'un pas vif.

— La RAF a réalisé des essais qui confirment que ce type d'infraction au black-out est visible du ciel, en pleine nuit. Les Allemands ont envahi la Norvège et le Danemark. Nous pourrions être leur prochaine cible. Vous trouveriez normal que votre maison soit anéantie uniquement parce que les Taylor n'ont pas calfeutré leurs fenêtres ?

— Bien sûr que non ! répliqua Grace, ébranlée par la pertinence de cet argument.

— Quand je pense que Chamberlain a déclaré que Hitler avait raté sa chance de battre les Alliés... Si on perd cette guerre, ce sera au contraire parce que notre gouvernement est trop lent à réagir.

Grace avait en effet entendu à la radio que, pour le Premier Ministre britannique, Hitler avait « raté le coche », car il aurait pu lancer l'offensive plus tôt. L'armée allemande était prête et la Grande-Bretagne ne l'était pas. Il aurait mieux fait de se taire car, quelques jours plus tard, Hitler avait attaqué la Norvège et le Danemark, qui étaient tombés en quelques heures. La majorité des Britanniques se montraient critiques envers la stratégie de Chamberlain.

Mr Stokes gravit les marches du perron à une vitesse étonnante dans le noir.

— Monsieur Taylor ! Lumière ! Je vous ai prévenu que vous auriez une amende, la prochaine fois !

Grace se tapit dans l'ombre, ce qui n'était pas difficile. Elle avait des scrupules à verbaliser des Londoniens parce qu'ils n'avaient pas tiré leurs rideaux.

*

Au cours des mois suivants, Grace coiffait son casque de garde ARP trois soirs par semaine pour accompagner à contrecœur Mr Stokes, qui terrorisait les Londoniens de bonne foi dont les efforts pour respecter le black-out étaient insuffisants à ses yeux.

Mrs Weatherford avait eu des nouvelles de Colin. Il lui assurait qu'il allait bien et que sa formation se déroulait au mieux. Grace avait reçu une lettre de Viv si enthousiaste que la jeune femme avait eu l'impression réconfortante d'entendre la voix de son amie. Viv y évoquait sa mission, mais la censure avait rayé les informations jugées confidentielles d'un épais trait noir. Qu'importe ! Viv semblait aller au mieux, c'était l'essentiel.

Grace ne pouvait s'empêcher de penser à George Anderson. Un peu déçue qu'il n'ait pas donné signe de vie, elle ne pouvait s'empêcher de surveiller la boîte aux lettres de Primrose Hill Books au cas où…

Un après-midi, alors qu'elle triait le courrier de la librairie, Mr Pritchard se présenta, un journal sous le bras, Tabby à ses pieds.

— Evans ! Les Boches sont en France ! En Hollande et en Belgique, aussi. La France, Evans... la France !

Grace fut parcourue d'un frisson d'effroi. Jusqu'alors, Hitler n'avait pas eu l'audace de s'attaquer à la France. Désormais, ses troupes occupaient tous les pays voisins de l'Angleterre. Si la France tombait à son tour, seule la Manche se dresserait entre la Grande-Bretagne et l'armée allemande.

Grace songea à ses connaissances parties au combat. Plus tard, elle réalisa qu'elle pouvait aussi craindre pour sa propre vie, et celle des Londoniens.

Mr Evans surgit précipitamment de ses rayonnages et ferma son livre sans prendre la peine d'en marquer la page.

— Chamberlain a démissionné ?

— Je ne sais pas, avoua Mr Pritchard en scrutant désespérément son journal.

Le quotidien comptait beaucoup moins de pages qu'un an plus tôt à cause de la pénurie de papier.

— Pourvu que oui, soupira Mr Evans.

Abattu par la tournure des événements, il ôta ses lunettes et se pinça l'arête du nez. Le carillon annonça l'entrée d'un nouveau client, un son trop enjoué dans le silence morose de la librairie. Un livreur de chez Simpkin Marshall leur apportait un gros carton de livres.

Il s'agissait de *Tir au pigeon*, le dernier titre de Nancy Mitford, une satire politique de la

« guerre de l'ennui », telle qu'on la surnommait jusqu'alors.

Seigneur, songea la jeune femme. Mettre en avant un tel ouvrage serait de mauvais goût désormais…

Elle avait tenu à précommander ces exemplaires quelques jours plus tôt, avant la sortie du roman, malgré les réserves de Mr Evans, qui préférait vendre des classiques plutôt que de suivre les dernières tendances. Il avait pourtant fini par céder et maintenant le risque qu'elle lui avait fait prendre se retournait contre elle.

Durant les jours qui suivirent, ce fut l'escalade. Naturellement, les ventes de *Tir au pigeon* furent un échec. Les clients préféraient rester devant leur poste de TSF pour glaner des informations.

Et elles ne présageaient rien de bon.

Seule lueur d'espoir, la démission du Premier Ministre Chamberlain, dont la politique trop défensive était désormais considérée comme dangereuse. Winston Churchill, ministre de la Marine au sein du cabinet du Premier Ministre, lui succéda au grand soulagement de la population.

La guerre était sur toutes les lèvres et hantait les esprits. Les conversations relayaient des détails effrayants. Le bombardement de Rotterdam, disait-on, avait fait plus de 30 000 morts aux Pays-Bas.

Mr Stokes évoquait ces catastrophes avec une lueur de jubilation morbide dans le regard. Enfin un peu d'action dans cette guerre interminable !

Exalté, il n'en devint que plus sévère envers quiconque ne respectait pas le black-out, et il ne cessait de rabâcher les consignes de sécurité en cas d'attaque aérienne.

Paradoxalement, il faisait un temps superbe sur Londres. Jamais Grace n'avait connu un mois de mai aussi ensoleillé, ni un ciel d'un bleu si limpide. Le jardin de Mrs Weatherford était luxuriant. Les pousses et bourgeons avaient donné une abondance de fleurs et de feuilles, promesses d'une récolte abondante.

Les sacs de sable et les affiches décolorées faisaient tellement partie du paysage que Grace les avait oubliés. En écoutant les chants d'oiseaux, on avait peine à se dire que les pays alliés étaient en proie à de violents combats et bombardements.

Ce joli mois de mai était un mirage, une bulle fragile qui allait vite éclater pour faire place à la dure réalité du monde. Les troupes nazies étaient en France. Ce serait ensuite le tour de la Grande-Bretagne.

Des rumeurs se propageaient déjà sur des évacuations du littoral tandis que les enfants de Londres partaient, une fois de plus, à la campagne.

Si *Tir au pigeon* n'eut aucun succès à la librairie, l'ouvrage sur les objectifs de Hitler se vendait si bien qu'il ne restait pas longtemps en rayon. Les clients avides d'informations sur la logique du dictateur nazi n'étaient pas les seuls à franchir le seuil de Primrose Hill Books. Il y avait aussi des mères de famille inquiètes pour leurs maris au combat et tristes d'être séparées de leurs enfants, qui voulaient se changer les idées.

Un jour, une jeune femme aux cheveux châtains s'attarda plus d'une heure dans les rayons. Elle avait d'abord refusé l'aide de Grace, mais elle était postée devant les romans classiques depuis si longtemps que celle-ci alla à sa rencontre.

— Vous êtes sûre que je ne peux pas vous renseigner ?

La cliente sursauta et se détourna vivement.

— Je suis désolée... je ne devrais pas... bredouilla-t-elle avant d'éclater en sanglots.

Mr Evans fila se réfugier à l'autre extrémité du magasin, laissant Grace s'occuper de la malheureuse.

La plupart des ménagères masquaient leur angoisse et cherchaient à faire bonne figure. Jamais elles n'exprimaient leurs sentiments aussi ouvertement.

Grace en eut le cœur serré.

— Ce n'est rien, assura-t-elle en tendant un mouchoir à la cliente. Les temps sont durs pour tout le monde.

La jeune femme accepta le mouchoir avec un sourire contrit, les yeux rougis.

— Mon mari est en France et...

Elle déglutit et pinça les lèvres pour ne pas céder à nouveau à son chagrin.

— Avant-hier, j'ai envoyé ma fille à la campagne... vous avez des enfants ? demanda-t-elle en croisant le regard de Grace de ses grands yeux marron.

— Non...

La cliente observa le mouchoir maculé de mascara et de rouge à lèvres.

— La première fois, je l'ai gardée avec moi. C'est égoïste, je sais, mais je me sentais incapable de me séparer d'elle. Avec ce qui se passe en France... et Hitler qui se rapproche... elle me manque tellement... c'est insupportable. J'entends sa petite voix en permanence... quand elle chante des comptines. Ce matin, j'ai commis l'erreur de sentir son oreiller... son parfum de talc et de miel.

Elle couvrit son visage de ses mains et pleura à chaudes larmes.

Grace était émue. Même si elle n'était pas mère, elle connaissait la douleur de l'absence. Sans un mot, elle prit l'inconnue par les épaules.

— Elle me manque tellement...

— Je sais. Les choses vont s'arranger. Vous avez agi au mieux pour protéger votre fille.

La jeune mère hocha la tête et se redressa pour essuyer les traînées de maquillage sur ses joues.

— Je n'aurais pas dû venir ici dans cet état. Je suis désolée.

Elle se tapota maladroitement les yeux.

— Une amie m'a conseillé de me plonger dans la lecture d'un roman. Je pensais trouver quelque chose ici, mais j'ai du mal à me concentrer pour choisir.

Grace poussa discrètement un soupir de soulagement, car c'était enfin son domaine d'expertise.

— Je vais vous aider.

Elle l'entraîna vers une étagère et prit un exemplaire d'*Emma*, dont l'humour lui plaisait particulièrement.

— Avec ce roman, vous passerez du rire à la nostalgie.

— C'est un classique ? fit la cliente en saisissant le volume.

— Oui. Et une histoire d'amour.

À peine avait-elle prononcé ces mots que George Anderson envahit ses pensées.

La cliente la remercia avec chaleur et quitta la librairie en serrant contre elle son précieux ouvrage.

Quelques jours plus tard, Grace remarqua une enveloppe à son nom sur le dessus de la pile de courrier, en piteux état. Le cœur de la jeune femme s'emballa.

Ce ne pouvait être une lettre de George... Après tout ce temps, il n'était pas raisonnable de se bercer d'illusions. Et pourtant, de sa main tremblante, elle retourna l'enveloppe et lut : Flight lieutenant George Anderson.

Le souffle court, elle se hâta de l'ouvrir en veillant à ne pas la déchirer.

George lui avait écrit !

Était-il en France ? En sécurité ? Quand obtiendrait-il une permission ?

En dépliant la lettre, elle remarqua aussitôt que certaines parties du texte avaient été découpées. Il ne restait qu'un peu plus de la moitié du document initial qui datait du mois de février.

La feuille de papier était en lambeaux. Grace dut la poser à plat sur le comptoir.

George s'excusait d'avoir autant tardé à lui écrire, pour une raison qui avait été censurée. Il espérait qu'elle avait aimé *Le Comte de Monte-Cristo* et déplorait l'absence de livres là où il se trouvait. Il n'avait pu emporter qu'un seul ouvrage, qu'il relisait sans cesse. Hélas, le titre avait été masqué. Il espérait revenir à Londres dans l'année et voulait savoir si elle accepterait de sortir avec lui.

Le cœur de Grace s'emballa de plus belle. Il n'avait même pas évoqué le prétexte de l'aider dans son travail.

Un rendez-vous !

À Drayton, Grace avait eu quelques histoires qui s'étaient mal terminées. Tom Fisher était ennuyeux à mourir et Simon Jones trop pressé de l'embrasser. Quant à Harry Hull, il avait uniquement voulu se servir d'elle pour séduire Viv.

Aucun d'entre eux ne lui faisait autant d'effet que George.

Grâce à cette lettre pourtant caviardée par la censure, la jeune femme passa le reste de la journée sur un petit nuage. De retour chez elle, un sourire rêveur aux lèvres, elle trouva Mrs Weatherford au salon, entourée d'un stock de bandages à enrouler et à emballer.

— Ils rentrent à la maison ! lança-t-elle, assise par terre devant un carton.

Grace prit un bandage qu'elle enroula comme tant de fois auparavant lors des réunions du WVS.

— Qui ça ?

— Nos hommes ! s'exclama-t-elle, le visage radieux. La BEF rentre de France. Les membres du WVS ont reçu l'ordre de préparer leur arrivée. Nous devrons les accueillir, les aider, leur offrir des rafraîchissements, du réconfort. Grace, Colin va rentrer !

Si la British Expeditionary Force, le corps expéditionnaire britannique, quittait déjà le territoire français, cela ne pouvait signifier que deux choses : soit la France avait réussi à repousser l'armée allemande, soit elle était tombée aux mains des nazis et les Britanniques fuyaient. Les nouvelles officielles et les rumeurs privilégiaient plutôt la seconde hypothèse.

La jeune femme masqua son désarroi, car son instinct lui disait que le retour de la BEF était de mauvais augure, le signe que les hommes battaient en retraite.

Quelles seraient les conséquences pour la Grande-Bretagne ?

CHAPITRE 11

Grace ne tarda pas à voir ses soupçons confirmés. La nouvelle aussi prompte que douloureuse ne vint pas de la BBC ou d'un journal, mais de la plus malheureuse des sources : Mrs Weatherford.

Le premier soir d'assistance du WVS aux soldats de retour de Dunkerque, les rideaux noirs étaient déjà tirés quand la logeuse rentra à la maison. Pour la première fois, Grace regrettait de ne pas avoir assisté à cette réunion. Mais seules les membres officielles avaient le droit de s'occuper des militaires. Elle avait donc patienté au salon, avec un exemplaire de *Tir au pigeon* – dont l'achat avait eu le mérite de faire descendre le stock par ailleurs intact. Si on gardait en tête qu'il avait été écrit avant l'invasion de la France par l'armée de Hitler, le roman ne manquait pas d'humour.

En entendant la clé dans la serrure, elle se leva d'un bond et se précipita dans l'entrée. Mrs Weatherford avait le regard vague. Elle ôta ses chaussures plates et s'appuya au chambranle de la porte.

— Madame Weatherford ? fit-elle en tendant une main vers elle.

Étonnamment, la logeuse ne protesta pas quand la jeune femme la prit par le bras. Elle n'eut pas la moindre réaction.

— Madame Weatherford ? répéta Grace, plus fort. Comment ça s'est passé ?

Son instinct lui dit soudain que la réponse ne lui plairait pas.

— Hein ? fit Mrs Weatherford en arquant les sourcils.

— Vous avez vu les hommes ? Les hommes de la BEF ?

La logeuse hocha lentement la tête.

— Oui, souffla-t-elle, le regard de plus en plus lointain. C'était... c'était affreux. Des morts vivants, murmura-t-elle d'une voix tremblante. On lisait l'horreur dans leurs yeux. Ils étaient si épuisés qu'ils s'endormaient sur les œufs durs et les pommes qu'on leur avait apportés. Je n'ai jamais vu un tel abattement.

Grace s'attendait à de mauvaises nouvelles, mais elle fut choquée par ces détails. Colin était stationné en France. Était-il allé à Dunkerque, lui aussi ?

Elle se garda d'exprimer son angoisse en présence de la mère du jeune homme.

Chaque soir, Mrs Weatherford rejoignait ses camarades du WVS et, chaque soir, elle rentrait déprimée et lasse. Les rares fois où elle était à la maison, elle passait son temps au téléphone avec des mères ou des épouses de membres de la même division que Colin, à échanger les récits effroyables et des rumeurs des quelques hommes déjà rentrés.

Des soldats s'étaient retrouvés coincés sur la plage, sans la moindre couverture, à la merci des tirs nourris des avions allemands. Pour battre en retraite, les malheureux avaient nagé vers des bateaux eux-mêmes bombardés. D'après Mr Stokes, c'était un véritable bain de sang.

Pourtant, Mrs Weatherford avait l'espoir chevillé au corps.

Grace n'osait imaginer l'angoisse de sa logeuse. Colin au cœur d'un tel chaos, lui qui ne vivait que pour aider les animaux et qui était la gentillesse même... S'il se trouvait contraint de tuer pour sauver sa peau, il préférerait sans doute prendre une balle et n'hésiterait pas à porter secours à un blessé.

Les êtres au grand cœur n'étaient pas faits pour la guerre.

Dans tout le pays, des télégrammes étaient livrés au domicile de familles d'hommes tués ou capturés.

Pendant que des trains ramenaient des soldats à Londres, Mrs Weatherford ne reçut aucun télégramme, un silence qui rendait l'attente insoutenable.

Churchill n'admit l'ampleur de la débâcle que deux jours plus tard. Plus de 350 000 hommes avaient été secourus et environ 30 000 étaient morts, blessés ou portés disparus, un nombre inquiétant pour quiconque guettait le retour d'un proche.

La Grande-Bretagne n'avait pas perdu que des hommes. Pour sauver des vies, les soldats avaient dû abandonner du matériel, un sacrifice utile, mais coûteux et dangereux.

La presse et la radio évoquèrent toutefois un aspect positif. Des civils possédant un bateau de pêche ou une autre embarcation ramenaient des milliers de soldats de la BEF de l'autre côté de la Manche. De véritables héros. Leur geste symbolique prouvait que la Grande-Bretagne ne se rendrait pas.

La voix puissante de Churchill renforça la détermination de Grace et fit monter les larmes aux yeux de Mrs Weatherford.

Par un après-midi particulièrement calme, Mrs Weatherford apparut à la porte du salon. Grace lisait *Servitude humaine*, de William Somerset Maugham, le récit extraordinaire d'un homme ayant grandi en subissant les pires sévices. Il touchait Grace au plus profond de son cœur, là où les blessures subsistent quoi qu'il arrive.

En levant les yeux, la jeune femme constata que sa logeuse portait les vieux vêtements de Colin, maculés de terre.

— As-tu vu mes gants ?

— Ils sont dans l'abri, avec le déplantoir et l'arrosoir.

Il n'était pas correct de se servir de l'abri Anderson comme remise, mais le banc était particulièrement adapté au rangement du matériel, car la pluie avait inondé le sol. Elles n'étaient plus que deux à la maison, de toute façon.

Il y avait eu quelques alertes aériennes – toujours un avion inoffensif ou allié. Les gens ne se mettaient plus à l'abri depuis longtemps.

— Je me change et je viens vous aider, dit la jeune femme en se levant.

— Ce n'est pas la peine, mon petit. Tu as accompli plus que ta part, ces derniers temps. Un peu de désherbage et d'arrosage suffiront.

Grace lui sourit et reprit sa lecture. Au bout de quelques secondes, elle entendit un hurlement dans le jardin.

Mrs Weatherford.

La jeune femme lâcha son livre et se précipita à l'arrière.

Les Allemands avaient-ils débarqué ?

D'après certaines rumeurs, des parachutistes déguisés en nonnes et en policiers avaient été largués au-dessus des Pays-Bas et tiraient sur la population en se posant. Certes, c'était une information propagée par Mr Stokes, mais on ne savait jamais... Dans la cuisine, elle saisit un couteau avant de sortir.

Mrs Weatherford observait ses salades avec effroi.

— Que se passe-t-il ?

La logeuse poussa un long soupir et ferma les yeux.

— Des vers, souffla-t-elle en frémissant.

— Des vers ?

Elle s'attendait à des nazis armés de mitrailleuses.

— Je suis allée voir pourquoi les salades étaient flétries... raconta-t-elle d'une voix tremblante. Attends, je vais chercher la brochure sur les parasites.

Elle se dirigea vers l'abri Anderson. Les brochures distribuées par le gouvernement pour inciter les civils à cultiver un potager étaient rangées dans une boîte en métal.

Avec précaution, Grace s'approcha des salades et souleva une feuille de la pointe de son couteau. De gros vers de terre bruns s'enroulaient autour des laitues. L'un des plus dodus tomba sur la lame.

Grace poussa un cri de dégoût et eut un mouvement de recul en lâchant son couteau.

Elle s'en voulut aussitôt de sa couardise.

— J'ai trouvé, annonça Mrs Weatherford en brandissant sa brochure. Ce sont des... des vers gris. Quelle horreur !

Elle poursuivit sa lecture avec une moue.

— Alors ? Comment s'en débarrasse-t-on ? s'enquit Grace.

— Il faut les couper en deux ou les écraser.

Elles échangèrent un regard affolé et se tournèrent vers leurs salades. La lame du couteau abandonné scintillait au soleil.

— On devrait peut-être s'en tenir aux haricots, suggéra Grace.

— Personnellement, je n'ai jamais été folle de la laitue, répondit Mrs Weatherford. J'irai à la pharmacie pour voir s'ils ont un produit pour tuer ces sales bestioles.

Le pharmacien lui vendit une poudre blanche en insistant sur le fait qu'il fallait rincer la salade avec soin avant de la consommer, du moins ce qu'il en resterait.

Durant la deuxième semaine de juin, l'Italie entra en guerre aux côtés de l'Allemagne, décuplant l'effervescence qui régnait déjà à Londres. Dans la soirée, Grace et Mr Stokes patrouillaient dans les rues quand ils entendirent des pas précipités suivis d'un bruit de bagarre et d'un cri.

Parcourue d'une poussée d'adrénaline, Grace chercha à distinguer la scène. Elle sortit sa lampe à capuchon de sa poche, un étrange objet en forme de cloche, pour projeter une lumière tamisée sur le sol. Ils s'en servaient rarement, car Mr Stokes préférait qu'ils développent leur vision nocturne.

Le black-out avait tendance à faire ressortir les pires aspects de l'humanité. De sinistres individus cédaient à la tentation du vol ou des agressions. Mr Stokes se plaça devant Grace pour voir si une intervention était nécessaire grâce à leur autorité limitée et leur sifflet.

Depuis qu'elle officiait à l'ARP, Grace avait appris à lire le moindre mouvement grâce aux ombres subtiles projetées par la lune. À la lueur d'un fin croissant, ils distinguèrent deux agents de police ainsi qu'un homme portant une valise, et une femme.

Ce n'était pas un vol, mais une arrestation.

L'homme parlait très vite, en italien, peut-être.

— Nous ne voulons pas avoir recours à la violence, fit l'un des policiers d'un ton morne. Suivez-nous immédiatement.

L'homme se tourna vers les policiers comme s'il comptait les suivre. La femme tendit la main vers lui dans un sanglot.

— Que s'est-il passé ? s'enquit Grace.

— Cela ne nous regarde pas, répondit Mr Stokes.

Lorsqu'il lui fit signe de s'éloigner, elle ne broncha pas.

— Ils sont en train de l'arrêter ?

— Évidemment ! s'emporta Mr Stokes. Pour l'instant, seuls les hommes sont concernés. Ils chassent les Ritals d'Angleterre afin de les empêcher de nous espionner pour le compte de Hitler.

Soudain, ils perçurent un fracas sur le trottoir d'en face, suivi d'un son de verre brisé. En se précipitant, ils virent une vingtaine d'hommes entrer dans un commerce italien dont ils venaient de casser la vitrine en insultant copieusement les Italiens, alliés de l'Allemagne.

Grace en demeura sans voix. Elle avait fréquenté les lieux avec Viv. Les patrons étaient sympathiques. Ils s'inquiétaient des bombardements et leur offraient des produits supplémentaires malgré le rationnement. Et voilà qu'un établissement d'immigrés installés depuis plus de vingt ans était vandalisé.

Un homme ressortit en portant une chaise.

— Un pillage ! dit-elle en portant son sifflet à ses lèvres.

Mr Stokes posa une main sur la sienne pour l'empêcher de siffler.

— Un acte de représailles.

Elle se tourna vivement vers lui.

— Pardon ?

— L'Italie a choisi son camp, et ce n'est pas le nôtre, répliqua Stokes d'un ton sec.

— Ces commerçants sont des sujets britanniques ! s'insurgea-t-elle.

— Ils sont italiens.

Un autre homme surgit, portant ce qui ressemblait à un sac de farine.

— Des espions, probablement, reprit Stokes.

— Ils ont travaillé dur pour réussir à Londres, une ville qu'ils aiment autant que nous.

Ulcérée par tant d'injustice, Grace s'exprimait avec véhémence.

— Il faut arrêter ça !

Lorsqu'elle voulut s'approcher, Stokes la retint par le bras.

— Soyez raisonnable, miss Bennett, persifla-t-il. Ils sont une vingtaine et vous êtes seule.

Les yeux embués de larmes, elle se tourna vers lui.

— Seule ?

Il évita son regard.

Un nouveau fracas se fit entendre, suivi d'un éclat lumineux, un départ de feu à l'intérieur du café.

— Arrêtez immédiatement ! cria Grace dans la nuit.

Des rires gras et des railleries s'élevèrent.

— Attention ! Ils vont croire que vous êtes pour les nazis, prévint Mr Stokes à voix basse.

La jeune femme se figea, les joues inondées de larmes de rage face à sa propre impuissance.

— Comment pouvez-vous tolérer ça ?

— Éteignez la lumière ! lança Mr Stokes aux hommes. Vous voulez qu'on soit bombardés ?

Tandis qu'ils maîtrisaient le début d'incendie et que le noir remplaçait ces flammes nourries par la haine, Stokes n'osa pas regarder Grace.

Après ce service, Grace ne trouva pas le sommeil, et pas uniquement parce qu'elle s'inquiétait pour Colin, dont elle n'avait toujours pas de nouvelles. Sa propre impuissance la rongeait.

Elle avait rejoint l'ARP pour se rendre utile. Or, ce soir-là, elle n'avait aidé personne. En n'empêchant pas ces pillards de sévir, elle avait été complice de leurs exactions.

Même la lecture ne parvint pas à apaiser son âme.

Le lendemain, elle ne travaillait pas à la librairie et Mrs Weatherford était restée à la maison. Les soldats de la BEF ne rentraient plus de Dunkerque. Son espoir s'était amenuisé au rythme des arrivées, d'autant que la division de Colin ne comptait que peu de survivants.

Grace passa la majeure partie de la matinée dans le jardin, à désherber et inspecter le potager. Les plants de tomates étaient parsemés de petites fleurs jaunes et des courges encore vertes étaient apparues. Elle espérait que le jardinage et l'air frais lui changeraient les idées, mais ses sombres pensées la taraudaient.

Enfin, elle ôta ses gants et ses sabots pour regagner la cuisine. En entendant frapper à la porte, elle se figea.

Elles n'attendaient aucune visite.

Le courrier était déposé dans la boîte aux lettres.

Il n'y avait aucune raison que quelqu'un frappe à la porte, à part...

Grace se sécha vivement les mains, le cœur battant à tout rompre. Elle entendit les pas hésitants de Mrs Weatherford dans le couloir. Au moment où elle émergeait de la cuisine, Grace vit sa logeuse accepter une enveloppe de couleur orange.

Un télégramme.

Grace en eut le souffle coupé.

Un télégramme ne pouvait qu'être porteur d'une mauvaise nouvelle.

La logeuse referma la porte, les yeux rivés sur l'enveloppe. Lorsque Grace s'approcha, elle ne la vit même pas.

Dans le silence pesant, Grace voulut lui proposer de lire le message pour elle, mais elle n'en eut pas la force.

Mrs Weatherford prit une profonde inspiration. Enfin, Grace réagit. Il était cruel de laisser sa logeuse affronter cette épreuve.

— Vous voulez que je l'ouvre ? murmura-t-elle.

— Je vais le faire, répondit Mrs Weatherford en secouant la tête. J'ai besoin de savoir.

Ses mains tremblaient tant qu'elle eut du mal à glisser un index sous le rabat. Sans s'en rendre compte, Grace la prit par le bras.

« Nous sommes au regret de vous informer… »

Mrs Weatherford retint son souffle et dévoila lentement le reste du texte. Sur une bande blanche, en lettres capitales, figuraient les mots qui allaient bouleverser leur vie :

« Nous sommes au regret de vous informer que votre fils, le soldat Colin Weatherford, a perdu la vie lors de la bataille de Dunkerque… »

L'enveloppe et le message voletèrent vers le sol.

Colin était mort.

— Mon fils… gémit Mrs Weatherford. Mon fils. Mon fils ! Mon petit garçon…

Abasourdie, elle observa ses mains tremblantes.

La gorge nouée, Grace ravala ses larmes. L'énormité de cette perte avait creusé en elle un gouffre de colère, de chagrin et de désespoir. Colin n'aurait pas dû mourir !

Plus jamais il ne ramènerait un animal blessé, plus jamais il ne rougirait en la saluant. Ce monde cruel avait besoin de Colin, cet être lumineux qui s'était éteint.

Mrs Weatherford tomba à genoux avec un long gémissement rauque presque bestial. Elle froissa le télégramme dans son poing comme si ce geste pouvait empêcher le monde de s'écrouler sous ses pieds.

Dans tout le pays, des milliers de femmes voyaient leur existence dévastée par quelques mots imprimés noir sur blanc.

Plus que jamais, Grace eut envie d'avoir des nouvelles de Viv et de George, de les savoir en sécurité, malgré les incertitudes et le chagrin.

Le lendemain matin, Grace fut la seule à se lever. Elle ne trouva pas la tasse de Mrs Weatherford dans l'égouttoir. Lorsqu'elle lui monta du thé, sa logeuse ne lui répondit pas. Grace posa donc le plateau devant la porte en espérant qu'elle y trouverait un peu de réconfort.

La jeune femme aurait pu téléphoner à Mr Evans pour lui demander sa journée, mais elle ne voulait pas rester à se morfondre dans cette maison. Des idées noires lui avaient rongé le cœur la nuit entière.

Elle préférait s'occuper à commander de nouveaux livres, à converser avec ses clients. Il faisait déjà chaud et l'air sec piquait un peu ses yeux encore rougis et gonflés de larmes, sous le mascara et la poudre.

Mr Evans leva la tête dès son entrée.

— Qu'est-ce qui vous est arrivé ? demanda-t-il aussitôt.

— Un télégramme… bredouilla Grace, incapable d'en dire plus.

— Colin ? fit le libraire, la mine grave.

Elle hocha la tête.

Mr Evans ferma furtivement les yeux derrière ses lunettes.

— Il avait le cœur trop pur pour cette maudite guerre… Rentrez chez vous, miss Bennett. Je vous verserai votre semaine de salaire.

— Non, j'ai besoin de travailler, répondit-elle avec force. Je vous en prie...

Elle ne put maîtriser le tremblement de sa voix. Le libraire la dévisagea longuement avant d'accepter.

— Si vous souhaitez partir, dites-le-moi.

Elle acquiesça, soulagée d'obtenir quelques heures de répit.

Finalement, sa tristesse l'emporta sur le reste et suivit Grace comme son ombre, s'insinuant dans ses pensées, lui rappelant Colin tenant un animal blessé dans ses grandes mains bienveillantes. Elle revit la vitrine brisée du café italien, symbole de son impuissance et de son désespoir.

Elle s'était retirée dans l'arrière-boutique pour laisser libre cours à ses larmes quand Mr Evans entra. Il se figea et, hésitant, l'observa un instant. Elle lui tournait le dos, espérant qu'il fuirait, réaction qu'il avait eue quelques jours plus tôt, lorsque la mère de famille s'était mise à pleurer.

Au contraire, il s'approcha d'elle et lui tendit un mouchoir. Le sien étant trempé de larmes, elle l'accepta.

— Désolée...

— Ne vous excusez pas d'avoir des sentiments. Jamais. Voulez-vous... en parler ?

Il demeura près d'elle, un peu gêné. Elle le dévisagea pour jauger sa sincérité. Il était très sérieux.

Elle faillit refuser, car les mots ne feraient pas revenir Colin. Et elle n'était pas certaine d'être capable de parler, tant elle avait la gorge nouée. Puis elle pensa au pillage du commerce italien et sa culpabilité revint à la charge.

— Avez-vous déjà fait quelque chose dont vous avez honte ?

Il arqua ses sourcils broussailleux. De toute évidence, il ne s'attendait pas à cette question.

— Oui, avoua-t-il après réflexion, en croisant les bras. À l'instar de la plupart des gens, je pense. S'il est question de Colin, je suis sûr qu'il vous aurait pardonné. Il était ainsi.

Elle se contenta de hocher la tête. Presque malgré elle, elle lui narra la scène de représailles à laquelle elle avait assisté et qui la meurtrissait.

Appuyé contre le mur, il l'écouta et, quand elle eut terminé, s'assit sur une caisse pour être à sa hauteur.

Jamais elle n'avait croisé un regard aussi intense.

— Nous sommes en guerre, miss Bennett, et vous n'avez que deux bras. Alors oui, il arrive qu'une boutique soit vandalisée, mais elle n'a pas brûlé. Vous ne pouvez sauver le monde. Poursuivez vos efforts à votre niveau.

Il esquissa un sourire un peu gêné.

— Tel un vieil homme qui collectionne de vieux livres cabossés et souillés afin que certaines voix ne se taisent pas.

Il posa une main parsemée de taches de son sur la sienne. Sa chaleur la réconforta.

— Ou comme une jeune femme qui aide une jeune mère à trouver un roman pour la distraire de sa douleur, poursuivit-il.

Il ôta sa main et se redressa.

— Peu importe comment on se bat du moment que l'on ne s'arrête pas.

— Je ne m'arrêterai pas, promit Grace avec détermination.

— Je retrouve la femme déterminée que je connais ! lança-t-il avant de se lever. À propos, j'ai remporté une bataille personnelle grâce à une stratégie que je vous ai empruntée. Vous voulez voir ?

Curieuse, Grace s'essuya les yeux pour effacer toute traînée de mascara et suivit son patron.

— Vous l'avez peut-être déjà vue.

Il lui désigna la petite table consacrée à *Tir au pigeon*, dans un coin. En vérité, Grace avait évité cet endroit, synonyme d'échec à ses yeux. Elle n'en revint pas. De la centaine d'exemplaires commandés, il n'en restait que quelques-uns. Au milieu de la table trônait une notice : « Écrit à l'époque où Chamberlain était encore Premier Ministre ».

Mr Evans afficha un large sourire.

— Le roman se vend comme des petits pains.

— Un trait de génie, concéda la jeune femme en riant.

Mr Evans rougit et baissa la tête d'un air modeste.

— Je n'en suis pas peu fier, mais cela reste votre idée. Je n'ai fait qu'ajouter ma touche personnelle.

Ils finirent par vendre tous les exemplaires de *Tir au pigeon*. Grace gardait le conseil de son patron en tête. Au cours des semaines qui suivirent, la France capitula. Puis survint ce qu'ils redoutaient le plus : le bombardement de la Grande-Bretagne.

CHAPITRE 12

Les bombardiers allemands fondirent d'abord sur Cardiff et Plymouth, visant les docks. S'ensuivirent des batailles aériennes contre les appareils de la Royal Air Force. La ville de Londres demeurait épargnée, mais l'assaut était imminent dans l'esprit de tous.

Les habitants guettaient les bulletins de la BBC et échangeaient les informations, puis chacun évaluait ses propres risques d'être touché.

Si Grace ignorait où George était stationné, elle était consciente qu'un pilote d'avion de chasse était en première ligne.

Elle avait reçu une autre lettre de lui, aussi censurée que la précédente. Au moins, il allait bien. Dans les lettres caviardées de Viv, il était facile de deviner qu'elle semblait en bonne santé.

Grace s'inquiétait pour Mrs Weatherford, une femme qu'elle avait toujours connue énergique, serviable au point d'être envahissante, et pour qui chaque problème avait une solution.

Le visage blême, elle errait dans la maison comme une âme en peine, le regard éteint. Elle n'était plus que l'ombre d'elle-même.

Elle n'allait plus aux réunions du WVS, ne faisait plus le ménage. Il ne flottait plus une odeur de savon noir. Quand la logeuse apprit que le thé et la margarine étaient rationnés, elle se contenta d'un hochement de tête résigné.

En revanche, le reste de Londres vibrait d'un regain d'énergie et semblait espérer un peu d'action, malgré le massacre de Dunkerque. La « guerre de l'ennui » n'avait qu'assez duré et créait un sentiment d'impuissance.

Un samedi, Grace se décida à enlever les livres d'enfants de la vitrine. Les petits étaient presque tous repartis à la campagne et il serait plus efficace de consacrer le meilleur emplacement à des lectures destinées aux adultes restés en ville. Après son travail, elle ne rentra pas directement chez elle.

Elle décida de profiter un peu du soleil à la terrasse d'un pub.

Hélas, ce petit moment d'évasion n'atténua pas la douleur de l'absence de Viv. Si son amie avait été assise en face d'elle, elle lui aurait raconté les derniers ragots de chez Harrods. Elle avait aussi de la peine pour Mrs Weatherford, qui n'avait plus goût à rien.

Pour ne pas sombrer dans la mélancolie par une si belle journée, Grace se rendit à King Square Gardens, où les échoppes aux couleurs vives attiraient les clients. Des promeneurs se détendaient sur les bancs et les chaises longues longeant la pelouse vert émeraude.

Naturellement, le parc s'était transformé en potager. Les rosiers avaient cédé la place aux petits pois et aux choux. Grace s'installa sur une chaise longue dont la toile était tiédie par le soleil. L'air embaumait l'herbe coupée et les effluves de saucisse grillée. Les bruits de pas et les conversations se fondaient pour créer une atmosphère apaisante.

Soudain, le hurlement lancinant d'une sirène rompit cette quiétude. Une alerte aérienne.

Habituée à ce son familier, Grace ne broncha pas.

Au début de la guerre, la sirène lui donnait des palpitations. À présent, ce n'était qu'une nuisance. Plusieurs personnes se levèrent à contrecœur pour partir en quête d'un abri, mais ils étaient minoritaires. La plupart des gens restèrent à se prélasser au soleil.

Les fausses alertes avaient produit le même effet que le garçon qui criait au loup.

La sirène finit par se taire, mais son écho résonnait encore dans la tête de Grace, tel un bourdon ivre de nectar. Au lieu de s'atténuer, ce bourdonnement enfla, plus insistant.

Grace ouvrit un œil, les yeux plissés vers le ciel parsemé de nuages cotonneux.

— Qu'est-ce que c'est ? demanda quelqu'un, près d'elle, la tête levée.

Grace cligna les paupières et vit des petits points noirs se détacher dans le ciel d'azur. Un bruit sourd retentit au loin, suivi de plusieurs autres, tandis que des volutes de fumée noire s'élevaient.

Elle ne comprit pas immédiatement qu'il s'agissait d'avions en train de larguer leurs projectiles sur l'est de la capitale.

Londres était bombardé.

Grace se leva comme au ralenti. Elle aurait dû courir, entraîner les gens vers un abri, noter leur nom et les transmettre à leur garde ARP. Elle aurait dû faire quelque chose.

N'importe quoi.

Cela faisait des mois qu'elle se préparait à ce moment.

Or, elle demeura clouée sur place tandis que les engins destructeurs tombaient encore et encore.

— Vous devriez vous mettre à l'abri, miss, fit soudain un homme en posant une main sur son épaule.

Grace hocha la tête sans prendre la peine de regarder qui s'adressait à elle. Son regard était rivé sur le spectacle terrifiant de ces avions allemands.

Une femme se mit à hurler de terreur. Grace émergea de sa torpeur et retrouva l'usage de ses jambes, mais pas pour gagner l'abri. Mrs Weatherford était peut-être à la maison. Sans doute ne tenait-elle pas compte de l'alerte, elle non plus.

L'homme était un garde ARP. Sa claudication lui avait sans doute valu d'être réformé du service actif. Il se hâta d'orienter les promeneurs vers l'abri le plus proche. Lorsqu'il fit signe à Grace de le suivre, elle refusa :

— Je suis à deux minutes de chez moi et nous avons un abri Anderson dans le jardin, plaida-t-elle.

Il regarda en direction des avions qui poursuivaient leur assaut sur l'East End, puis se détourna et accepta sans un mot. La jeune femme fila vers Britton Street.

À son arrivée, le ciel était passé de gris et noir à un orangé rougeoyant. Un véritable enfer. En ouvrant la porte, Grace appela sa logeuse.

Elle trébucha sur le courrier sans pour autant prendre la peine de le ramasser. Depuis l'entrée, les pieds de Mrs Weatherford étaient visibles. Sans doute se reposait-elle dans son fauteuil Morris.

— Londres est bombardé ! annonça sa locataire en s'efforçant de garder son calme. Vite ! Allons dans l'abri.

Mrs Weatherford refusa, le regard distant. Elle préférait rester dans son fauteuil. Après plusieurs tentatives vaines, Grace la laissa donc au salon et se posta sur le perron, pour observer les bombardiers. S'ils s'approchaient, elle mettrait sa logeuse à l'abri, qu'elle le veuille ou non.

Les avions restèrent à distance, si bien que les habitants de Britton Street sortirent de chez eux pour observer en silence leur ballet dans le ciel embrasé. Grace pensa aux victimes. Avaient-ils négligé les abris, eux aussi ? Et les abris étaient-ils efficaces contre un tel assaut ?

Combien y aurait-il de morts ?

Elle frémit d'effroi.

Enfin, le grondement cessa et la sirène de fin d'alerte retentit. En se retournant pour rentrer, Grace trouva Mrs Nesbitt sur le perron voisin.

— Bon, je crois que c'est fini, déclara cette dernière.

Sans un mot, Grace retourna auprès de Mrs Weatherford.

Ce soir-là, Grace n'était pas de service à l'ARP. Avant même qu'elle ne puisse se préparer à aller se coucher, la sirène retentit à nouveau. Mue par une poussée d'adrénaline, elle refusa les protestations de Mrs Weatherford. Elle ouvrit les fenêtres, coupa le gaz et remplit la baignoire, puis elle fit descendre Mrs Weatherford de force dans l'abri. Dans la pénombre, elles trébuchèrent sur les outils de jardinage. Il flottait une odeur de métal mouillé, de terre, de renfermé. La sirène se tut et ce fut le silence, un silence annonciateur d'un assaut. Grace sentit tous les muscles de son corps se crisper.

Elle frotta une allumette et alluma la bougie qu'elle avait apportée avec leurs masques. La flamme était petite, mais elle éclaira l'espace confiné comme une ampoule. Au loin s'éleva le bourdonnement des avions, avec leur son familier et monocorde, amplifié par la structure métallique de l'abri, au point que Grace sentait presque leur vibration dans sa poitrine.

Le bruit sourd du largage d'une bombe la faisait sursauter à chaque fois.

— Tu crois que c'est ce que Colin a entendu en dernier ? demanda Mrs Weatherford, les yeux rivés sur la flamme. Tu crois qu'il a eu peur ?

— Il était très courageux, assura Grace. Le connaissant, il a dû essayer de sauver un camarade.

— C'est certain, acquiesça Mrs Weatherford, les yeux embués de larmes. Je l'ai tué autant que les Allemands. Je l'ai laissé grandir en étant trop gentil, trop doux. Je n'aurais pas dû lui permettre d'être aussi... sensible.

— Vous l'auriez forcé à être quelqu'un qu'il n'était pas.

— Au moins il serait toujours en vie...

— Il ne serait pas l'homme que nous aimions si fort.

— Je sais, souffla-t-elle avant de fondre en larmes. Je sais.

— Vous l'avez bien élevé, madame Weatherford.

Grace s'assit à côté d'elle et la prit par les épaules.

— Vous l'avez laissé être ce qu'il voulait être, vous l'avez aimé et soutenu. Il ne pouvait en être autrement.

Grace marqua une pause, consciente que ce qu'elle allait dire serait douloureux.

— Et vous savez qu'il détesterait vous voir ainsi.

Mrs Weatherford baissa la tête.

Elles ne dirent plus rien. Grace retrouva son siège, en face de sa logeuse, et parvint à s'assoupir malgré le bombardement qui faisait rage, au loin, la dureté du banc et sa posture inconfortable. Le lendemain matin, la sirène de fin d'alerte la réveilla en sursaut.

— Ils ne se sont pas rapprochés, commenta Mrs Weatherford en se levant péniblement, le dos fourbu. Je vais faire chauffer de l'eau pour le thé.

Elle arracha le bougeoir d'une flaque de cire fondue et quitta l'abri. Grace rentra à son tour et se dispensa de thé tant elle était épuisée. Jamais elle ne s'était autant réjouie d'avoir une journée de repos.

Plus tard, à son réveil, il flottait une odeur de savon noir qui s'intensifia dès qu'elle ouvrit la porte de sa chambre pour descendre l'escalier astiqué avec soin. Mrs Weatherford la salua d'un sourire triste et contrit. Si elle portait une robe sombre sans bijoux ni maquillage, elle avait coiffé ses cheveux gris en un chignon.

— Merci de m'avoir parlé comme tu l'as fait, hier soir, déclara la logeuse avec pudeur. Tu as raison. Colin ne voudrait pas me voir abattue. Je vais faire un effort… pour lui.

Elle porta une main tremblante à son chignon.

Grace l'étreignit.

— Nous le ferons ensemble.

La logeuse hocha la tête. Elles passèrent le reste de la journée à nettoyer la maison de fond en comble et à jardiner. Elles avaient des haricots, des concombres et des tomates.

Un épais nuage flottait au-dessus de l'East End tel un linceul pour les nombreuses victimes.

En milieu de journée, il y eut une autre attaque qui dura presque trois heures. Cette fois, le bruit des avions se mêlait aux détonations des canons antiaériens.

Dans le quartier, les ragots allaient bon train. On disait que le bombardement de l'East End avait fait des centaines de morts. Beaucoup de sinistrés se retrouvaient à la rue. Les incendies n'étaient toujours pas maîtrisés.

Grace écoutait attentivement chaque récit pour se faire une idée générale de la situation. Elle n'était pas seule dans sa quête désespérée d'informations. Tous les postes de radio étaient allumés et les journaux s'arrachaient.

De dix-neuf heures trente à vingt heures, Grace était de service à l'ARP en compagnie de Mr Stokes. Ces trois nuits par semaine étaient épuisantes, même si Mr Evans l'autorisait à commencer plus tard le lendemain d'une garde.

Ce jour-là, elle avait l'esprit embrumé. Il fallait qu'elle soit plus que jamais sur le qui-vive, après le désastre survenu dans l'East End.

— Ça brûle encore, maugréa Mr Stokes en observant au loin une lueur rougeoyante. J'ai un copain qui travaille pour l'AFS, là-bas. Il m'a dit que c'était l'enfer.

Grace n'enviait pas l'Auxiliary Fire Service, le service auxiliaire d'incendie, dont la tâche était impressionnante.

— Ce doit être horrible, admit-elle en suivant le regard de Stokes.

— D'après Harry, il y a des centaines de morts. Certains ont même eu les vêtements arrachés par la violence des explosions.

Affligée, Grace s'immobilisa.

— Les rues étaient jonchées de morceaux de cadavres, reprit Mr Stokes. Ils devaient s'arrêter sans cesse pour déblayer la chaussée de lambeaux ensanglantés.

Si Mr Stokes avait toujours apprécié les détails morbides, il n'exagérait sans doute pas, cette fois. Si Grace d'ordinaire ne le lui reprochait pas, cette fois, sa fascination morbide la dérangeait.

Sans s'inquiéter de son silence, il poursuivit :

— Une bombe est tombée sur un abri, sur Columbia Road. En plein dans le conduit de ventilation et…

Il écarta les bras pour mimer une explosion.

— Des familles entières anéanties d'un seul coup.

— Monsieur Stokes ! Vous êtes un ancien combattant ! Vous ne devriez pas évoquer des défunts de façon aussi cavalière après ce que vous avez vu pendant la guerre !

— Je ne suis pas un ancien combattant, répondit-il. Ils n'ont pas voulu de moi pour la Grande Guerre.

Il haussa ses frêles épaules.

— Ils ont considéré que j'avais le cœur fragile…

Le cœur fragile, songea amèrement Grace. *Encore fallait-il avoir un cœur…*

Soudain, la sirène retentit, annonçant une nouvelle pluie de projectiles. Grace sentit son sang se figer dans ses veines. La veille, elle était terrée dans l'abri Anderson. Or, les gardes ARP ne s'enfermaient pas. Ils avaient le devoir de protéger les riverains.

Ils patrouillèrent donc dans leur secteur, sur le qui-vive, prêts à porter secours à des blessés éventuels. Ils devraient aussi localiser ceux qui n'avaient pas survécu.

En pleine rue, Grace était vulnérable.

— Ne me dites pas que vous avez peur, fit Mr Stokes en posant une main sur son épaule.

Elle le foudroya du regard. Loin d'être contrit, il s'esclaffa.

— Voilà pourquoi les femmes ne devraient pas avoir le droit de faire un boulot d'homme !

Ulcérée par sa goujaterie, elle faillit rétorquer, mais il s'était déjà éloigné en direction de la file de riverains quittant leur domicile pour se mettre à l'abri. Il agita les bras tel un agent de police réglant la circulation pour mener les habitants du quartier d'Islington en lieu sûr.

Serrant les dents, Grace songea à sa formation. Elle savait comment réagir, en théorie. Ce n'était pas le moment de se laisser impressionner.

Lorsque la sirène se tut, des voix s'élevèrent pour lui poser mille questions. Où aller ? Combien de temps durerait l'alerte ? Serait-ce aussi long que la veille ?

Seraient-ils bombardés ?

Malgré leur formation, ni Mr Stokes ni elle n'en connaissaient les réponses.

Les visages inquiets et les voix tremblantes lui rappelèrent pourquoi elle était là. Il fallait qu'elle soit un exemple de sang-froid. Très vite, elle se joignit à Mr Stokes pour guider les habitants en détresse, bien plus nombreux que lors des alertes précédentes.

À mesure qu'ils pénétraient dans l'abri en briques bordé de sacs de sable, Grace notait les noms. Elle reconnut la plupart d'entre eux grâce au recensement de Mr Stokes. Elle comprit l'importance de savoir qui habitait où et qui était en sécurité. Soudain, un bourdonnement provoqua en elle un frisson d'effroi.

Le bruit était plus intense qu'auparavant.

Il était de plus en plus fort.

Mr Stokes referma la porte de l'abri. Grace scruta elle aussi la pénombre pour jauger au mieux la proximité des avions.

Des rayons lumineux transpercèrent la nuit. Les canons antiaériens cherchaient leurs cibles parmi les nuages. Au parc, Grace n'avait vu que de petits points noirs. Ils étaient bien plus gros, cette fois. Plus proches. Soudain, elle vit un oiseau énorme au cœur du rayon lumineux.

Un bombardier allemand.

Pas au-dessus d'eux, mais assez proche pour lui donner la chair de poule.

Sans tarder, un canon antiaérien tira. La détonation vibra dans tout le corps de la jeune femme.

Un objet sombre et ovale sortit du ventre de l'avion. Une bombe.

Pétrifiés, Mr Stokes et Grace la regardèrent planer vers sa cible avec un sifflement sinistre. Puis ce fut le silence pendant une fraction de seconde. Après un éclair lumineux, un bruit de tonnerre fit trembler le sol. Un nuage de fumée s'éleva au-dessus des flammes.

Quelqu'un venait de perdre sa maison. Une famille venait peut-être de périr.

Grace comprit la cruelle réalité : la guerre venait de frapper son quartier, des habitants qu'elle connaissait sans doute. Elle traversa la rue en courant à la lueur de l'incendie. Au loin, l'East End s'embrasait.

À mesure qu'elle avançait, les bruits de la guerre s'intensifiaient. Cette fois, le vrombissement des moteurs s'accompagnait du sifflement des bombes et des détonations lors de l'impact. Sans oublier les tirs des canons antiaériens et la bataille menée par la RAF contre l'ennemi. Dès la première accalmie, le véhicule de l'AFS fila vers l'un des incendies qui faisaient rage dans la capitale.

Grace courut aussi vite qu'elle put, les poumons en feu, mue par l'adrénaline. Elle foula les bris de verre qui jonchaient le bitume tels de petits rubis dans la nuit rougeoyante. Sur le côté gauche de la rue, toutes les fenêtres avaient été soufflées et les portes dégondées par les déflagrations.

La pose de ruban adhésif n'avait servi à rien.

— Ralentissez, miss Bennett ! souffla Stokes, qui peinait à rester à sa hauteur. N'oubliez pas mon cœur.

Grace n'en fit rien. Il y avait des blessés et elle n'avait que faire du cœur de son collègue. Au détour d'un coin de rue, elle s'arrêta net. Devant elle se profilait un énorme trou dans une rangée de maisons victoriennes. À la lueur des flammes, il n'y avait plus qu'un tas de gravats fumants.

Le travail de Grace commençait vraiment.

CHAPITRE 13

Épuisée, Grace se posta devant la maison bombardée de Clerkenwell Road dont elle avait déduit l'adresse grâce aux habitations voisines. Ce numéro était lié à l'un des noms que Mr Stokes lui avait répétés sans relâche lors de leurs tournées.

Mr et Mrs Hews, un couple âgé, habitaient ici depuis leur mariage, presque cinquante ans plus tôt. Mr Stokes avait souvent évoqué Mrs Hews, qui lui offrait toujours du chocolat quand il était enfant.

Stokes rejoignit la jeune femme.

— Mrs Hews... murmura-t-il, la mine sombre.

— Ils étaient dans l'abri, déclara Grace en se rappelant sa liste. Ils sont sains et saufs.

— Tant mieux...

Ils se mirent au travail pour étouffer les débuts d'incendie à l'aide de leur seau-pompe, tout en surveillant le reste du secteur. Au fil de la nuit, d'autres bombes tombèrent sur la ville, mais aucune à proximité. Ils passèrent un long moment à déblayer les bris de verre et à éloigner les pillards de la maison des Hews.

Quand retentit la sirène de fin d'alerte, Mr Stokes attendit le retour du couple sinistré. Il préférait qu'ils apprennent la mauvaise nouvelle de sa bouche. Leur douleur fit peine à voir. Mrs Hews était fière de ce foyer qu'elle avait entretenu avec amour pendant des décennies.

Les deux gardes ARP ne furent pas les seuls à s'attarder après la fin de l'alerte. Les gens du quartier contribuèrent à sauver ce qui était récupérable dans les décombres. Oubliant leurs propres vitres brisées et leurs portes soufflées, ils se montrèrent solidaires de ce couple qui traversait une épreuve pire que la leur.

Leurs amis mirent leurs maigres possessions en sécurité chez eux pendant que Grace conduisait le couple dans le centre de secours le plus proche, en attente d'un autre hébergement. À l'issue de son service, Grace regagna Britton Street dans un tel état d'épuisement qu'elle tenait à peine sur ses jambes. Elle s'écroula sur son lit tout habillée, maculée de poussière, pour ne se réveiller qu'à l'aube d'une nouvelle journée de travail à la librairie.

En arrivant à Primrose Hill Books, elle se sentait revigorée, ce qui n'empêcha pas Mr Evans de froncer les sourcils dès qu'elle eut franchi le seuil.

— Vous avez pu dormir ? demanda-t-il en posant son crayon sur son registre.

— Aussi mal que tout le monde, répondit-elle avec un sourire.

Il croisa les bras sur son chandail marron désormais trop grand pour lui, tant il avait maigri.

— Il paraît que la maison des Hews a été détruite. Vous y étiez ?

— Je ne suis arrivée qu'après.

Il s'exprimait d'un ton si grave qu'elle eut l'impression d'être une enfant sur le point de se faire réprimander.

— Vous auriez pu vous trouver là-bas au moment de l'explosion. Qu'auriez-vous fait, alors ? gronda-t-il d'un air réprobateur.

Grace hésita. Elle n'y avait pas songé, en vérité. Les Allemands semblaient viser l'East End et le risque que le quartier d'Islington soit touché par une bombe lui avait paru infime.

— Cela ne me plaît pas, miss Bennett, déclara-t-il, rouge de colère. Vous devriez démissionner de vos fonctions au sein de l'ARP.

Lorsque le carillon tinta, Grace reconnut une cliente habituée qui se passait généralement de conseils.

— L'ARP a plus que jamais besoin de moi, plaida la jeune femme à voix basse.

— La librairie aussi.

Sans un mot de plus, Mr Evans ferma son registre et s'éloigna vers le fond du magasin.

Grace sentit le désespoir monter en elle. De toute évidence, son patron s'inquiétait à l'idée que son engagement dans l'ARP nuise à la qualité de son travail chez lui.

Elle se promit de lui prouver le contraire.

Quand vint l'heure de la fermeture, elle avait trouvé plusieurs slogans et rédigé quelques pancartes en carton : « Égayez votre abri à l'aide d'un livre » et « Un livre vous tiendra compagnie lors des alertes ».

Rien d'extraordinaire, mais c'était un début.

Mr Evans, qui ne lui avait adressé que quelques mots de la journée, les accueillit d'un vague grommellement. Grace n'eut toutefois pas le temps de se soucier de son attitude hostile. De retour chez elle, elle s'endormit profondément. Vers vingt heures, elle fut réveillée par la sirène annonçant un nouveau bombardement. Privée de ce sommeil dont elle avait tant besoin, elle se traîna vers l'abri en compagnie de Mrs Weatherford.

Comme la veille, l'assaut se prolongea. Enfermée dans son abri de tôle, elle ne voyait pas ce qu'il se passait. Elle n'entendait que les explosions et les détonations des canons antiaériens, si proches que l'abri tremblait. Il se souleva même avant de retomber lourdement.

Les sifflements stridents étaient suivis d'un court silence, puis d'une explosion d'une violence à en faire trembler le sol. La sirène de fin d'alerte ne retentit qu'au petit matin. Les deux femmes décidèrent de couvrir leurs bancs de couvertures pour plus de confort. Elles avaient déjà enlevé leur matériel de jardinage pour retrouver un véritable abri.

Les Allemands allaient-ils pilonner Londres chaque nuit ?

À son réveil, dans la matinée, Grace apprit qu'un service de l'hôpital Saint-Thomas avait été touché par une bombe. Une école voisine avait aussi subi de gros dégâts. S'en prendre aux malades et aux enfants était d'une bassesse sans nom.

Ivre de colère, Grace n'en était que plus déterminée à rester à l'ARP et à participer au combat.

Elle était sur le point de faire part de ce sentiment à Mr Evans quand elle trouva porte close. Quelques mois plus tôt, son patron lui avait remis une clé de la librairie. Elle la sortit donc de son sac pour entrer. Elle écarta les rideaux pour laisser passer un peu de lumière, puis elle appela son patron.

Pas de réponse.

La jeune femme fut saisie d'une sourde appréhension.

C'était la première fois qu'elle ne le trouvait pas derrière son comptoir, telle une sentinelle, à guetter son arrivée, avant de disparaître au fond du magasin où il passait ses journées à lire.

Il n'était pas là.

Le bâtiment ne semblait pas endommagé. Son appartement, situé à l'étage, devait être intact. Des images vinrent à l'esprit de la jeune femme, qui songea aux terribles récits de Mr Stokes. Et si son patron était sorti, la veille au soir, et avait été surpris par le bombardement ?

Elle gagna l'arrière de la boutique en appelant Mr Evans. En entrant dans l'arrière-boutique, elle fut d'abord assaillie par l'odeur d'alcool.

Du Scotch – un breuvage qui sentait la paraffine et avait un goût encore plus désagréable. Son oncle en était un grand amateur.

Mr Evans était avachi sur sa chaise, endormi sur la table. Une bouteille d'alcool ambré était posée près de son bras replié et il tenait un verre presque vide dans une main.

Sans la présence de cette bouteille, Grace se serait inquiétée. Mais le spectacle du libraire ivre mort était surtout déconcertant.

— Monsieur Evans ?

Elle s'avança et posa son sac à main.

Il leva la tête, les lunettes de travers, et posa sur elle un regard vitreux. Il avait les cheveux en bataille et il portait les mêmes vêtements que la veille.

— Rentrez chez vous, miss Bennett, balbutia-t-il d'une voix traînante, avant de reposer la tête sur la table.

— Pas question. Nous avons un magasin à faire tourner.

Elle lui prit doucement son verre. Il ne résista pas.

— Je vous ai déjà parlé de ma fille ? dit-il en clignant les yeux comme s'il voyait trouble.

— Non, j'ignorais que vous en aviez une. Elle vit à Londres ?

Le libraire se redressa en vacillant.

— Elle est morte.

Mortifiée, Grace s'en voulut aussitôt.

— Pardon… je ne…

— C'est arrivé il y a plusieurs années. Lors de l'accident de voiture qui a emporté ma femme.

Il redressa maladroitement ses lunettes.

— Mon Alice aurait à peu près votre âge...

Il esquissa un sourire.

— Vous lui ressemblez, vous savez. Je suppose que c'est pour cela que Mrs Weatherford vous a envoyée chez moi. Elle se mêle toujours des affaires des autres. Son fils Colin était un ami d'enfance de ma fille. Votre logeuse croyait sans doute que votre présence soulagerait ma peine... n'importe quoi... Enfin, je suppose qu'elle comprend la futilité de ce projet, à présent.

La tristesse de son regard toucha Grace en plein cœur. Depuis la mort de sa mère, elle connaissait ce vide impossible à combler.

Elle posa le verre hors de portée.

— Cela vous dérange que je ressemble à Alice ?

Il l'observa un instant, comme s'il réfléchissait à la question. Ses yeux s'embuèrent de larmes et son menton se mit à trembler. Retenant un sanglot, il se détourna vivement.

— Au début, oui, souffla-t-il d'un ton mal assuré. Chaque fois que je posais les yeux sur vous, je voyais Alice. Elle était blonde, comme moi, avant...

Il désigna sa tignasse blanche. Grace ne fit aucun commentaire.

— Je pensais l'avoir enfouie tout au fond de mon cœur, soupira-t-il, mais certaines douleurs sont trop énormes pour être contenues. Je cherchais à chasser ma souffrance et mon sentiment de culpabilité.

Sa voix était empreinte d'une émotion qui émut Grace.

Mr Evans saisit sa bouteille pour observer le peu de liquide qu'il restait.

— J'espère qu'elle savait combien je l'aimais. Combien elle comptait à mes yeux.

Il posa fermement sa bouteille et regarda Grace en face.

— Je regrette de m'être fâché parce que vous restiez à l'ARP. Vous n'êtes pas Alice. Je le sais… Je ne veux pas vous perdre, vous aussi.

Grace sentit sa gorge se nouer. Dans sa vie, elle n'avait jamais connu de figure paternelle. Le sien était mort avant qu'elle ne puisse le connaître. Quant à son oncle, il voyait en elle une esclave et non une nièce.

— Je serai prudente, promit-elle. Je dois rester à l'ARP, monsieur Evans. Je suivrai votre conseil et je ne renoncerai pas.

— Il m'arrive d'être de très mauvais conseil, bougonna-t-il.

— C'est faux. Vos conseils sont très avisés.

Il se leva, un peu hésitant.

— Vous savez, Grace, je suis fier de vous.

Ce compliment lui alla droit au cœur. Personne ne le lui avait jamais dit, pas ainsi.

— Bon, je crois que je ferais mieux d'aller me coucher, admit le libraire.

— Je me débrouillerai, proposa la jeune femme.

— Je sais.

Il posa une main affectueuse sur son épaule.

— Et prenez soin de vous, ajouta-t-il.

— C'est promis.

Les lunettes de travers, il s'éloigna vers la porte menant à son appartement.

Ce jour-là, Grace géra seule la librairie. Dans l'après-midi, lorsque la sirène d'alerte retentit, ses compétences acquises à l'ARP lui furent utiles pour pousser les clients vers l'abri le plus proche. D'autres alertes suivirent au cours de la nuit et le lendemain.

Les habitants n'ignoraient plus les sirènes. Les dégâts étaient trop importants, surtout lorsque la South Hallsville School de Canning Town fut touchée. De nombreux survivants de l'East End qui s'y étaient réfugiés périrent.

Un coup dur pour les Londoniens.

Outre la destruction de la maison des Hews, le secteur de Grace demeura épargné. Néanmoins, Mr Stokes et elle furent chargés de cinq rondes par semaine au lieu de trois. Mr Evans, qui n'avait plus jamais évoqué leur conversation à propos de sa fille, lui permit de commencer un peu moins tôt pour se reposer.

Quelques jours plus tard, peu après midi, la jeune femme entra dans la boutique et découvrit un petit chat tigré endormi au soleil, près de la porte. Aussitôt, elle entendit la voix tonitruante de Mr Pritchard qui donnait à qui voulait l'entendre son opinion sur la situation politique.

— Tu savais que le roi et la reine avaient été bombardés à Buckingham ? s'exclama-t-il pendant qu'elle posait ses affaires dans l'arrière-boutique. Le roi et la reine, Evans ! Ils sont comme nous. On est tous dans la même galère !

Grace imaginait la moue dubitative de Mr Evans, qui détestait que Mr Pritchard se montre aussi exubérant en présence des clients. Elle s'assura que personne n'avait besoin de renseignements.

— Tu dis qu'un engin explosif s'est logé dans le sol, devant la cathédrale Saint-Paul ? demanda le libraire.

— Absolument ! s'exclama Pritchard. Juste devant le clocher. Si elle avait explosé, la cathédrale aurait été réduite en poussière. Les démineurs s'en sont chargés. C'était fascinant.

Il fut interrompu par la sirène. Tabby se leva et courut vers son maître, contrarié d'être ainsi coupé dans son envolée lyrique.

— Au diable ces attaques aériennes ! J'ai l'impression que l'Allemagne veut vaincre en nous rendant tous fous !

Il suivit néanmoins Grace à l'extérieur, ainsi que les autres clients et Mr Evans. Les stations de métro étaient ouvertes pour servir d'abri, contrairement à la décision initiale du gouvernement de les fermer. Les bombardements répétés rendaient cette nouvelle mesure nécessaire, compte tenu du nombre de riverains à mettre en sécurité.

Grace les mena à la station Farringdon même si elle n'était pas de service en tant que garde ARP. Ceux qui refusaient de payer 1,5 pence pour entrer dans la station se rendirent dans l'abri de pierre du coin de la rue. Avant que la sirène se taise, elle se retrouva adossée au mur carrelé au côté de Mr Evans.

Elle ouvrit son livre. La veille, elle avait commencé *Middlemarch* et lu les premiers chapitres. Son esprit se concentra sur Dorothea et les épreuves qu'elle rencontrait avec un mari bien plus âgé qu'elle. Le hurlement de la sirène fit place à un brouhaha de conversations. De part et d'autre du quai, les couloirs créaient un courant d'air qui fit voleter les cheveux de la jeune femme sur sa joue.

Elle fit abstraction du bruit et se mit à lire. Dehors, le fracas de la guerre faisait rage. Les canons antiaériens tiraient sur les avions ennemis tandis que la RAF s'efforçait de chasser les Allemands. Les bombes semblaient moins nombreuses, de jour.

— Qu'est-ce que vous lisez, miss ? demanda une voix féminine, à côté d'elle.

C'était la jeune mère qu'elle avait réconfortée plusieurs semaines plus tôt.

— *Middlemarch*, de George Eliot.

— De quoi parle ce roman ?

— D'une dénommée Dorothea et de son prétendant séduisant qu'elle ne veut pas épouser.

— Pourquoi ?

— Elle préfère un homme plus mûr, un pasteur.

La cliente émit un rire nerveux.

— Ah bon ?

— Oui, confirma Grace en glissant un doigt sur sa page en guise de repère. C'est lui qu'elle épouse, d'ailleurs.

— Qu'a-t-il de si attirant ? intervint une dame entre deux âges, vêtue d'une robe bleue.

Dehors, un long sifflement précéda une explosion qui fit vibrer le sol et clignoter les lampes. Mr Evans adressa un sourire d'encouragement à la jeune femme.

— Elle est pieuse, répondit Grace. Lui est un érudit, en plus d'être un homme d'Église. Elle est fascinée par sa quête intellectuelle.

— Et l'homme séduisant ? s'enquit une autre voix.

— Il courtise la sœur de Dorothea.

— Formidable ! s'exclama quelqu'un.

— Et comment ça se termine ? demanda un homme costaud vêtu d'un chandail jaune.

Il n'avait pas un physique à s'intéresser à une œuvre romantique. Avec ses cheveux en bataille, Grace l'aurait plutôt vu dans un pub.

— Pour la sœur et le prétendant séduisant ? fit-elle. Ou Dorothea et le pasteur ?

— Les deux, je suppose, répondit l'homme avec un haussement d'épaules.

Les canons antiaériens se déchaînèrent sur un avion qui descendit si bas que le bruit de son moteur résonna dans toute la station.

— Je ne sais pas, avoua Grace. Je n'en suis pas encore là.

— Eh bien, continuez, implora la mère de famille.

Grace hésita.

— Vous voulez que… je lise…

Tous les regards étaient rivés sur elle.

— À voix haute ?

Ils hochèrent la tête. Certains lui sourirent.

Soudain, elle redevint l'écolière timide d'autrefois, interrogée au tableau.

— S'il vous plaît ! insista la jeune mère.

En entendant une nouvelle rafale de tirs, elle se recroquevilla sur elle-même.

Mr Evans arqua les sourcils. Surmontant sa timidité, Grace se pencha sur son livre et s'humecta les lèvres. Elle bafouilla plusieurs fois et en fut mortifiée. Lorsqu'une bombe explosa au loin, la détonation la perturba tant qu'elle perdit le fil de sa lecture.

Peu à peu, toutefois, elle oublia son auditoire pour se concentrer sur le texte. Son univers se limitait désormais à Dorothea et sa triste lune de miel à Rome avec un homme obsédé par ses aspirations intellectuelles. Au fil des pages, ils rencontrent Fred, le bon à rien décidé à épouser une femme confiée à son oncle pendant que l'ancien prétendant de Dorothea convoitait la jeune sœur de celle-ci.

Quand les canons antiaériens tiraient, Grace parlait plus fort pour se faire entendre. Elle continuait tant bien que mal, malgré la lumière vacillante, devinant les mots dans la pénombre. Pour mieux incarner chaque personnage dans les dialogues, elle changeait de voix.

Soudain, un son strident s'éleva, suivi d'une formidable détonation qui plongea la station de métro dans le noir.

— Attendez…

Quelqu'un fouilla son sac à main, puis Grace sentit le poids d'une torche que l'on glissait dans sa main. Elle l'alluma et poursuivit sa lecture, entraînant le groupe dans son récit. La sirène de fin d'alerte retentit, les ramenant brutalement à la triste réalité.

Elle rendit la torche à sa propriétaire en la remerciant. Elle avait réussi à lire plusieurs chapitres.

— Vous serez là demain après-midi ? s'enquit la ménagère.

— En cas d'alerte, oui.

Grace inséra un bout de papier entre les pages du livre qu'elle garda à la main.

— Dans ce cas, elle sera là, commenta le costaud au pull jaune.

La jeune mère, Mrs Kittering, afficha un sourire plein d'espoir.

— Vous apporterez *Middlemarch*, hein…

Grace promit de reprendre sa lecture là où ils l'avaient interrompue, puis elle regagna la librairie en compagnie de Mr Evans.

— Un jour, vous m'avez déclaré que vous vous sentiez impuissante face à cette guerre, déclara-t-il en rouvrant sa boutique. Tout à l'heure, pendant que vous lisiez, vous aviez un pouvoir immense.

— J'avoue que je me sentais un peu ridicule, de lire à voix haute, dit-elle en mettant de côté les ouvrages abandonnés par les clients lors de l'alerte.

— Vous n'aviez rien de ridicule, miss Bennett. Vous allez changer les choses, un livre à la fois, assura-t-il en tapotant la couverture de *Middlemarch* de son index.

CHAPITRE 14

Le bombardement avait provoqué des dégâts considérables. Un énorme cratère s'était formé au milieu du Strand. Plus de six cents avions allemands avaient surgi dans le ciel britannique, la carlingue chargée de bombes, dans l'intention de détruire la capitale. La RAF était prête à contre-attaquer.

Naturellement, la Luftwaffe revint à la charge dans la soirée.

Grace était de service, soulagée de voir son secteur une fois de plus épargné. Il n'en serait pas toujours ainsi, car, dans le reste de la ville, les fenêtres explosées des bâtiments évoquaient les orbites d'un crâne et les poutres dénudées les os d'un squelette.

Le lendemain, dès le début de l'alerte, Grace glissa *Middlemarch* dans son sac et suivit les clients de la librairie vers la station Farringdon. Ses auditeurs de la veille l'attendaient. Les visages s'illuminèrent dès qu'ils la virent sortir de son sac le précieux volume.

Il en fut de même le lendemain et le jour suivant. Les spectateurs étaient de plus en plus nombreux.

À la mi-septembre, à cause du mauvais temps, il n'y eut pas d'assaut allemand dans l'après-midi. Ce fut une rare journée sans la moindre alerte.

Grace en profita pour étudier les dernières parutions des éditeurs et faire une commande chez Simpkin Marshall. Elle fut interrompue par le carillon annonçant l'entrée d'un client.

Elle leva les yeux vers le colosse qui assistait à chacune de ses lectures dans la station de métro. Intimidé, il avait les doigts crispés sur sa casquette en laine grise.

— Bonjour, miss Bennett, dit-il en s'inclinant poliment.

Elle ne l'avait jamais vu tête nue. Ses cheveux poivre et sel étaient un peu clairsemés.

— Je m'appelle Jack. Je voulais vous remercier, pas seulement de nous lire votre livre, mais aussi parce que vous m'avez sauvé la vie.

— Comment cela ? s'étonna-t-elle.

— J'étais dans le quartier un peu par hasard le jour de la première lecture. En général, je suis près de Hyde Park, l'après-midi, à réparer les bâtiments endommagés… Ces derniers temps, je prends des chantiers par ici. Je veux être sûr de me trouver dans le métro pour vous écouter pendant les alertes. Sinon, je serais allé à la station de Marble Arch, comme d'habitude.

Sous le choc, Grace porta une main à sa bouche.

L'avant-veille, un bombardement particulièrement violent avait détruit la majeure partie d'Oxford Street. Une bombe avait traversé le plafond de la station Marble Arch où de nombreuses personnes s'étaient réfugiées. Un carnage si morbide que la jeune femme avait dû implorer Mr Stokes de cesser son récit. Ceux qui n'avaient pas été tués par le projectile étaient morts déchiquetés par les débris de carreaux. Certaines mutilations étaient particulièrement atroces.

— Je suis... bredouilla Grace, ne sachant que dire. Je suis contente que vous ayez été à l'abri.

Jack renifla et passa le dos d'une main sous son nez.

— Je ne suis pas venu seulement pour ça...

— Ah bon ? Vous souhaitez acheter un livre, peut-être ?

— Vous n'aviez pas terminé *Middlemarch*. On était plusieurs à faire la queue devant la station Farringdon, pour être sûrs d'y avoir une place en cas d'alerte. Mais comme il n'y en a pas eu... on se demandait ce qui se passait ensuite.

— On ?

Elle se tourna vers la vitrine de la librairie et découvrit qu'une foule était réunie à l'extérieur. Elle reconnut Mrs Kittering ainsi que d'autres visages familiers. La jeune maman lui fit un signe avec un sourire plein d'espoir.

Grace reporta son attention sur Jack, qui sourit à son tour.

— Vous voulez bien nous faire la lecture ? Même si on n'est pas dans le métro ?

Elle se tourna vers Mr Evans, qui se rengorgea avec une fierté toute paternelle. Sans un mot, il acquiesça d'un signe de tête.

Grace songea à la surface de la librairie. Un an plus tôt, elle n'aurait pu accéder à cette requête. Grâce à ses aménagements...

— Absolument, déclara-t-elle.

C'est ainsi qu'elle se retrouva sur la deuxième marche de l'escalier en spirale, face à des spectateurs assis par terre ou adossés au mur pour écouter la suite de *Middlemarch*.

La crinière blanche de Mr Evans était visible au-dessus des livres rangés sur une étagère, comme s'il écoutait, lui aussi.

Par la suite, Grace lut chaque jour, soit dans le métro, soit à la librairie, quand il n'y avait pas d'alerte. Si ses journées étaient peuplées d'histoires et d'auditeurs passionnés, ses nuits n'étaient que bombardements.

Lorsqu'elle n'était pas de service avec Mr Stokes, la jeune femme trouvait quelques rares heures de repos dans l'abri Anderson du jardin.

Un soir, Mrs Weatherford et elle étaient prêtes à se réfugier dans l'abri, avec leurs couvertures et leur matériel habituel : bougie, masque à gaz désormais inutile, un livre pour Grace – *Les Vagues*, de Virginia Woolf – sans oublier une Thermos de thé.

Il pleuvait des cordes quand la sirène retentit. Les deux femmes coururent dans le jardin boueux en direction de la masse sombre qui avait tout d'un monstre hérissé de poils, avec ses plants de tomates surgis de la terre. En entrant, Grace sentit son pied s'enfoncer dans l'eau froide jusqu'à la cheville.

Elle poussa un cri de surprise et recula d'un bond.

— Des souris ? demanda la logeuse en s'écartant à son tour.

— Une inondation. Il faut aller à la station Farringdon jusqu'à ce que le sol ait séché.

Elle regagna la maison avec un pied détrempé, sa logeuse sur les talons. Celle-ci ne semblait pas vouloir se préparer à sortir.

— En nous dépêchant, nous trouverons une bonne place, dit Grace pour l'inciter à se dépêcher sans la brusquer.

Il était plus de vingt heures, l'heure à laquelle commençaient toujours les bombardements nocturnes. Sans doute étaient-ils retardés par le mauvais temps. Cela signifiait aussi que la station de métro devait être bondée. Grace le savait grâce à son expérience de garde ARP. Les gens s'allongeaient là où ils trouvaient de la place, blottis contre de parfaits inconnus, non seulement sur les quais, mais aussi dans les escaliers, voire sur les voies, pour les plus audacieux.

Mrs Weatherford s'attabla dans la cuisine et déboucha la Thermos pour se servir une tasse de thé.

— On n'a pas le temps, fit Grace, incapable de masquer son énervement. Il faut partir.

La logeuse poussa un soupir.

— Je n'irai pas. Je ne vais dans l'abri Anderson que pour te rassurer, mais je dois t'avouer que je ne m'abrite pas dans la journée, en ton absence. Je n'irai pas à la station de métro.

La colère de Grace fit place à une grande douleur.

— Vous serez en danger, protesta-t-elle faiblement.

Elle savait qu'il ne servait à rien de discuter.

La logeuse ne prit pas la peine de lui répondre. Les traits tirés, elle garda les yeux rivés sur le sol. Si elle prenait à nouveau soin de son apparence, elle ne portait que des vêtements sombres et maigrissait à vue d'œil.

Elle n'assistait plus aux réunions du WVS, ne faisait plus la cuisine. Elle se contentait de survivre. Pour elle, la vie n'était plus qu'un livre dont toutes les pages restantes étaient vierges. Elle était impatiente d'arriver à la fin pour le refermer enfin.

Ce soir-là, Grace resta dans la maison avec elle pour trouver un moyen de l'infléchir. Par la suite, hélas, elle refusa systématiquement. Elle lui avoua dans un sanglot qu'elle voulait rejoindre Colin. Grace n'était pas de taille à lutter contre la violence de son deuil.

Le mois de septembre se poursuivit au rythme des bombardements nocturnes. Il y avait aussi des alertes presque tous les après-midi. Les Londoniens s'adaptèrent. Les Britanniques étaient un peuple combatif et résilient.

Les commerces fermaient à seize heures pour permettre aux employés de se reposer avant la nuit, car la plupart des gens cumulaient désormais deux emplois : leur travail de la journée et leurs activités bénévoles la nuit, qu'il s'agisse d'éteindre des incendies, surveiller le ciel, fouiller les décombres en quête de survivants ou prodiguer des soins médicaux là où c'était nécessaire. Londres vivait aussi la nuit.

Grace avait appris à dormir par intermittence, à reprendre des forces dès que l'occasion se présentait.

Les gens faisaient la queue devant les stations de métro et les abris bien avant vingt heures, heure à laquelle la sirène se mettait à hurler. Chacun voulait bénéficier d'une bonne place par terre ou, avec beaucoup de chance, sur une couchette.

En conséquence, on s'habituait à dormir tout habillé. Certains avouaient même se laver avec leurs sous-vêtements de peur d'être surpris par une bombe et d'être retrouvés morts dans le plus simple appareil.

En ces temps troublés, la poste fonctionnait encore, malgré les attaques aériennes et les locaux endommagés. Les employés travaillaient à la lueur des bougies, avec une pancarte indiquant que le bureau était ouvert. Parfois, un facteur s'arrêtait devant un tas de gravats, une lettre à la main.

Le Royal Mail semblait avoir surmonté les obstacles qui entravaient son fonctionnement au début de la guerre, car Grace recevait plus régulièrement des lettres de Viv et de George. Ironie du sort, ils s'inquiétaient tout autant pour elle, restée à Londres.

Après qu'elle eut raconté à George qu'elle lisait des romans à voix haute pendant les bombardements, il lui avait conseillé de lire *South Riding* de Winifred Holtby. Ce matin-là, à la librairie, elle en avait reçu un exemplaire flambant neuf de chez Simpkin Marshall.

Après plusieurs jours de pluie, le temps était frais, mais le ciel lumineux. Il n'y avait pas encore de clients et Mr Evans « travaillait » dans son rayon histoire, au fond du magasin. Grace s'installa donc près de la vitrine.

Le soleil perça les nuages et lui procura un peu de chaleur bienfaisante. Grace prit le temps de caresser la couverture, de savourer ce moment de paix, d'anticiper la joie de la lecture.

La jaquette était lisse, avec des lettres noires sur un fond jaune parsemé de petites maisons rouges. Enfin, elle ouvrit le livre. Le dos encore intact se brisa et le volume se révéla telle une porte dérobée donnant accès à un monde secret.

Lorsqu'elle tourna les pages vers le premier chapitre, le bruissement du papier envahit le magasin. Elle huma l'odeur indescriptible de l'encre et du papier, connue seulement des véritables lecteurs. Elle porta le livre ouvert à son visage et ferma les yeux pour en savourer le parfum merveilleux.

Un an plus tôt, elle ignorait encore les joies de la lecture, elle était incapable d'apprécier ces petits plaisirs presque sensuels. Et dans ce monde chaotique et gris, elle devait saisir tous ceux qui se présentaient.

Elle aimait les aventures qu'elle vivait au fil des pages. Plongée dans un livre, elle oubliait la fatigue, les bombardements, le rationnement. À mesure qu'elle s'introduisait dans l'esprit des personnages, elle comprenait mieux l'âme humaine, un recul qui faisait d'elle une femme plus patiente et tolérante. Si tout le monde avait eu une telle sollicitude envers les autres, la guerre n'aurait pas existé.

De telles considérations étaient faciles à évoquer à la chaleur d'un rare rayon de soleil, mais il était bien plus ardu de s'y raccrocher en pleine patrouille des ruelles sombres durant le black-out.

Les beaux jours virent arriver avec eux un déchaînement des bombardiers, qui naviguaient à présent avec aisance dans le ciel dégagé pour déverser sur la ville leurs armes de destruction. C'est au cours d'une de ces nuits sans nuages que Grace, en plein service, entendit le bourdonnement familier annonçant les avions redoutés.

Ils volaient telle une nuée de corbeaux dans le ciel sombre, éclairés par intermittence grâce au faisceau d'un projecteur. D'ordinaire, ils auraient déjà largué leurs bombes. Et pourtant, ils avançaient encore, de plus en plus gros et si bruyants que leur son vibra dans les oreilles de la jeune femme. Au loin, elle vit la fumée des canons antiaériens. Au moment où un projecteur éclaira un avion, son ventre s'ouvrit et lâcha un cylindre meurtrier dans le vide.

Une bombe.

Au-dessus de sa tête.

Elle savait qu'elle devait s'enfuir. Hélas, ses jambes refusaient de bouger. Le projectile émit un sifflement de plus en plus strident à mesure qu'il prenait de la vitesse. Et qu'il approchait.

Ce son aigu la fit émerger de sa torpeur. Elle fit volte-face et prit le bras de Mr Stokes pour l'entraîner derrière un mur protégé par des sacs de sable. Lorsque le sifflement se mua en un hurlement perçant, la terreur s'empara d'elle.

Soudain, le silence.

Cette fraction de seconde précédant la détonation, alors que l'on ignorait où le projectile était tombé, était le pire moment.

Il y eut un éclat de lumière vive, un boum assourdissant qui réduisit le monde au silence. Derrière elle, Grace sentit une chaleur intense et une force qui la projeta en avant.

Elle retomba lourdement au sol, le souffle coupé. Elle cligna les yeux et perçut une note stridente dans ses oreilles, qui se mua bientôt en un autre son.

Sa joue était meurtrie, là où elle avait heurté le trottoir, et elle avait le menton éraflé par la lanière de cuir de son casque. Lorsqu'elle soupira, un nuage de poussière s'éleva devant son visage.

Lentement, elle reprit ses esprits et entendit les canons antiaériens, dont le bruit était étouffé, comme si elle se trouvait sous l'eau. Elle demeura un moment allongée pour observer les décombres autour d'elle, attendant qu'une douleur lui signale un membre arraché ou une blessure fatale.

Elle souffrait de la poitrine, à cause de sa chute.

De ses bras tremblants, elle se mit en position assise et palpa sa veste poussiéreuse en quête d'une blessure éventuelle.

Rien.

À sa gauche, Mr Stokes se livrait au même examen.

Ils avaient survécu.

Contrairement à d'autres, sans doute...

Soudain, le bruit revint à la charge. Celui des canons, le sifflement des bombes, les explosions... d'innombrables explosions.

Grace et Mr Stokes émergèrent ensemble de leur torpeur. Ils échangèrent un regard ahuri et se levèrent d'un bond. Le mur derrière lequel ils s'étaient cachés était percé d'un grand trou en son centre et les sacs de sable étaient éventrés.

S'ils ne s'étaient pas mis à l'abri, ils seraient dans le même état, en cet instant.

Incapable de réfléchir dans l'immédiat, Grace enfouit ces pensées tout au fond de sa mémoire.

Plusieurs bâtiments avaient été rasés et, à l'intérieur, des départs de feu pulsaient tels des cœurs brisés. En déterminant le numéro des maisons détruites, elle comprit que les occupants de trois d'entre elles se trouvaient dans l'abri. La bâtisse de gauche, qui tenait encore debout, était celle de Mrs Driscoll, une veuve qui avait cessé de venir à l'abri depuis quinze jours.

— Mrs Driscoll ! lança-t-elle à Mr Stokes, qui se précipita à l'intérieur.

Il n'y avait plus de porte. Grace le suivit et attendit qu'il ressorte, selon ses instructions.

Sauf qu'il ne ressortit pas.

En entrant à son tour, elle trouva son collègue dans le salon, le regard fixe.

— Monsieur Stokes ?

Pas de réponse.

Elle s'approcha de lui et suivit son regard. Elle ne comprit pas tout de suite que ce qu'elle regardait avait été un être humain. Mrs Driscoll.

Les entrailles nouées, Grace crispa le poing pour contenir ses émotions et reléguer l'horreur qui se déployait sous ses yeux dans une petite boîte au fond de son esprit, avec sa peur de retrouver Mrs Weatherford dans le même état.

— Monsieur Stokes…

Toujours pas de réaction.

— Monsieur Stokes !

Enfin, il tourna lentement la tête vers elle, l'air hagard. Une larme coula sur sa joue. Il cligna les yeux comme pour voir qui s'adressait à lui.

— On ne peut plus rien faire pour elle, dit Grace avec un sang-froid qu'elle ne se connaissait pas. Voyons s'il y a des survivants à secourir. Je vais chez Mr Sandford.

Pourvu que l'occupant de la maison mitoyenne n'ait pas subi le même sort. Lui aussi avait cessé d'aller à l'abri, à l'instar de tant d'autres qui préféraient dormir dans leur lit, pour un semblant de normalité. Mais on ne pouvait espérer un retour à la normale alors que le danger était omniprésent.

— Vous voulez bien aller chez le voisin de Mr Sandford ? demanda-t-elle à son collègue.

Mr Stokes acquiesça et sortit. La jeune femme en fit autant après avoir vérifié que le gaz était coupé. Elle partit sans un regard de plus pour Mrs Driscoll.

Le reste de la nuit se déroula dans le brouillard. Grace mobilisa toutes ses connaissances acquises lors de sa formation. Elle fit des pansements, éteignit quelques flammes à l'aide de son seau-pompe ou de sable quand des traces poisseuses au sol et une odeur de pétrole trahissaient le largage d'une bombe incendiaire. Elle enchaîna les tâches jusqu'à la fin de son service.

En rentrant chez elle, au matin, Grace sentit malgré elle s'ébranler la boîte à émotions qu'elle s'était efforcée d'enfouir au fond de son esprit. Comme une bombe qui grossissait à vue d'œil. Elle ouvrit la porte d'entrée à la volée et se précipita dans l'escalier alors que le sifflement imaginaire s'intensifiait. Puis le silence. Et la boîte explosa.

Les horreurs dont elle avait été témoin mitraillèrent ses pensées comme des éclats d'obus. Son chagrin pour Mrs Driscoll, sa peur de voir Mrs Weatherford connaître la même fin. Le choc d'avoir frôlé la mort, d'avoir vu les maisons détruites, les blessés graves. Le sang qui maculait encore sa veste. Les morts.

Mrs Driscoll n'était pas la seule victime.

Grace ouvrit le tiroir de sa table de chevet pour en sortir le bracelet d'identification que Viv lui avait offert. Elle tremblait tant qu'elle dut s'y reprendre à plusieurs fois pour actionner le fermoir. Enfin, elle s'écroula à terre et se laissa engloutir par l'horreur.

Elle n'avait pas d'autre choix que d'affronter la violence du traumatisme ce soir-là, si elle voulait être en état de retourner sur le terrain dès le lendemain et tout recommencer.

CHAPITRE 15

Par miracle, Grace trouva le sommeil au matin. Hélas, à son réveil, les souvenirs ressurgirent, comme s'ils avaient patienté, tapis dans l'ombre, pour mieux l'assaillir.

Ils l'accompagnèrent sur le chemin de la librairie. Chaque bâtiment détruit enfonçait le couteau dans la plaie. Son trajet était jalonné de ruines. L'épicier qui mettait toujours quelques grammes de raisins secs de côté pour Mrs Weatherford, le pharmacien qui leur avait permis d'éliminer les vers de leurs laitues, le pub du coin de la rue où elle aurait dû se rendre avec George, et tant d'autres. De nombreuses habitations avaient été éventrées, et les murs manquants révélaient leur intérieur, comme des maisons de poupées macabres ouvertes sur la rue. Grace croisa un couple maculé de poussière et chargé de paquets. L'homme avait le visage fermé et la femme les yeux rougis. Des sinistrés qui avaient tout perdu.

Ils avaient au moins la chance d'être en vie.

En entrant dans la librairie, Grace détacha une mèche ondulée pour cacher sa joue droite. D'ordinaire, elle les relevait en rouleaux, pour dégager son visage lorsqu'elle travaillait. Mais l'éraflure qui barrait sa joue avait refusé de s'effacer sous la poudre, et Mr Evans ne manquerait pas de s'alarmer en la voyant.

Mr Evans eut aussitôt des soupçons. Gênée, Grace réajusta sa mèche. Le libraire remarqua le bracelet d'identification.

— Il paraît que Clerkenwell a été bombardé cette nuit, dit-il, la mine grave.

Les yeux embués de larmes, Grace fut incapable de croiser son regard. Il fallait qu'elle soit forte.

Mr Evans contourna son comptoir pour venir à sa rencontre.

— Grace… vous allez bien ?

Il aurait été plus facile pour elle d'éluder la question par l'affirmative, mais la tendresse qu'elle décela dans sa voix et son propre besoin de réconfort l'emportèrent. Il la prit dans ses bras comme un père aimant et rassurant.

Laissant libre cours à ses sanglots, elle lui raconta les détails de la nuit pour se soulager de son fardeau. Sa présence lui fit du bien.

— J'ai fait la Grande Guerre, déclara-t-il tandis qu'elle séchait ses larmes. On n'oublie jamais. Ces traumatismes font partie de nous et demeurent des cicatrices invisibles.

Grace hocha la tête, rassérénée par ces paroles de sagesse.

Plus tard, dans l'après-midi, elles lui donnèrent du courage lors d'un assaut particulièrement féroce au-dessus de la station de métro. Ce fut une cacophonie d'une telle intensité qu'il était impossible de distinguer les différents sons. Si Grace n'avait pas été concentrée sur sa mission, elle aurait peut-être cédé à la panique qui menaçait de la submerger à chaque sifflement sinistre, chaque détonation. Elle lisait d'une voix de plus en plus forte.

Par la suite, elle apprit que, à moins de deux kilomètres, en pleine heure de pointe, la gare de Charing Cross avait été lourdement bombardée.

Dans la soirée, Grace parvint à cacher ses contusions à Mrs Weatherford lors du dîner – constitué d'un morceau de bœuf gras et d'un mélange de haricots et de carottes du jardin. En revanche, elle ne réussit pas à convaincre la logeuse de se mettre à l'abri.

C'était une conversation qui revenait chaque jour ou presque. Mrs Weatherford ne semblait même plus écouter les arguments de la jeune femme, pourtant sensés. Celle-ci savait ce qui se produirait si un projectile tombait sur Britton Street.

Elle eut du mal à se préparer pour sa patrouille. Ses mains tremblaient. Que lui réservait la nuit à venir ?

Mr Stokes n'était pas dans son assiette. Il ne prit même pas la peine de l'abreuver de ses expériences et ne fit aucune allusion morbide au bombardement meurtrier de Charing Cross.

Pour une fois, il ne dit rien.

Grace aurait voulu s'en réjouir, mais ce mutisme avait quelque chose de dérangeant, voire d'inquiétant.

Au bout de quelques heures à écouter les bombes pleuvoir sur Londres, le bruit s'atténua pour être relégué à l'arrière-plan. Le secteur retrouva le calme.

— Vous avez sans doute entendu parler de Charing Cross, fit la jeune femme, qui n'en pouvait plus.

Il pinça les lèvres. Dans le silence qui suivit, Grace constata qu'elle avait acquis une bonne vision nocturne. Elle décelait même la petite plaie sur sa joue, qu'il gardait des événements de la nuit précédente.

— J'ai appris, oui, souffla-t-il d'une voix rauque. Ces pauvres malheureux...

Rien de plus. Pas de descriptions effroyables de corps déchiquetés et de ruines fumantes. Pas de maisons rasées, de cadavres méconnaissables.

Ils gardèrent le silence jusqu'au moment où ils passèrent devant chez Mrs Driscoll. Une équipe de sauveteurs avait emporté la dépouille de la vieille dame. Mr Stokes s'attarda un long moment, les mains dans les poches.

— Je ne vous ai pas remerciée, miss Bennett, dit-il en baissant la tête. Pour cette nuit... J'ai... je me suis oublié et vous m'avez rappelé la raison de notre présence.

Son humilité était encore plus frappante que son mutisme.

— Nous formons une équipe.

— Vous avez gardé la tête froide et de nombreuses personnes vous doivent sans doute la vie. J'admire votre capacité à rester concentrée.

— Ce doit être parce que je suis une femme, répondit-elle malgré elle.

Stokes esquissa un sourire.

— Je suis un rustre, c'est ça ? dit-il avec un rire sans joie.

Elle pencha la tête sans répondre à une question dont il connaissait déjà la réponse.

Dès lors, ils furent unis par une forme de camaraderie née du danger et des tragédies qu'ils affrontaient ensemble.

Elle se révéla utile une semaine plus tard. Lors d'une nuit nimbée de brouillard, leur secteur fut à nouveau bombardé. Les dégâts furent considérables et le bilan très lourd. Jusqu'au petit matin, les avions allemands frappèrent sans relâche.

Alors que quelques rayons de soleil transperçaient la fumée, la sirène de fin d'alerte retentit. Grace se tenait devant une maison détruite dont les occupants avaient trouvé refuge au sous-sol. Il restait une chance qu'ils soient en vie.

Les sauveteurs arrivèrent à bord d'un camion en piteux état, à l'image de tous les véhicules utilitaires. Ces hommes aguerris étaient musclés par les tonnes de gravats qu'ils soulevaient depuis des semaines, mais ils avaient le regard vide.

Elle leur indiqua où creuser en les aidant de son mieux, appelant les occupants à tue-tête.

— Miss Bennett ! fit une voix perçante.

En se redressant, elle vit un jeune homme courir vers elle.

— Je suis content de vous avoir trouvée, haleta-t-il, à bout de souffle. Une bombe est tombée... chez Mrs Weatherford...

Le sang de Grace se figea dans ses veines.

Mrs Weatherford...

Elle fit volte-face et partit en courant vers Britton Street. La façade était intacte, mais elle ne pouvait s'y fier. Parfois, en ouvrant une porte, on ne trouvait qu'une coquille vide.

Sur le seuil, elle se figea.

Tout était normal en apparence, le parquet ciré sous le tapis élimé, la cuisine jaune et blanc...

Elle appela sa logeuse et se précipita dans le salon. Personne. En entrant dans la cuisine, elle faillit percuter Mrs Weatherford.

— On m'a dit qu'une bombe était tombée sur la maison ! s'exclama la jeune femme.

— C'est vrai, mon petit, répondit-elle avec un sourire las. Heureusement, elle n'a pas explosé. Regarde.

Un projectile avait atterri en effet sur leur abri Anderson. Le plafond était enfoncé en son centre. L'objet métallique était repoussant, presque aussi long que Grace était grande, avec une sorte de nageoire à l'arrière. Il était couvert de poussière. Il contenait assez d'explosifs pour anéantir une maison et tuer.

Grace fut parcourue d'un frisson d'effroi.

Si la bombe avait explosé, Mrs Weatherford ne serait plus de ce monde. Grace l'aurait trouvée déchiquetée à son retour.

— J'ai déjà notifié le poste de l'ARP pour qu'il nous envoie une équipe de déminage, raconta la logeuse d'un ton morne, comme si elle s'en moquait. Comme si elle n'avait que faire du danger.

— Vous auriez pu mourir ! s'emporta Grace. Si elle avait explosé, si elle explose, la maison sera rasée et vous...

— Elle n'a pas explosé, mon petit.

La logeuse invita Grace à s'asseoir et lui servit une tasse de thé. Elle portait au poignet la chaînette que Grace lui avait offerte, avec son nom et son adresse inscrits sur le médaillon ovale.

Le port de ce bracelet ne suffit pas à apaiser Grace. Elle prit sa logeuse par la main et la fit sortir de la pièce.

— Vous auriez pu être... vous auriez pu être... tuée comme Mrs Driscoll.

— Mais je suis toujours là, soupira Mrs Weatherford presque à regret.

Pourtant, elle n'opposa aucune résistance lorsque la jeune femme lui fit franchir le seuil de la maison. Grace actionna son sifflet pour interpeller les gardes ARP qui venaient de prendre leur service. Elle leur demanda d'évacuer la zone avant l'arrivée des démineurs.

Quelques rues plus loin, les deux amies trouvèrent une buvette mobile du WVS qui leur servit un thé tiède. Plus calme, Grace maîtrisa sa panique et regarda Mrs Weatherford dans les yeux.

— Je sais que la vie n'a pas été facile, lui dit-elle.

La logeuse ferma furtivement les yeux.

— Je vous en prie, implora la jeune femme. J'ai vu tant d'horreurs… je sais les dégâts que peut causer une bombe.

Sa logeuse posa pour la première fois les yeux sur le manteau de Grace, souillé de poussière et de sang.

Plusieurs bénévoles et victimes présents aux abords du véhicule faisaient peine à voir.

— Vous imaginez ce que je ressentirais si je vous retrouvais dans un état… souffla-t-elle, les larmes aux yeux. Je n'ose y…

— Mon Dieu, fit sa logeuse en portant une main à sa bouche. Je suis désolée, mon petit…

Durant les heures qui s'écoulèrent avant l'intervention des démineurs, elles ne dirent plus rien.

Ce soir-là, toutefois, Grace, qui n'était pas de service à l'ARP, s'apprêtait à partir faire la queue devant l'entrée de la station Farringdon, quand Mrs Weatherford se présenta avec un petit sac d'effets personnels.

Par la suite, la logeuse dormit dans la station de métro sans discuter.

Les bombardements se poursuivirent au fil du mois d'octobre, particulièrement autour du 15 avec la pleine lune. Une lune de bombardier, comme on la surnommait fort justement.

Sous sa lueur, la Tamise se transformait en ruban argenté traversant le black-out, de sorte que les Allemands distinguaient clairement leurs cibles.

Il y eut des centaines de morts, encore plus de blessés, des milliers de sans-abri et tant d'incendies que les gardes ARP furent réquisitionnés pour aider les pompiers dans leur combat sans fin.

Nuit après nuit, Londres accusait les coups tel un corps criblé de balles. Et pourtant, Churchill divulguait le moins d'informations possible. Les bilans annoncés chaque soir à la radio ne précisaient aucun lieu. Cela signifiait que les commerçants bombardés pouvaient rouvrir ailleurs, mais n'étaient pas autorisés à préciser où ils se trouvaient auparavant. Pire encore, les défunts n'avaient pas droit à un faire-part de décès immédiat et, plus tard, seul le mois de leur décès était précisé.

La vie continuait tant bien que mal dans cette ville meurtrie. Les habitants trouvaient de rares moments de plaisir là où ils le pouvaient, s'efforçant de profiter des derniers beaux jours avant l'arrivée du froid et de la neige, surtout si l'hiver était aussi rigoureux que le précédent.

Au cours de la seconde moitié d'octobre, par une belle journée sans nuages, Grace aurait volontiers sacrifié une petite sieste pour la possibilité d'une promenade au soleil. Aussi, dans l'après-midi, quand Simpkin Marshall omit de livrer une commande à la librairie, la jeune femme sauta sur l'occasion.

Elle proposa à Mr Evans de passer se renseigner chez le fournisseur, s'il le souhaitait. Il accepta avec un sourire entendu en lui disant de prendre son temps. Elle flâna donc en direction de Paternoster Row. Le fond de l'air était frais et le soleil radieux.

La jeune femme était retournée de nombreuses fois dans cette rue toujours aussi animée. Les gens achetaient des livres pour se distraire lors des longues nuits passées dans les abris.

Les splendides bus rouges à impériale, autrefois si nombreux, payaient un lourd tribut aux bombardements et gisaient pour la plupart au bord des rues détruites, tels des jouets cassés. On en croisait un de temps en temps, parmi les cars verts, bleus, marron et blancs réquisitionnés pour les remplacer.

Les vendeurs de rue faisaient toujours payer au même prix des portions réduites et des recettes adaptées au rationnement. Les clients se plaignaient tout en continuant à faire la queue.

Grace les connaissait tous désormais, ainsi que les libraires et les éditeurs. Elle entra dans les boutiques, salua les propriétaires par leur nom et parcourut leurs nouveautés, non pas en tant que concurrente, mais en tant que lectrice. Comme il était bon de longer une rue consacrée aux livres, où les amoureux de la littérature pouvaient se réunir et s'adonner à leur passion.

Si elle comprenait à présent pourquoi les gens insistaient pour que Mr Evans déménage sa librairie dans Paternoster Row, elle n'imaginait pas Primrose Hill Books dans un autre lieu que niché parmi les maisons victoriennes de Hosier Lane.

Elle se sentait si bien, ce jour-là, qu'elle se rendit même chez Pritchard & Potts où

Mr Pritchard secouait un bout de ficelle devant Tabby. Le chat agitait frénétiquement la patte, si déterminé à capturer sa proie qu'il ne réagit pas au tintement du carillon. Le libraire sursauta et lâcha son jouet de fortune, sur lequel le chat se jeta aussitôt.

— Miss Basset... fit Pritchard, un peu gêné. Je... je m'efforce de développer ses réflexes pour l'aider à attraper des souris.

Grace sourit malgré son incapacité à mémoriser son nom de famille. Elle n'était pas dupe.

— Je suis sûre que votre méthode est très efficace.

Il balaya la librairie du regard. Sans doute lisait-il le désordre ambiant à travers son regard. Il enfonça la tête dans ses épaules.

— Ce que vous avez fait de la librairie d'Evans est impressionnant, déclara-t-il en glissant les mains dans ses poches, les lèvres pincées. Si vous avez des suggestions...

Primrose Hill Books était bien établi et trop éloigné de Pritchard & Potts pour constituer un véritable concurrent. La jeune femme donna donc quelques conseils au vieil homme sur la publicité et l'organisation. S'il parut sceptique sur certains points, il valida les actions publicitaires.

Grace resta bien plus longtemps que prévu chez Pritchard & Potts, ce qui était étonnant en soi. Sur le chemin du retour, elle se hâta, mais pas au point de louper la grande pancarte qui trônait dans la vitrine de Nesbitt's Fine Books : « Lectures chaque après-midi ».

Le genre de pancarte qu'exposait Grace.

Elle faillit rire devant ce plagiat flagrant. Elle n'en voulait même pas à son austère rivale. Après tout, si cette tricherie permettait à davantage de personnes de s'évader grâce à la lecture, pourquoi s'en offusquer ?

Les après-midi littéraires de Mrs Nesbitt ne nuisaient pas aux ventes de Primrose Hill Books. Pendant les bombardements, le quai de la station Farringdon était bondé. En l'absence d'alerte, ceux qui ne pouvaient pas passer au magasin dans l'après-midi demandaient un résumé aux autres. L'auditoire brûlait d'impatience d'écouter la voix de Grace par-dessus les bruits de la guerre.

Ils avaient terminé *Middlemarch* et enchaîné sur plusieurs autres classiques, dont *Le Conte de deux cités* et *Emma*, ce dernier à la demande expresse de Mrs Kittering.

Grace appréciait surtout les après-midi où ils ne devaient pas se mettre à l'abri. Mr Evans lui avait procuré un gros coussin qu'elle posait sur la deuxième marche de l'escalier. Jamais elle n'était interrompue par le sifflement d'une bombe.

Par un après-midi calme et pluvieux, elle aperçut un jeune garçon qui écoutait sa lecture de *South Riding*, une œuvre inspirante conseillée par George.

C'est au travers des livres que nous trouvons le plus grand espoir, lui avait-il rédigé de sa belle plume, des propos que la censure n'avait pas jugé bon de caviarder. *Vous demeurez dans mes pensées*.

Si cette lettre lui était aussi précieuse que toutes celles qu'il lui avait adressées, ces deux phrases restaient gravées dans sa mémoire. Elle se les répétait plusieurs fois par jour.

South Riding était une véritable source d'inspiration pour elle. L'action se situait après la Grande Guerre, dans un village anglais, et évoquait la vie de gens ordinaires, notamment une institutrice qui apportait de l'espoir à ses élèves, un récit sur la capacité à résister à l'adversité.

À l'image du peuple britannique en ces temps difficiles.

Ce garçon était élancé, une casquette enfoncée sur la tête, sur une épaisse tignasse brune. Sa veste d'homme était trop grande pour sa frêle carrure d'adolescent et son pantalon trop long. L'ensemble était maculé de poussière.

Il était entré après le début de la séance de lecture et s'était assis à l'ombre d'un rayonnage. Ses tentatives pour passer inaperçu ne le rendaient que plus visible. Grace percevait fortement sa présence. Très concentré, il avait relevé sa casquette au-dessus de son visage émacié et noirci. Il resta jusqu'à la fin, avant de filer rapidement, en enfonçant à nouveau sa casquette sur sa tête.

À partir de ce jour, il revint quotidiennement, vêtu de ses mêmes habits trop grands et toujours discret.

Comment ne pas remarquer ce garçon en grande détresse ?

Elle laissait quelques vivres à l'endroit où il s'asseyait, une pomme, un morceau de pain, mais il ne les regardait même pas, se disant qu'ils appartenaient à quelqu'un d'autre. Il avait besoin d'aide et elle savait qui pourrait lui en apporter.

Un soir, elle s'attabla avec Mrs Weatherford pour déguster une Woolton Pie aux légumes confectionnée avec une pâte à base de pommes de terre. La logeuse avait noté la recette en écoutant *The Kitchen Front*, une émission de la BBC qu'elle suivait religieusement chaque matin, après le bulletin d'informations de huit heures.

Grace versa un peu de sauce sur la croûte insipide. Le moment était bien choisi pour aborder le sujet :

— Je me demandais si vous aviez réfléchi à votre travail éventuel au sein du WVS...

— Non, répondit-elle d'un ton un peu sec auquel Grace s'attendait. Dans mon état, je ne ferais de bien à personne.

— Vous me faites beaucoup de bien, à moi...

Elle goûta une bouchée de tourte réconfortante. La logeuse pinça les lèvres comme pour réprimer un sourire.

— Tu travailles pour nous deux. Tu dois prendre des forces.

— Et si quelqu'un avait besoin de vous ?

— Ce n'est pas le cas.

— Pourtant moi si ! protesta Grace. Et je connais un garçon qui aurait bien besoin qu'on s'occupe de lui.

— Un garçon ? répéta la logeuse d'un air las.

Grace lui décrivit l'inconnu qui assistait à ses lectures.

— Je doute qu'il ait des parents, et il est trop grand pour l'orphelinat.

— Le pauvre... commenta Mrs Weatherford.

De nombreux jeunes connaissaient ce triste sort. Si les orphelinats étaient bondés, il n'était pas rare que des adolescents se retrouvent livrés à eux-mêmes. Ils croyaient n'avoir besoin de personne, mais ils se trompaient. Leurs guenilles et leur visage émacié en attestaient tristement.

— Que puis-je faire ? demanda Mrs Weatherford.

— J'espérais que vous auriez une idée. J'ignore en quoi je peux lui porter assistance. Il faut agir avant qu'il ne dépérisse. Il y a trop de sinistrés dans le besoin. Nul ne s'occupe de ces jeunes.

Mrs Weatherford parut pensive. Bientôt, Grace crut déceler dans son regard l'esquisse d'une lueur. De toute évidence, elle réfléchissait à des solutions.

Cette nuit-là, la patrouille de l'ARP fut pénible tant les bombes pleuvaient sur la ville. Grace et Mr Stokes en évitèrent une de justesse. La mort était partout. Les Allemands commençaient à larguer des mines terrestres à l'aide de parachutes. En explosant, elles provoquaient des dégâts sur trois kilomètres.

Malgré le grand nombre de victimes, Grace était touchée par chacune d'elles. Chaque nom, chaque souvenir restait gravé dans son cœur. Elle n'était pas la seule à être affectée. Les services de secours, les hommes qui fouillaient les décombres en quête de cadavres ou ce qu'il en restait, cherchaient un peu de courage dans l'alcool qu'ils partageaient.

Au petit matin, épuisée et accablée, Grace rentra à la maison. Une odeur de pain chaud la revigora. Cela faisait si longtemps que Mrs Weatherford n'avait pas puisé dans sa réserve secrète de farine – une bonne chose qu'elle ait songé dès le début à la constituer. Les derniers mois leur avaient prouvé que ce n'était pas parce qu'une denrée n'était pas officiellement rationnée qu'on la trouvait facilement.

Grace devina à qui était destiné ce pain.

Dans l'après-midi, Mrs Weatherford se présenta à la librairie juste avant le début de la séance de lecture. D'un regard perçant, elle scruta l'assemblée. L'adolescent en détresse s'était installé à sa place habituelle. À la fin du premier passage, le garçon se leva, aussitôt imité par la logeuse.

Du coin de l'œil, Grace la vit s'approcher du garçon, qui se crispa d'instinct. Lorsqu'elle lui offrit la miche de pain, il la fixa pendant si longtemps que la jeune femme redouta un refus de sa part.

Mrs Weatherford l'encouragea d'un signe de tête, en prononçant quelques mots que Grace ne saisit pas. À la vitesse de l'éclair, le garçon s'empara du pain, le glissa sous sa veste et quitta la librairie sans demander son reste.

Mrs Weatherford croisa alors le regard de la jeune femme et afficha un sourire de fierté. L'adolescent aurait au moins de quoi manger pour une journée.

Grace connaissait sa logeuse. Il y aurait d'autres jours, d'autres miches de pain. À son retour à la maison, elle ne trouva pas le courrier à sa place habituelle, par terre derrière la porte, mais disposé avec soin dans l'entrée.

Sur le dessus de la pile se trouvaient une lettre de Viv, puis une autre de George. Ce double bonheur était de bon augure car, en les ouvrant, Grace découvrit qu'elles recelaient la même nouvelle qui la fit crier de joie.

Viv et George rentraient à Londres pour Noël !

CHAPITRE 16

Les lettres annonçant la présence de Viv et de George pour les fêtes étaient arrivées fin octobre. Une semaine plus tard, Londres connut sa première nuit sans bombardement.

Le temps était exécrable. Des trombes d'eau s'abattaient sur la ville, avec des grondements de tonnerre et des éclairs qui zébraient le ciel plombé. Grace était de service avec Mr Stokes, redoutant une attaque aérienne qui, heureusement, ne vint pas. Cette patrouille sous la pluie battante lui parut interminable et d'un ennui abyssal.

Le lendemain matin, les riverains émergèrent de la station de métro le regard vif et un sourire aux lèvres. Comme ils avaient de la chance d'avoir passé une bonne nuit de sommeil réparateur et de porter des vêtements secs ! Grace se rattrapa le lendemain, car elle n'était pas de service à l'ARP. Elle dormit toute la nuit, sans être réveillée par la sempiternelle sirène.

Ce répit fut de courte durée car les attaques aériennes reprirent, plus sporadiquement.

Au moins, les rares nuits paisibles leur offraient une pause de soulagement après des semaines de massacre. La station Farringdon avait beau sauver de nombreuses vies, elle n'avait rien de confortable. Le sol était dur et le thé vendu en sous-sol coûtait deux fois plus cher qu'ailleurs. De plus, les bruits résonnaient sur les parois voûtées : mouvements, bavardages, toux, ronflements, sans parler des odeurs qui flottaient en permanence et qu'on préférait ne pas identifier. Et si on était loin du luxe de se lover dans son propre lit douillet, dormir d'une traite sur un quai de métro, sans l'interruption d'une sirène, valait mieux que rien.

Avec le changement de saison, l'Angleterre connut une vague d'intempéries sans précédent dont les Londoniens se réjouirent. Le brouillard, la pluie et le vent empêchaient souvent les avions allemands de voler. Revers de la médaille : les nuits de destruction n'en étaient que plus violentes.

Les journaux regorgeaient d'informations censurées sur les zones bombardées, sans entrer dans les détails. Ils rappelaient que les enfants pouvaient encore être pris en charge gratuitement à la campagne.

Grace n'osait imaginer le traumatisme des bombardements quotidiens pour les enfants et les adolescents, comme pour celui qui assistait à ses lectures.

Il était plus à l'aise en présence de Mrs Weatherford, qui faisait preuve de la même patience et de la même bienveillance que Colin avec un oiseau blessé. Son souvenir ne manquait jamais d'émouvoir la jeune femme.

Colin était irremplaçable.

C'était bon de voir Mrs Weatherford reprendre goût à la vie.

À la mi-décembre, sa persévérance paya enfin. L'adolescent s'attardait après chaque lecture pour discuter avec elle. Grace s'approcha prudemment d'eux, de peur de voir le garçon s'enfuir.

— Il sait que tu es avec moi ! lança la logeuse. Viens que je te présente Jimmy.

Le garçon ôta sa casquette et baissa la tête, révélant une tignasse crasseuse. Quand elle croisa enfin son regard, elle découvrit de grands yeux d'un bleu limpide qui mangeaient son visage émacié.

— Merci de nous faire la lecture. Et merci pour la nourriture.

Derrière lui, Mr Evans interrogea la jeune femme du regard pour savoir s'il pouvait se rendre utile. Grace secoua discrètement la tête pour lui signifier que non.

— Nous sommes heureuses d'aider, assura Mrs Weatherford. Dis-moi, mon grand, où sont tes parents ?

— Ils sont morts, expliqua-t-il en se dandinant nerveusement.

Grace s'attendait à cette réponse. Elle en eut le cœur gros, car Jimmy était trop jeune pour se retrouver seul.

— Que leur est-il arrivé ? s'enquit la logeuse.

— Un soir, ils sont sortis juste avant l'alerte et ils ne sont jamais rentrés. Les bombes, je suppose, raconta-t-il d'une voix douce, presque enfantine, alors qu'il commençait à avoir de la moustache.

— Ils nous ont dit… enfin, ils m'ont dit qu'ils seraient bientôt de retour et ils ne sont pas rentrés.

— Nous ? releva Mrs Weatherford, curieuse de tout savoir. Parle, Jimmy. On ne te veut aucun mal.

— Ma sœur Sarah et moi, bredouilla-t-il en se tournant vers Grace, soudain apeuré. Elle adore vos histoires, elle aussi. J'ai peur de la faire sortir parce qu'elle est petite, mais je les lui raconte en rentrant.

— Venez donc chez nous pour Noël, ta sœur et toi. J'aurai des vêtements à te donner, proposa la logeuse.

Si elle semblait détendue, Grace devinait son désarroi, car il s'agissait des vêtements de Colin.

— Je vais y réfléchir, fit l'adolescent, mal à l'aise.

— Allez ! insista Mrs Weatherford en lui indiquant son adresse. On mangera un bon pudding et peut-être de la tarte à la mélasse.

Jimmy en eut l'eau à la bouche. Il hocha la tête, murmura un « merci » et quitta la librairie.

— Joignez-vous donc à nous, Mr Evans, poursuivit Mrs Weatherford. Vous serez mieux que seul dans votre coin.

La tête du libraire apparut entre deux rayonnages.

— De quoi je me mêle, bougonna-t-il.

— Ne vous faites pas plus bourru que vous ne l'êtes, rétorqua-t-elle.

Il grommela de plus belle.

— Je vous attends à quatorze heures, conclut Mrs Weatherford d'un ton léger, les yeux pétillants de malice.

— Très bien, concéda Mr Evans. Quatorze heures.

Quelques jours plus tard, Grace, de repos, lisait *Un chant de Noël* de Charles Dickens recroquevillée sur le canapé. Elle avait apprécié plusieurs de ses œuvres, mais conservé cet ouvrage précis pour les fêtes.

Le salon n'était pas aussi bien décoré que d'habitude. Le sapin avait perdu de son éclat, car il fallait éteindre les lumières pendant le black-out. Les couronnes de houx avaient cédé la place à des guirlandes façonnées à partir de vieux journaux peints. Le rationnement du papier affectait la qualité des cartes de vœux qui trônaient sur la cheminée, plus petites et trop fines pour tenir debout.

Grace était loin des festivités qu'elle avait connues avec sa mère. À cause de la guerre, bon nombre de personnes n'avaient pas pu rentrer à Londres, et quiconque ayant de la famille à la campagne avait saisi ce prétexte pour prendre le large. Sauf elle.

Dès les premières pages de son livre, elle fut interrompue par le bruit d'une clé dans la serrure.

Mrs Weatherford préparait le dîner dans la cuisine, bien décidée à accomplir des miracles avec ce qui n'avait de saucisse que le nom. Il ne pouvait donc s'agir que de la seule autre personne à posséder une clé.

Viv.

Grace se leva d'un bond avec un cri de joie. Viv posa son paquetage, un sourire éclatant plaqué sur ses lèvres rouge vif.

Plus pimpante que jamais avec ses cheveux roux peignés en rouleaux sous son calot militaire, elle parvenait à être bien plus élégante en uniforme que la plupart des femmes dans leurs habits du dimanche.

— Grace ! s'exclama-t-elle en l'étreignant.

Son parfum était toujours présent, plus discret et mêlé à une odeur de laine humide et d'air hivernal.

— C'est si bon de te revoir.

— Cela faisait bien trop longtemps. Toi aussi, tu m'as manqué, mon canard !

— Viv ? fit Mrs Weatherford, sur le seuil de la cuisine, les yeux embués de larmes. Je suis tellement contente, ma chérie !

— Moi aussi, assura la jeune femme.

Elle prit sa logeuse dans ses bras et réitéra ses condoléances de vive voix. Mrs Weatherford pinça les lèvres et s'écarta pour se tapoter les yeux de son mouchoir.

— Installe-toi pendant que je fais chauffer de l'eau. Tu peux prendre… la chambre de ton choix.

Elle fila sans donner plus de précisions, mais Viv comprit qu'elle faisait allusion à la chambre de Colin.

— Je préfère retrouver mon ancien lit. J'ai l'habitude de loger avec trois autres femmes de l'ATS. J'espère que tu n'as pas trop pris goût au luxe d'une chambre à toi, Grace.

— Je me sentais un peu seule, au contraire.

Grace s'empara du paquetage de son amie et le porta à l'étage. Elle le posa sur le couchage de Viv, qui était prêt à l'accueillir.

Les deux amies bavardèrent comme si elles ne s'étaient quittées que la veille.

Grace lui narra leurs expériences de jardinage et fit rire Viv en évoquant les vers qui dévoraient les salades. Elle parla de Mrs Weatherford, de Colin, de Jimmy. Viv était émue aux larmes. Elle évoqua également son travail de garde ARP avec Mr Stokes, en omettant les dangers auxquels elle s'exposait et les scènes d'horreur qu'elle endurait quotidiennement.

À quoi bon ? Viv la connaissait si bien... Quand elle eut terminé, Viv effleura le bracelet de son amie.

— La situation à Londres est pire que ce à quoi je m'attendais. Tu as beau me le cacher, je suis au courant de ce que font les gardes ARP, je sais ce que tu risques.

— Chacun doit contribuer à sa façon, répondit Grace, qui n'avait pas envie de parler de ces choses tristes en ce jour de retrouvailles. Et toi ? Ce que tu essaies de me raconter dans tes lettres est censuré. Je dois compléter les cases manquantes moi-même.

— Ah oui ? fit Viv, qui retrouva le sourire. Alors dis-moi ce que je fais, selon toi, dans cette guerre.

— Tu es une espionne. Tu es allée en France pour ramener nos soldats rescapés de la bataille de Dunkerque. Puis tu es allée en Allemagne en avion, vêtue d'un vison, pour découvrir les secrets de Hitler en personne. Tu as bien travaillé et nous disposons de renseignements cruciaux. La guerre est bientôt finie.

Viv éclata de rire.

— Si seulement c'était vrai ! La réalité est plus terre à terre. Je suis opératrice de radar.

Elle plia un gilet rose et le rangea dans un tiroir de la commode.

— Je suis meilleure en maths que je ne l'imaginais, ajouta-t-elle.

— Cela ne m'étonne pas de toi, commenta Grace. C'est intéressant ?

Viv se redressa.

— C'est à la fois passionnant et triste. On voit les hommes partir pour bombarder l'Allemagne. Certaines de mes collègues sont mariées à des aviateurs.

Cette guerre engendrait beaucoup de non-dits, de silences lourds de sens. Grace avait vu suffisamment d'avions allemands abattus pour supposer que les nazis rendaient aux Britanniques la monnaie de leur pièce.

— Les soirées dansantes sont formidables, en revanche, poursuivit Viv.

Elle se leva et sortit du tiroir de sa table de chevet le petit flacon de vernis à ongles qu'elle y avait laissé avant de partir.

— Figure-toi que les hommes font presque la queue pour se trémousser jusqu'au bout de la nuit.

Dès qu'elle déboucha le flacon, une odeur familière envahit la chambre, celle des soirées à la ferme, à Drayton, des après-midi dans les champs, à discuter de leurs projets de vie à Londres…

Grace eut un sourire nostalgique. Si elles avaient pu prévoir, à l'époque, qu'elles se retrouveraient l'une à l'ARP et libraire et l'autre engagée dans l'ATS.

— Les garçons ont toujours fait la queue pour danser avec toi, Viv.

— Pas à ce point, insista la jeune femme en passant la petite brosse sur l'ongle de son pouce pour y déposer une couche de vernis rouge vif. Tu sors parfois dans le West End ?

Dans le centre de la capitale, les hôtels de luxe transformaient leurs sous-sols en salles de bal durant les longues nuits. S'il était facile de s'y rendre, il était plus difficile d'en repartir, car les stations de métro étaient fermées pour servir d'abris. De nombreux taxis refusaient de rouler pendant les bombardements. Ainsi, la plupart des gens qui allaient danser emportaient des vêtements propres pour le lendemain et payaient un forfait comprenant l'entrée au bal, une fin de nuit dans une chambre et un petit-déjeuner frugal.

— Tu me connais, fit Grace en s'asseyant sur son lit.

Viv examina son ongle rouge avant de lever les yeux vers son amie.

— Il faut absolument qu'on y aille ! Tout le monde ne parle que des folles nuits du West End. Tu vas adorer !

Grace aurait détesté ces bals sans son amie. D'ailleurs, elle n'avait pas le temps. Avec Viv, en revanche, elle avait des chances de se divertir.

— D'accord, allons-y, répondit-elle.

— Je te promets que tu vas t'amuser !

Elle ne mentait pas. Le lendemain, Grace se retrouva au bal du Grosvenor House Hotel à 2 shillings l'entrée. Les amies avaient soigné leur tenue pour l'occasion. Viv portait une robe en crêpe rouge vif assortie à ses ongles et ses lèvres, tandis que Grace lui avait emprunté une robe bleu ciel avec des manches à revers. Emmitouflées dans leur manteau pour se protéger des frimas de décembre, elles prirent un taxi jusqu'à Park Street. Au Grosvenor, elles furent accueillies par une barricade de sacs de sable tout autour de l'hôtel dont les fenêtres étaient obturées.

Elles laissèrent leurs sacs à la réception, puis on les conduisit dans le Grand Salon au parquet ciré. Des notes de jazz résonnaient déjà sous le haut plafond. Des danseurs se déhanchaient sur la piste. Les dames montraient leurs jambes gantées de bas. De temps à autre, une jupe voletait, révélant un sous-vêtement l'espace d'une fraction de seconde.

Une vague d'exaltation balaya la fatigue accumulée depuis des mois.

Viv commanda deux French 75.

— C'est mon cocktail préféré, expliqua-t-elle en croisant le regard perplexe de son amie. Il paraît qu'il est plus puissant qu'un canon français de 75 mm. Autrement dit, il t'entraînera sur la piste malgré tes inhibitions, mon canard !

Elle parlait fort pour couvrir la musique. Le cocktail pétillant leur fut servi dans des flûtes à champagne. Grace lui trouva une saveur à la fois douce et acidulée. Les bulles lui titillaient agréablement la langue. Très vite, une douce torpeur l'enveloppa et vint à bout de sa timidité. Elle se laissa envahir par le rythme saccadé de la musique. Sur l'estrade, l'orchestre se déchaînait.

Grace et Viv dansèrent jusqu'au bout de la nuit, avec des soldats, des réformés et même toutes les deux. À l'aube, Grace avait mal aux joues à force de rire et son corps vibrait encore d'ivresse, de joie, et de l'énergie de la nuit.

Depuis le début du Blitz, le nom donné à cette campagne de bombardements intensifs, c'était la première fois qu'elle était parvenue à oublier ses soucis, que ce soient les bombes ou sa propre impuissance à faire cesser cette guerre.

Elle était en vie.

Elle était jeune.

Et elle prenait du bon temps.

C'était l'existence qu'elle et Viv étaient censées mener dans la capitale, une ode à la jeunesse, à la joie et à tout ce dont elle était privée depuis bien trop longtemps.

Après un brin de toilette, elles quittèrent le Grosvenor pour retrouver un monde qui les enveloppa de flocons de neige et de fumée.

À la lumière du jour, l'odeur familière de la guerre et des bombes incendiaires envahit les narines de Grace, dont l'enthousiasme s'envola. Au-delà de l'entrée de l'hôtel, déblayée avec soin, la rue était jonchée de débris et de verre brisé. Dans les bâtiments environnants, quelques flammes s'élevaient encore.

C'est alors qu'elle se rendit compte que ce qu'elle avait pris pour des flocons de neige était en réalité des cendres.

— Je vous appelle un taxi ? proposa le portier.

— Comment ces ravages ont-ils pu se produire pendant que nous étions à l'intérieur ? marmonna Grace. Je n'ai rien entendu.

— Grâce aux sacs de sable, expliqua le portier. Il y en a tellement que le bruit des explosions est étouffé.

Grace fut parcourue d'un frisson qui n'avait rien à voir avec le froid mordant du vent. Ils n'avaient jamais été informés de la moindre alerte. Elle n'imaginait que trop bien les dégâts d'une bombe dans une salle bondée de danseurs insouciants.

L'effroi fit place à un sentiment de culpabilité.

Pendant que les riverains se faisaient bombarder, perdaient leur maison, que les bénévoles donnaient leur vie pour aider et sauver les autres, Grace se trémoussait sur la piste de danse.

Sa place était dans la rue. Elle aurait pu réconforter, aider les blessés, diriger les secouristes, elle aurait pu manier un seau-pompe pour éteindre certains départs de feu. Elle aurait pu...

Viv prit la jeune femme par le bras.

— Viens, allons prendre le métro.

— J'aurais dû me rendre utile, regretta Grace en se laissant entraîner.

Elles n'écoutèrent même pas le portier qui leur conseillait de faire attention où elles mettaient les pieds.

— Tu aurais pu te faire tuer, répliqua Viv avec une fermeté qui ne lui était pas coutumière.

En vérité, ils auraient tous pu mourir malgré les murs épais et les sacs de sable, même en sous-sol. Trop de riverains se croyant à l'abri avaient péri enfouis sous les décombres.

Et le personnel de l'hôtel ne les avait pas avertis.

Elles foulèrent du verre brisé et sentirent la chaleur intense d'un brasier.

— Tu marches dans les rues pendant les bombardements ? s'enquit Viv.

— Bien sûr. C'est ce que j'aurais dû faire cette nuit.

— Non, fit Viv en s'arrêtant pour croiser le regard de son amie. Tu t'épuises au travail. Tu avais besoin de te changer les idées, ne serait-ce que pour un soir et je suis heureuse que tu aies pu le faire. Seigneur... tu dois voir de ces horreurs...

Elle la prit dans ses bras et la serra contre elle. Grace huma son parfum fleuri, comme autrefois.

— Tu es si courageuse, murmura Viv. Si courageuse.

Courageuse… Grace n'avait pas l'impression de l'être. Elle faisait son devoir de garde ARP, ce pour quoi elle avait été formée. Non, on ne pouvait parler de courage.

Enfin, Viv s'écarta et s'essuya les yeux.

— Mon maquillage va couler, dit-elle avec un rire amer. Viens, rentrons à la maison, que tu puisses te reposer un peu avant cet après-midi.

Grace se sentit rougir. Plus tard, elle avait rendez-vous avec George. Cela faisait plus d'un an qu'elle ne l'avait pas revu.

Plusieurs des jeunes gens avec qui elle avait dansé l'avaient invitée à dîner ou lui avaient demandé de leur écrire. Certains avaient même souhaité l'embrasser, arguant que ce serait peut-être leur dernier baiser. Elle avait refusé le plus gentiment possible, en veillant à ne pas danser plus d'une fois avec le même cavalier, de peur qu'il se fasse des idées.

Après une courte sieste et une longue discussion avec Viv sur sa tenue, elle opta pour une robe rouge froncée en soie. Si Grace se trouvait un peu trop habillée, son amie la jugeait parfaite pour l'occasion. Grace choisit des chaussures assorties et un sac à main noir orné d'un passepoil rouge. Elle était coiffée à la dernière mode grâce aux bigoudis de Viv.

Viv parvint même à la convaincre de mettre un peu de rouge à lèvres qui s'accordait à merveille avec sa robe. Jamais Grace n'avait porté une tenue aussi audacieuse.

— Il va tomber à la renverse dès qu'il te verra, assura Viv.

Face à son reflet dans le miroir, Grace s'empourpra.

— Surtout si tu rougis de la sorte ! s'exclama son amie.

Mrs Weatherford l'attendait au pied de l'escalier. Elle porta une main à sa poitrine.

— Grace ! souffla-t-elle.

La jeune femme redouta un instant que sa logeuse la trouve un peu trop apprêtée.

— Tu es superbe, mon petit. Si seulement ta pauvre maman te voyait à présent…

Avant que Grace ne puisse lui répondre, quelqu'un sonna à la porte. Elle sursauta et faillit rater la dernière marche. George et elle avaient prévu de dîner de bonne heure afin de ne pas être interrompus par une attaque aérienne. De plus, elle était de service à l'ARP, ce soir-là. Elle consulta sa montre. George avait une minute d'avance.

Mrs Weatherford ne dissimula pas sa curiosité. Elle s'écarta pour laisser Grace accueillir le jeune homme.

Celui à qui elle avait écrit pendant des mois en lui racontant son quotidien, à qui elle avait confié ses pensées les plus intimes, celui qui lui avait fait découvrir le monde de la lecture.

Après plus d'un an d'absence, elle le revoyait enfin.

CHAPITRE 17

En plongeant dans le regard vert de George Anderson, Grace sentit son cœur s'emballer.

Il était là, en chair et en os, ses cheveux bruns coiffés en arrière, superbe dans son uniforme bleu de la RAF. En bon militaire, il se tenait les mains dans le dos. Dès qu'il vit Grace, il ouvrit la bouche pour parler, mais pas un son n'en sortit. Elle le vit déglutir nerveusement.

— Miss Bennett… Grace… vous êtes…

C'était la première fois qu'il cherchait ses mots. Lors de leurs précédentes conversations, il était si sûr de lui ! La jeune femme éprouva une certaine satisfaction à l'idée de l'avoir troublé.

— Époustouflante, dit-il enfin avec un sourire en coin. Vous êtes époustouflante.

Il lui tendit un livre. La couverture pourpre présentait, en relief, l'image d'un homme debout sur une barrique au milieu d'un groupe de personnes, surmontée d'un titre en lettres dorées. *La Foire aux vanités* de W.M. Thackeray.

— Je vous aurais bien apporté des fleurs. Malheureusement, on dirait qu'elles ont toutes cédé la place aux choux, dans cette ville. Alors j'ai opté pour la meilleure solution de repli, au vu des circonstances. Ce roman devrait vous plaire. Vous ne m'en avez pas parlé dans vos lettres.

— Je ne l'ai pas lu, en effet. Et c'est bien mieux que des fleurs.

Grace prit l'ouvrage, soudain intimidée par ce confident épistolaire. Elle se retourna pour poser le livre sur la tablette de l'entrée. Un sourire aux lèvres, Mrs Weatherford et Viv affichèrent un air interrogateur et curieux.

— Permettez-moi de vous présenter mes plus chères amies, Mrs Weatherford et Viv.

George entra dans la maison. Viv le salua poliment et, dès qu'il se fut retourné, elle fit mine de tomber en pâmoison. Quant à la logeuse, elle se mit à parler avec lui avec enthousiasme. Elle l'interrogea sur son retour à Londres et sa famille qui vivait dans le Kent.

Les présentations terminées, George offrit son bras à Grace et, ensemble, ils se dirigèrent vers le taxi qui les attendait.

L'appréhension de la jeune femme fit place à un bonheur indicible. Connaître les pensées intimes d'un être cher était merveilleux et les lettres, bien plus propices aux confidences, avaient permis de tisser un lien unique entre eux. Ce n'était que le premier vrai rendez-vous, certes, mais ils se connaissaient déjà. Mieux encore, ils se comprenaient.

Il lui ouvrit la portière, puis la rejoignit à l'arrière du véhicule. Un parfum de savon à barbe envahit la cabine, le même que dans les souvenirs de la jeune femme.

— Je veux tout savoir de vos lectures publiques.

Grace lui décrivit ses spectateurs, les romans qu'elle lisait. George avait un sourire au coin des lèvres. Le taxi sillonnait les rues de la capitale, contraint de respecter les nombreuses déviations pour éviter les cratères creusés par les bombes.

Elle s'attendait à un dîner dans un endroit modeste, le Kardomah Café, par exemple, si bien protégé par les sacs de sable qu'il servait parfois d'abri. Lorsqu'ils s'arrêtèrent devant les arches de l'entrée du Ritz, elle n'en revint pas.

C'était la première fois qu'elle mettait les pieds dans un établissement de luxe. Elle en avait tant rêvé avec Viv, à l'époque où elles se sentaient prisonnières de leur vie morne à Drayton !

— Je m'attendais… je croyais que nous irions dans un café…

— Puisque je ne peux sortir avec vous qu'une fois lors de mes trois jours de permission, autant faire les choses en grand… si vous êtes d'accord, bien sûr.

Sur le trottoir, il lui tendit la main pour l'aider à descendre de voiture.

— Avec plaisir, répondit-elle, sentant la chaleur de sa paume sur ses doigts.

Dans le prestigieux lobby du Ritz, ils furent conduits jusqu'à une vaste salle à manger. Des tables étaient dressées pour deux, avec une nappe blanche et des chaises capitonnées. Un décor encore plus somptueux que dans ses rêves les plus fous.

Du plafond ovale pendaient non pas un, mais plusieurs lustres reliés par des guirlandes, tels des joyaux sur un beau collier. Tout n'était qu'opulence, des tapis moelleux ornés de volutes aux murs et aux plafonds peints.

Ils venaient de pénétrer dans une enclave où la guerre n'existait pas. Les gens portaient des vêtements élégants et non une tenue pratique pour courir jusqu'à l'abri le plus proche ou sillonner les rues jonchées de gravats. Des effluves de viande vinrent titiller les narines de la jeune femme. Un pianiste invisible jouait un air délicat évocateur de l'été et de rires insouciants.

À l'extrémité de la salle trônait un imposant sapin de Noël orné de décorations de qualité.

Un serveur les accompagna vers une table située dans un coin, agrémentée d'un petit bouquet de dahlias.

— Dire que je n'ai trouvé que des choux, commenta George.

— Vous n'êtes pas le Ritz, s'esclaffa Grace, exaltée.

Le serveur vint leur présenter le menu. Grace sourit en y voyant inscrite la Woolton Pie. Elle imagina l'expression de Mrs Weatherford quand elle apprendrait que son plat fétiche figurait à la carte du Ritz.

Grace opta pour un rôti de bœuf succulent et tendre, bien loin de la viande grasse et dure qu'elle se procurait chez le boucher. George demanda la même chose avec une salade de carottes en entrée.

— Des carottes ? fit Grace en arquant les sourcils. Est-il vrai qu'elles aident à mieux voir dans le noir ?

— D'après le gouvernement, oui, railla George.

Depuis quelque temps, des affiches vantaient les bienfaits de ce légume pour l'acuité visuelle, surtout celle des pilotes.

— Et qu'en pensez-vous ? demanda-t-elle d'un ton enjoué.

Elle-même n'était guère convaincue. Elle consommait des carottes en quantité et ne voyait pas mieux pour autant durant le black-out.

— Cela fonctionne assez pour que les Allemands en fassent manger à leurs pilotes.

— Vraiment ?

Il rit pour esquiver la question, comme à chaque fois qu'elle l'interrogeait sur ses activités militaires. Lorsqu'elle lui avait demandé s'il était allé en France, il lui avait répondu d'un mot : Dunkerque. Face à son visage fermé et sachant les horreurs qui s'étaient déroulées là-bas, elle n'avait pas insisté.

George était stationné à Acklington, en Écosse. Il faisait partie du Groupe 13 en tant que pilote de combat à bord d'un Hawker Hurricane. Grace ne savait pas grand-chose de plus, mais elle était consciente que la discrétion était de mise, notamment pour la RAF.

Après tout, les murs avaient des oreilles. De nombreuses affiches exhortaient la population à la discrétion.

— Comment avez-vous deviné que j'aimerais *Le Comte de Monte-Cristo* ?

C'était un sujet neutre sur lequel il pouvait s'étendre. Aussitôt, ses yeux verts s'illuminèrent.

— Qui n'aime pas *Le Comte de Monte-Cristo* ?

— Pas vous, en tout cas.

Elle but une gorgée de vin en espérant qu'il développe son propos.

— C'est mon grand-père qui m'a offert ce livre, avoua-t-il avec un sourire plein de tendresse. Tous les ans, quand j'étais petit, nous prenions le train vers le Dorset pour séjourner dans son cottage, perché sur une falaise surplombant la mer. Son impressionnante bibliothèque occupait la moitié de la maison et regorgeait de classiques. *Le Comte de Monte-Cristo* a toujours été mon préféré. Quand je suis entré à l'université, je ne pouvais plus aller chez lui, alors il m'envoyait des livres.

— Le Dorset, répéta la jeune femme d'un ton rêveur. Il paraît que c'est superbe.

— En effet, fit George, pensif. Cette région me manque. Au sommet de la falaise, le vent sent le sel et ébouriffe les cheveux. Par beau temps, nous descendions vers la plage où le sable était chaud et l'eau froide.

Grace s'y voyait. Elle sentait presque le vent dans ses cheveux.

— Ce doit être merveilleux…

— Vous irez peut-être, un jour, dit-il en levant son verre pour porter un toast.

Ce fut le repas le plus gargantuesque que Grace ait jamais mangé. Elle raconta à George combien la vie avait changé, à Londres. Il lui parla de deux autres pilotes devenus ses amis, en Écosse, lui confiant quelques détails de leur quotidien, sans en dire trop.

Grace observa la fenêtre obturée proche de leur table.

— Dans ce lieu, on n'a pas l'impression d'être en guerre.

— Faisons semblant, voulez-vous ?

Grace sourit. Elle n'avait pas joué à faire semblant depuis très longtemps, mais la tentation était grande.

— Oui, poursuivit George, l'air pensif. Comme s'il n'y avait pas la guerre. Vous travaillez dans une librairie, vous êtes une ravissante vendeuse à l'esprit vif et au goût prononcé pour la lecture.

— Et vous un charmant ingénieur passionné de littérature, plein d'humour et qui trouve toujours le mot juste.

Il se mit à rire, puis afficha un sourire juvénile.

— D'accord. Demain, nous irons nous promener dans les rues, sous la neige, pour écouter les chants de Noël dans Hyde Park. Je vous offrirai un bouquet de fleurs. Des roses, je pense.

— Nous trouverons un cinéma ou un théâtre où l'on joue *Un chant de Noël.*

— J'adore cette œuvre, répondit George. Elle est un peu enfantine, mais je la lis tous les ans pendant les fêtes. J'en suis à peu près au milieu, en ce moment.

— Moi aussi, avoua Grace. Je l'ai gardée pour Noël.

— Les récits de Charles Dickens sont toujours très détaillés.

C'était aussi l'un des auteurs préférés de Grace.

— Avez-vous lu *Les Aventures de Mr Pickwick* ?

— Certainement, il y a très longtemps. Je ne m'en souviens pas vraiment.

— Dans ce cas, relisez-le, reprit Grace en se penchant vers lui, pleine d'enthousiasme. Mr Pickwick et plusieurs de ses comparses, les pickwickiens, sillonnent la campagne anglaise. Ils vivent un tas d'aventures très drôles, par exemple… (elle porta une main à sa bouche) Je ne veux pas gâcher votre plaisir. Lisez-le et vous aurez des surprises.

— Je n'y manquerai pas, dit-il, tout sourire. Dans ma prochaine lettre, je vous ferai part de mes scènes préférées.

Ils poursuivirent cette conversation littéraire en échangeant des titres, des souvenirs, en développant des sujets abordés dans leurs lettres.

Il était si facile de ne plus penser aux bombardements, en bonne compagnie, dans ce cadre de rêve, d'oublier le rationnement en dégustant ces mets de choix, de rêver à un autre monde en n'ayant d'yeux que pour George !

L'heure de se séparer arriva bien trop vite. Grace était de service à l'ARP et George devait prendre un train pour passer Noël avec ses parents à Canterbury, dans le Kent.

Le trajet de retour se déroula dans un silence complice, comme s'ils savouraient le lien invisible qui les unissait une dernière fois avant leur prochain rendez-vous. George l'aida à descendre et la raccompagna jusqu'à sa porte. Sur le perron, le black-out les enveloppa.

Jamais ils n'avaient été aussi proches physiquement, sauf dans le taxi. Troublée par son parfum, elle voulait graver chaque seconde de cette soirée magique dans sa mémoire.

— Merci encore, énonça-t-elle d'une voix un peu rauque. C'était merveilleux.

— J'avoue avoir pensé à ce rendez-vous pendant des mois.

Avec douceur, il prit sa main et replia les doigts sur les siens. Grace en eut des frissons. Le monde semblait s'être arrêté.

— Moi aussi...

— J'apprécie notre correspondance, reprit-il. Néanmoins, je sais combien la guerre peut être dure. Si vous préférez garder votre liberté pour pouvoir rencontrer un homme à Londres...

— Non, répondit-elle, un peu trop empressée.

Ils éclatèrent d'un rire gêné, soudain intimidés.

— Je guette chacune de vos lettres, poursuivit-elle.

Enhardie par cette nouvelle intimité, elle caressa de son pouce le dos de la main de George.

— Et quand il m'arrive quelque chose d'inhabituel ou d'amusant, c'est à vous et à Viv que j'ai envie de le raconter.

— Je n'ai pas le droit de vous demander de m'attendre...

Il se rapprocha, coupant le souffle de Grace.

— Nous ignorons combien de temps cette guerre va durer, ajouta-t-il.

— Vous en valez la peine, George.

Elle sentit son cœur s'emballer.

Doucement, il posa sa main libre sur la joue de la jeune femme et se pencha pour l'embrasser. Ce baiser plein de tendresse chassa toute pensée de son esprit.

Par chance, George était moins empressé que Simon Jones, à Drayton. George n'était pas ce genre d'homme. Il était attentionné, sincère. Ce simple baiser la toucha au plus profond d'elle-même. Grace sut alors qu'elle lui appartenait pour la vie.

— Bonne nuit, ma superbe Grace.

Il glissa un index sur son menton et s'attarda un instant avant de s'écarter à regret.

— J'attends ta prochaine lettre avec impatience. Promets-moi d'être prudente.

— Seulement si tu me le promets aussi. Je suis impatiente de te revoir.

Malgré l'obscurité, elle plongea dans son regard et s'y noya. Lorsqu'il sourit, elle décela l'éclat de ses dents. En ouvrant la porte, Grace surprit Viv et Mrs Weatherford qui patientaient, curieuses, dans l'entrée.

Gênée d'être prise en flagrant délit d'indiscrétion, la logeuse observa le plafond.

— Alors, on prend le thé dans l'entrée ? railla Grace.

— Arrête ! lança Viv. Tu sais très bien qu'on essayait d'entendre ce que vous disiez. Vous auriez pu parler plus fort, quand même ! Je n'ai rien compris.

Le taxi emmena George. Quand le reverrait-elle ? Dans quelques mois, avec un peu de chance.

Elle sentait encore le contact de ses lèvres sur les siennes. Elle était prête à attendre George Anderson pendant des années s'il le fallait.

— Raconte-nous vite ! implora la logeuse.

Grace ne l'avait pas vue aussi enjouée depuis le départ de Colin pour le front. Elle leur narra sa soirée par le menu, ou presque, car leur baiser demeura au fond de son cœur. Il n'appartenait qu'à elle.

Ce fut un Noël moins festif que les autres. Les bombardements incessants empêchaient les traditionnelles chorales de sillonner les rues. Les salles de théâtre étaient rares et souvent endommagées.

Le 24 décembre, par miracle, Grace et Viv parvinrent à assister à un spectacle de Noël qui leur rappela leur enfance, même si la mise en scène était bien plus professionnelle qu'à Drayton. Le 25, Mrs Weatherford respecta les consignes d'économies d'énergie en faisant cuire la viande et les légumes en même temps dans son four.

Elle réalisa des prouesses malgré le rationnement. Le gouvernement avait doublé les rations de thé et de sucre pour les fêtes. De plus, elle possédait toujours sa réserve secrète.

Elle prépara ainsi une tarte à la mélasse, un pudding et même un gâteau de Noël un peu pauvre en raisins secs. Il était néanmoins orné de feuilles de houx confectionnées avec les moyens du bord, en l'occurrence des feuilles de houx trempées dans une solution de sel d'Epsom pour obtenir un aspect givré une fois séchées – une astuce du ministère de l'Alimentation.

Si Mrs Weatherford affichait sa bonne humeur, Grace décelait des failles dans cet entrain forcé. Lorsqu'elle ne se savait pas observée, elle perdait son sourire et ses traits se figeaient dans la souffrance.

Grace connaissait cette douleur de l'absence. Colin lui manquait comme une partie d'elle-même. Sans son sourire, sa gentillesse, Noël n'était plus pareil. Et aucune guirlande en papier journal, aucune feuille de houx enrobée de sels ne comblerait ce vide.

Au vu des circonstances, elles avaient décidé de ne pas échanger de cadeaux. Chacune avait toutefois prévu une petite surprise pour les autres. Mrs Weatherford leur offrit des savonnettes parfumées, Viv avait tricoté d'épais cache-nez et Grace avait réussi à obtenir du chocolat – enveloppé dans un papier paraffiné, car l'aluminium était désormais réquisitionné. Le chocolat était plus friable et moins sucré, mais il fit naître des sourires radieux. Le chocolat faisait toujours plaisir, peu importe sa qualité.

Le repas fut agréable et délicieux. En ces temps de restrictions, un supplément de sucre faisait un bien fou. Mr Evans apporta une bouteille de vin qu'il gardait pour une occasion spéciale. Il passa une bonne partie de l'après-midi à se chamailler avec Mrs Weatherford dans une complicité fraternelle.

Hélas, Jimmy et sa sœur ne furent pas de la fête. Mrs Weatherford en fut attristée. Elle avait posé sous le sapin un paquet contenant des vêtements de Colin qu'elle avait retouchés pour la silhouette frêle de Jimmy. Viv avait cousu plusieurs robes et un manteau pour la fillette.

Viv devait regagner Caister dès le lendemain, une perspective qui ternit ces moments de joie fugace. La maison se retrouva plongée dans une tristesse encore plus palpable.

Le départ de Viv affecta particulièrement Mrs Weatherford, comme si elle perdait Colin à nouveau. Le surlendemain de Noël, elle se rendit à la lecture de Grace à la librairie en emportant le reste du gâteau, des petits pains et les cadeaux des enfants.

En voyant la logeuse, Jimmy eut l'air contrit, mais il ne s'enfuit pas à l'issue de la séance.

— Au centre d'hébergement, ils nous ont donné à manger, expliqua-t-il en ôtant sa casquette, plein de remords. Je ne voulais pas vous priver de vos rations.

Une telle considération de la part d'un adolescent qui avait tout perdu toucha Mrs Weatherford en plein cœur.

— Ne t'inquiète pas pour nous, lui dit-elle. Nous avions largement de quoi partager.

Elle posa devant lui le carton qu'elle avait apporté et l'ouvrit. Jimmy découvrit des parts de gâteaux et des cadeaux emballés pour lui et sa sœur.

— C'est trop, protesta-t-il, étonné.

— Je l'avais préparé pour vous deux aussi et vous n'étiez pas là pour le manger.

— Commence par le gros paquet, lui conseilla Grace, consciente de l'émotion de sa logeuse lorsqu'il découvrirait les vêtements de Colin.

Jimmy n'hésita qu'un instant. Il prit le temps de dénouer la ficelle lentement et rabattit le papier avec le respect de quelqu'un qui n'a rien, qui sait que ce matériau pourra resservir. L'emballage faisait partie du cadeau.

Il fixa longuement les vêtements, trois chemises, trois pantalons, deux pulls et un épais manteau. Submergé par l'émotion, il réprima un sanglot.

— C'est trop, répéta-t-il d'une voix brisée, les yeux embués de larmes.

— Oh non, souffla la logeuse. Ce n'est pas assez, au contraire.

Dans l'après-midi, Mrs Weatherford surmonta le poids de son chagrin et reprit ses activités au sein du WVS. Elle se consacra corps et âme aux orphelins du Blitz. Pour Grace, cela relevait du miracle.

Le surlendemain, Grace se préparait pour son service avec Mr Stokes quand la sirène se mit à hurler. La jeune femme sursauta presque. Depuis la veille de Noël, les nuits étaient calmes. Une trêve tacite. Les gros nuages de ce soir-là n'étaient pas propices aux bombardiers, surtout à cette heure précoce.

Il n'était que dix-huit heures cinq. Grace mena sa logeuse à la station Farringdon où les gens faisaient déjà la queue, puis elle fila au poste de l'ARP. Il ne servait à rien de passer moins d'une heure dans l'abri, d'autant qu'un opportuniste risquait de lui prendre sa place sur le sol de la station de métro et de la vendre à un retardataire pour 2 shillings.

Mr Stokes était déjà sur place. Sans doute avait-il suivi le même raisonnement.

— Les avions allemands sont en avance, ce soir, commenta-t-il avec un sourire crispé sous sa moustache.

— Ils auraient pu attendre le début de notre garde, railla Grace en attachant la lanière de cuir de son casque.

Dehors, les vibrations des bombardiers étaient si intenses que Grace eut l'impression que leur bourdonnement traversait les semelles de ses chaussures.

Ce serait une mauvaise nuit.

Quittant le poste protégé par des sacs de sable, elle sortit dans le froid humide de cette fin décembre. Dans la pénombre, elle discerna aussitôt une lueur orange, au loin. Un quartier de la capitale était en feu. Non loin de la Tamise, près de la cathédrale Saint-Paul.

Les avions filaient dans le ciel, larguant leurs projectiles à quelques rues de là. Grace entendit un son familier, un sifflement suivi des impacts de dizaines de projectiles qui perçaient les toitures et heurtaient la chaussée en crachant des flammes.

— Des bombes incendiaires ! lança Grace à Mr Stokes.

Elle se munit de son seau-pompe. Elle n'eut pas à regarder en arrière pour savoir que Stokes la suivait. D'ici quelques minutes, des incendies feraient rage.

Ils trouvèrent la première bombe deux rues plus loin. Elle projetait des étincelles en crachant le magnésium qu'elle contenait. Sur chaque pas de porte, il y avait désormais un seau d'eau ou de sable, voire des sacs de sable. Grace en souleva un pour s'en servir de bouclier, puis elle le jeta sur le projectile. En brûlant, le sac libérerait le sable qui éteindrait les étincelles. Ils ne s'attardèrent pas pour voir le résultat, car il y en avait de nombreuses autres.

— Miss Bennett ! s'exclama Stokes, prêt à actionner le seau-pompe.

Grace saisit le tuyau et courut vers la maison voisine pour éteindre les flammes. Ils devaient se méfier du magnésium qui risquait d'exploser au contact de l'eau. Ce n'était un problème qu'au début, au moment des étincelles, mais il n'en était pas moins dangereux.

Ils procédèrent de même dans toute la rue et maîtrisèrent les débuts d'incendie. Épuisés, ils s'écroulèrent contre le mur d'un bâtiment, en nage malgré le froid. Ils avaient réussi !

Une nouvelle nuée d'avions passa au-dessus de leurs têtes.

Un sifflement. Grace se figea. Un bruit sourd.

La première bombe incendiaire heurta le sol à quelques mètres de leurs pieds et cracha ses étincelles.

Une autre suivit, une seconde plus tard.

Ce fut un véritable déluge autour d'eux. Grace et Mr Stokes se retrouvèrent face à de nouvelles flammes qui éclairaient la scène comme en plein jour. En tournant au coin de la rue, la jeune femme remarqua qu'ils se trouvaient dans Aldersgate Street, près de la caserne des pompiers. Hélas, celle-ci était en feu. Dans la rue, les pompiers tentaient d'éteindre les flammes grâce à une citerne d'eau.

Au loin, vers l'embouchure du fleuve, s'éleva un autre son familier. Un autre sifflement annonça une nouvelle pluie de bombes incendiaires. Les pompiers étaient trop occupés à sauver leur caserne. Les gardes ARP devraient se battre.

Quel que soit le temps que durerait cette bataille.

Tandis que les incendies proches de la Tamise se propageaient dans leur direction, Grace et Mr Stokes parvinrent à éteindre les flammes dans leur secteur.

Ils étaient passés plusieurs fois devant Primrose Hill Books pour vérifier que la librairie n'était pas touchée. Mr Evans avait pris l'habitude de tenir compagnie à Mrs Weatherford à la station Farringdon. Au moins, Grace les savait en sécurité.

Sous un ciel rouge et orange, la librairie restait nichée dans l'ombre du black-out. Ils croisèrent soudain un pompier au visage maculé de suie et luisant de sueur.

— Si votre secteur est dégagé, nous avons besoin d'aide, dit-il en tendant un index. À Paternoster Square. Prenez le matériel que vous avez !

CHAPITRE 18

Malgré la chaleur ambiante, Grace fut parcourue d'un frisson. Paternoster Row était relié à Paternoster Square. Simpkin Marshall, le grossiste, était-il touché ? Et les imprimeurs ? Les éditeurs ? Les librairies ?

Les deux gardes ne perdirent pas de temps. Armés de leur seau-pompe et d'un seau vide, ils suivirent le pompier et parcoururent ainsi plusieurs centaines de mètres en courant. À chaque pas, l'incendie prenait de l'ampleur, un véritable enfer encerclé par des pompiers qui arrosaient les flammes grâce à des citernes tirées par des taxis.

Les détonations des canons antiaériens étaient assourdissantes, ainsi que le sifflement des bombes et les explosions.

La chaleur était de plus en plus intense. Ils avaient l'impression de respirer dans un four.

— Grace, attendez, dit Stokes, pantelant, en se penchant pour reprendre son souffle.

Il ajouta autre chose, mais une bombe siffla près d'eux. Après une seconde de silence, elle explosa, faisant trembler le sol sous leurs pieds.

— On ne peut pas s'arrêter maintenant !

Elle hâta le pas, puis, en s'engageant dans Paternoster Row, se figea.

L'enfer.

Les nuages de fumée s'élevaient des flammes et des livres dont les pages jonchaient le sol, telles des plumes arrachées à des ailes.

Si la rue entière était nimbée de rouge, quelques rares bâtiments étaient encore debout, sans doute ceux qui faisaient appel à des vigies anti-incendie postées sur le toit.

Les entrepôts pleins de livres flambaient comme du petit-bois. Les flammes dansaient sur les toits en ardoise, gagnaient les boiseries des boutiques et jaillissaient par les fenêtres brisées pour lécher les devantures noircies.

Simpkin Marshall, qui se targuait de stocker des millions de livres, n'était plus qu'un bûcher.

À sa droite, Grace vit un bâtiment s'embraser de l'intérieur. Le feu s'emparait des rayonnages pour avaler des rangées de volumes. La bâtisse semblait palpiter, telle une bête destinée à tout dévorer sur son chemin.

Elle entendit quelqu'un l'appeler, puis le monstre rugit. La jeune femme était incapable de bouger, pétrifiée face à l'horreur qui se déroulait devant elle. Tant de livres partis en fumée...

Quelque chose de dur la percuta et la fit tomber à terre. Elle sentit une chaleur intense. Du sable et de la poussière se collèrent à ses joues et à ses mains.

Étourdie, elle cligna les yeux et comprit que Mr Stokes la couvrait de son corps. Le bâtiment rongé de l'intérieur n'était plus qu'un tas de briques rougeoyantes.

— Vous êtes blessée ? cria Stokes dans un vacarme assourdissant.

Elle secoua négativement la tête.

— Il faut trouver de l'eau !

— Et des survivants, répondit-il en scrutant les alentours.

Il avait raison. L'incendie était trop important pour qu'ils puissent le circonscrire. Les pompiers étaient déjà à l'œuvre.

Non loin d'eux, Pritchard & Potts était l'une des rares librairies épargnées, mais un grand trou remplaçait la boutique voisine.

Par chance, il n'y avait guère d'occupants dans les maisons de Paternoster Square. La plupart étaient partis à la campagne et ne reviendraient qu'après le nouvel an. Mais les autres se retrouvaient sans nulle part où aller.

Comme Mr Pritchard.

Il devait se trouver dans son appartement, au-dessus de la librairie, lui qui décriait les abris publics et ceux qui s'y massaient. Grace se précipita. Il n'y avait plus de porte. L'intérieur n'était éclairé que par les flammes. Les livres gisaient au sol, étalés comme des oiseaux morts.

Dehors, un sifflement retentit et une nouvelle explosion secoua la structure entière. Des débris de plâtre tombèrent du plafond et d'autres livres furent délogés.

— Monsieur Pritchard ! lança-t-elle.

Pas de réponse.

Sans se soucier des convenances, elle trouva la porte menant à l'étage et gravit les marches quatre à quatre. La structure entière semblait instable.

Le logement était dans le même état que la boutique. Soudain, Grace crut déceler une jambe dépassant d'une vitrine renversée.

— Monsieur Pritchard…

Faute de réponse, elle s'agenouilla pour vérifier qu'il s'agissait bien du vieil homme. Elle tenta de déplacer la vitrine, en vain. Une bombe éclata tout près et fit trembler la bâtisse qui semblait sur le point de s'écrouler.

Elle chercha un pouls. Il n'y avait plus rien à faire pour Mr Pritchard.

Une autre bombe tomba avec une telle force que la jeune femme perdit l'équilibre.

C'est alors qu'elle entendit un miaulement pathétique. Sous le divan, elle découvrit le pauvre Tabby. Elle le ramassa si vite qu'il ne résista pas et se laissa porter hors du bâtiment.

À l'extérieur, Mr Stokes se tenait au milieu de la chaussée, cerné par les départs de feu. Des hommes de l'AFS arrosaient les flammes. Leurs uniformes étaient trempés par les coulures des embouts en cuivre de leurs lances.

— D'autres survivants ? demanda-t-il en apercevant Tabby.

Grace revit la dépouille de Mr Pritchard coincé sous un meuble et secoua la tête en serrant le chat contre elle.

Le vent qui s'engouffrait dans la rue étroite attisait les flammes et projetait des flammèches un peu partout. Il faisait si chaud que Grace croyait fondre sur place.

Quand elle était petite, elle admirait les braises dans la cheminée. Mais la scène qui se déroulait sous ses yeux n'avait rien de magique. Les flammes impitoyables ne semaient que la destruction et la mort.

— Il faut partir ! ordonna Mr Stokes. On n'a plus d'eau. On ne peut plus rien faire ici.

Grace emporta Tabby et le déposa à la cathédrale Saint-Paul, par chance épargnée dans l'immédiat. Une fidèle qui s'y était réfugiée proposa à la jeune femme de veiller sur le chat, qu'elle prit dans ses bras.

Les deux gardes ARP repartirent dans les rues ravagées. Dans le ciel enfumé, les avions étaient invisibles, mais le grondement des moteurs, le sifflement des bombes et les explosions étaient omniprésents.

Un pompier se tenait devant un bâtiment en flammes. Les réserves d'eau étaient taries.

— Ils ont bombardé les conduits d'approvisionnement en eau, leur dit-il.

— Et la Tamise ? s'enquit Mr Stokes.

Des pompes de secours étaient prévues au cas où les Allemands entraveraient la distribution d'eau.

— La marée est trop basse, expliqua le pompier.

— Vous voulez dire… ? bredouilla Grace.

— On n'a plus d'eau, confirma-t-il en baissant la tête. On n'a plus d'autre choix que de laisser les incendies s'éteindre d'eux-mêmes.

Grace et Mr Stokes tentèrent d'aider les survivants tandis que les pompiers demeuraient impuissants et voyaient les flammes se propager d'un bâtiment à l'autre, comme lors du grand incendie de Londres, trois siècles plus tôt. L'histoire se répétait.

Grace frémit en songeant aux scènes décrites par William Harrison Ainsworth dans *Old St. Paul's*, sur le grand incendie. Hélas, elle ne pouvait l'éteindre, contrairement au personnage principal du roman.

Lors de la plus longue nuit de leur vie, Grace et Mr Stokes secoururent tous ceux qu'ils purent, avec l'énergie du désespoir, une force que Grace découvrit alors.

*

Au bout d'une éternité, le jour se leva enfin, mettant fin à des heures de bombardements incessants. Une épaisse fumée enveloppait la ville, toujours livrée aux flammes.

Épuisée, Grace se dirigea vers la cathédrale pour récupérer Tabby. Hélas, une barrière de fumée l'empêchait de voir si l'édifice tenait encore debout.

La jeune femme retint son souffle. Pourvu que la cathédrale n'ait pas subi le même sort que Paternoster Square.

Soudain, une bourrasque de vent froid dissipa le nuage pour révéler le dôme intact de Saint-Paul.

Lors du grand incendie, la cathédrale était restée debout trois jours avant de s'effondrer. Cette fois, ce lieu de culte symbolique tenait bon. Au cœur de l'enfer, le bien l'emportait encore. À l'image du peuple britannique qui, dans la tourmente, résistait.

— Londres peut tout endurer, déclara Mr Stokes à côté d'elle.

Ce spectacle renforça sa fibre patriotique tandis qu'il citait le slogan du gouvernement depuis le début du Blitz.

Plus étonnant encore, Tabby n'avait pas bougé. Enveloppé dans une couverture bleu pâle, il dormait paisiblement sur un banc. Lorsque Grace le souleva, il cligna ses yeux d'ambre. Il se lova dans ses bras en s'accrochant à elle avec ses griffes. Trop fatiguée pour discuter, Grace laissa Mr Stokes la raccompagner à Britton Street. D'un accord tacite, ils firent un détour pour passer devant Primrose Hill Books, intacte. Elle en fut soulagée. Tant d'autres librairies avaient été rasées…

Mr Evans était sans doute à l'abri dans son appartement, car la sirène de fin d'alerte avait retenti au petit matin. Tout le monde n'avait pas cette chance. Dans leur secteur du quartier d'Islington, les bombes incendiaires avaient endommagé de nombreuses toitures, mais les dégâts étaient sans commune mesure avec la dévastation de Paternoster Row.

Loin de cet enfer, il faisait plus froid. Grace grelottait.

Devant la maison, Mr Stokes la salua d'un signe de tête, puis il s'éloigna d'un pas traînant vers son propre domicile, dans Clerkenwell Street. Avant même que Grace eût gravi les marches, Mrs Weatherford l'accueillit.

— Dieu merci, tu vas bien, mon petit ! Rentre vite !

La gorge irritée par la fumée et la suie, la jeune femme franchit le seuil en titubant.

— Il paraît que c'était horrible, reprit la logeuse en s'affairant autour de Grace. C'est vrai ? Non, ne dis rien, je le lis sur ton visage. Ma pauvre chérie ! Dieu merci, tu es saine et sauve. Tu veux une tasse de thé ? Tu as faim ?

Soudain, elle se tut en remarquant que Grace portait quelque chose dans ses bras. Dehors, il faisait si froid que le brouillard semblait constitué d'aiguilles de glace. Dès qu'ils avaient quitté le centre, Grace avait couvert Tabby pour le réchauffer. Elle rabattit la couverture pour révéler l'animal épuisé.

— Non... ce n'est pas...

— C'est Tabby, confirma Grace d'une voix rauque.

Mrs Weatherford effleura la joue de Grace avec émotion, avant de caresser le chat.

— Tu es le dernier... la dernière petite bête que Colin a sauvée, murmura-t-elle avant de se reprendre. Et Mr Pritchard ?

Grace secoua la tête. Elle avait signalé la présence du cadavre aux équipes de secours.

— J'espérais que vous l'adopteriez. Il est terrorisé et a besoin de quelqu'un à aimer.

La logeuse poussa un long soupir.

— Comme je te comprends, Tabby, dit-elle en le serrant dans ses bras.

Grace prit un bain pour laver la suie qui maculait sa peau. Elle laissa des traînées noires dans la baignoire et décida de les rincer plus tard. À son réveil, le ménage avait été fait. L'émail étincelait et sentait le savon noir.

En bas, Mrs Weatherford caressait Tabby, qui semblait ravi de ses attentions. Après avoir avalé un peu de ragoût de lapin, la jeune femme quitta la maison pour se rendre à la librairie.

Le fond de l'air était froid et humide et le vent transportait une odeur âcre de fumée qui lui rappelait les événements de la veille.

— Vous voilà ! persifla une voix, sur le perron voisin.

Mrs Nesbitt avait les yeux rougis et son imperméable était maculé de suie.

— Je reviens de ma boutique, du moins ce qu'il en reste.

— Je suis désolée, assura Grace, pleine d'empathie.

— J'espère bien, rétorqua Mrs Nesbitt d'un air pincé.

Grace était habituée à ces rebuffades.

— Pardon ?

— Vous étiez là-bas, cette nuit, non ?

Mrs Nesbitt ôta rageusement ses gants.

— Vous auriez pu en faire davantage, reprit-elle. Si je ne gardais pas une réserve de livres chez moi, je n'aurais plus rien à l'heure qu'il est. Rien ! Il n'y a aucune raison que tant de commerces aient brûlé de la sorte. Aucune.

Grace eut envie de se défendre, ainsi que les nombreux bénévoles qui avaient lutté contre les flammes des bombes incendiaires. Pour ne rien arranger, les conduites d'eau avaient été détruites au moment précis où la Tamise était au plus bas. Mais elle n'avait pas à se justifier face à cette femme.

La colère l'envahit.

Dans la matinée, elle avait entendu à la radio qu'une dizaine de pompiers avaient péri et plus de deux cents autres étaient blessés, autant de familles dans le chagrin.

— Vous avez de la chance que plusieurs bénévoles aient perdu la vie en combattant les flammes, cette nuit, déclara-t-elle d'un ton grinçant. Vous avez désormais la possibilité de les remplacer, puisque nous sommes si incompétents.

— Quelle impudence ! s'emporta Mrs Nesbitt.

Grace descendit les marches et s'éloigna sans l'écouter, de peur de céder à la tentation de lui assener la gifle qu'elle méritait.

Fulminant, elle marcha d'un si bon pas que Primrose Hill Books apparut au bout de quelques minutes.

Elle poussa la porte un peu trop brutalement.

— Miss Bennett ? fit Mr Evans, étonné.

— Cette bonne femme... quelle mégère !

— Il n'y a personne dans le magasin.

Il fit le tour du comptoir et s'approcha d'elle.

— Racontez-moi.

Grace lui relata son échange avec Mrs Nesbitt et enchaîna sur les événements de la nuit. En évoquant le décès de Mr Pritchard, elle faillit céder à l'émotion.

Mr Evans poussa un long soupir.

— Il ne voyait pas l'intérêt d'aller dans un abri. Et il n'était pas le seul de cet avis, hélas, commenta-t-il en secouant la tête. Le pauvre… Merci d'avoir pris soin de Tabby.

— Je crois que Mrs Weatherford est heureuse de l'avoir adopté.

Mr Evans esquissa un sourire.

— Il lui fera du bien. Quant à Mrs Nesbitt…

À la simple évocation de sa voisine, elle faillit s'énerver de plus belle.

— … elle est sous le choc de la perte de sa boutique.

— Elle n'avait pas à se montrer si cruelle ! protesta Grace, néanmoins consciente de sa réaction excessive.

— Vous avez lu *Un chant de Noël* récemment, il me semble…

Elle acquiesça.

— Vous avez vu à quel point l'enfance malheureuse d'Ebenezer Scrooge l'a influencé. Imaginez ce qu'il aurait ressenti si son commerce avait été rasé par un incendie.

La comparaison entre Ebenezer et Mrs Nesbitt était pertinente. Il était vrai que la colère masquait parfois une souffrance. Même Mr Evans cachait le souvenir de sa fille derrière une attitude bourrue.

Qu'avait vécu Mrs Nesbitt, par le passé, pour devenir cette femme dure et amère ?

— Merci, dit-elle. Je n'avais pas considéré la situation sous cet angle.

Mr Evans lui tapota la joue avec affection.

— Vous avez bon cœur, Grace.

— Et vous êtes un excellent professeur.

Tout au long de la journée, elle pensa à cette conversation et songea à son oncle. La mesquinerie était un trait de caractère acquis et non inné. Peut-être avait-il enduré des épreuves qui l'avaient rendu méchant.

Elle le considéra soudain sous un nouveau jour, sans colère, avec compassion. La maltraitance qu'elle avait subie n'avait rien à voir avec sa propre personne, finalement. Le problème venait de lui.

Perdue dans ses pensées, elle regarda l'étage vide qu'elle avait libéré la veille pour y installer leur dernière commande de chez Simpkin Marshall. Une commande qu'ils ne recevraient jamais.

Une idée germa dans son esprit.

— Je me demande... fit-elle à voix haute. Et si nous accordions une petite place aux libraires sinistrés de Paternoster Row ?

Mr Evans leva les yeux du livre qu'il était en train de lire et l'observa par-dessus ses lunettes :

— Comment cela ?

— Nous pourrions offrir un peu d'espace à ceux qui possèdent encore des livres ayant échappé au brasier et leur verser le fruit de leurs ventes.

Depuis l'arrivée de la jeune femme, la comptabilité de la librairie était à jour.

— Ils gagneront ainsi un peu d'argent, conclut-elle.

— Cela risque d'être un peu compliqué, objecta Mr Evans, prudent.

— Vous n'avez pas confiance en moi ?

— Oh si ! D'accord, prenez les étagères dont vous aurez besoin, concéda-t-il avec un sourire.

Il permit à son employée de partir plus tôt afin de se lancer dans sa mission. Parviendrait-elle à entrer en contact avec les libraires de Paternoster Row ? À mesure qu'elle croisait des bâtiments détruits, elle sentait une certaine appréhension monter en elle. Sur place, elle fut accueillie par une forte odeur de fumée qui lui noua les entrailles.

CHAPITRE 19

Paternoster Row était pratiquement rayé de la carte. Au cœur de ses vestiges nimbés d'un voile de fumée, des braises rougeoyaient encore sous les décombres, parmi les carcasses vides.

Grace s'approcha d'un homme en costume qui faisait les cent pas devant une parcelle de terrain où se dressait la veille encore une élégante boutique. Grace se rappelait l'enseigne peinte en lettres vert brillant et les présentoirs dans les vitrines.

— Vous êtes le propriétaire de chez Smith ?

L'homme la dévisagea de cet air vague qu'elle ne voyait que trop souvent dans le cadre de son travail pour l'ARP. Il hocha la tête de façon imperceptible.

— C'était une librairie magnifique. Je suis désolée pour vous. Écoutez... je travaille chez Primrose Hill Books, dans Hosier Lane. Nous proposons un espace de vente à des libraires sinistrés. Vous pourriez...

Elle sentit sa gorge se nouer d'émotion.

— Apportez-nous vos livres et nous vous reverserons les revenus des ventes.

Elle lui tendit une carte de la librairie. Il l'accepta sans un mot, le regard fixe.

— Je suis désolée, répéta-t-elle. J'aimerais pouvoir faire davantage.

— Merci, souffla-t-il en se tournant vers les décombres de sa librairie.

Grace ne vit qu'une seule autre personne à qui elle fit la même proposition. La réaction fut identique.

Tout cela n'avait aucune importance, car pas un volume n'avait été épargné.

Déprimée, elle quitta ce qui avait été le quartier des libraires et rentra chez elle. En chemin, elle songea qu'elle connaissait au moins une libraire qui détenait encore un stock de livres intacts.

Mrs Nesbitt.

Grace était tiraillée entre son devoir et un désir de vengeance après les paroles acerbes de la libraire qui l'avaient blessée. Elle ne voulait pas ressembler à Mrs Nesbitt. Jamais elle ne céderait à l'amertume, même face à une harpie.

Sur les marches du perron de Mrs Nesbitt, elle entendit une voix familière.

— Grace ? Tu te sens bien ? demanda Mrs Weatherford. Le black-out n'a pas commencé et tu te trompes de maison. Tu manques de sommeil, mon petit.

La logeuse portait son uniforme vert de gris du WVS. Sans doute rentrait-elle d'une réunion. Elle avait les joues roses et les yeux pétillants.

Grace lui expliqua rapidement son projet.

— Dans ce cas, je t'accompagne, lui répondit-elle en se redressant fièrement. Il est hors de question que tu affrontes seule ce dragon, surtout si tu y vas avec des intentions généreuses.

Les deux femmes frappèrent donc à la porte de leur voisine, qui les accueillit avec un regard glacial.

— Vous habitez juste à côté, persifla-t-elle d'un air mauvais. L'auriez-vous oublié ?

— Nous venons vous parler, dit Grace.

— Une tasse de thé ne serait pas de refus, renchérit Mrs Weatherford en se frottant les mains pour rappeler à Mrs Nesbitt les bonnes manières. Il fait un froid de canard.

Celle-ci soupira et ouvrit la porte.

— Entrez. Je vais mettre de l'eau à chauffer.

Elle les introduisit au salon. Le sofa en velours bleu semblait neuf. La pièce était d'une beauté austère, tel un musée où l'on n'a le droit de toucher à rien. Tout était net et bien rangé, chaque bibelot, chaque photo encadrée représentant Mrs Nesbitt jeune, apparemment.

Mal à l'aise, Grace et Mrs Weatherford s'installèrent sur le sofa, au bord du siège de peur de laisser leur empreinte sur les coussins. Quelques minutes plus tard, Mrs Nesbitt réapparut avec un plateau. Les tasses en porcelaine étaient si fines que l'on voyait la lumière au travers.

— Que puis-je faire pour vous ? À part sacrifier mes rations de thé et de sucre sous l'injonction de l'hospitalité.

Grace se figea au moment de saisir le sucrier et décida de boire son thé sans sucre.

— Nous voudrions vous proposer un espace à Primrose Hill Books. Vous toucheriez l'argent de vos ventes, bien sûr, et nous signalerions aux clients que ces livres viennent de chez vous.

— C'est une proposition sérieuse ? s'étonna Mrs Nesbitt, perplexe.

— Absolument.

Grace but une gorgée de thé. Il était très léger, bien sûr. Les feuilles avaient sans doute déjà servi plusieurs fois. Des intruses ne méritaient pas mieux.

Soudain, les yeux de la voisine s'embuèrent de larmes.

— Voilà ce que je mérite pour n'avoir jamais aimé mon mari, déclara-t-elle en se détournant.

Elle se tapota les yeux à l'aide d'un mouchoir en dentelle.

— Je ne l'ai épousé que pour la librairie, pour que mon père s'intéresse enfin à moi. Pour…

Elle s'interrompit et foudroya ses invitées du regard.

— Vous ne comprenez donc pas que c'est Dieu qui me punit ?

— Vous êtes bien arrogante pour croire que Dieu a fait bombarder Londres uniquement à cause de votre égoïsme, soupira Mrs Weatherford. Reprenez vos esprits et profitez de cette proposition généreuse.

Choquée, Grace faillit s'étouffer.

— Comment osez-vous venir chez moi et tenir de tels propos ? s'indigna Mrs Nesbitt.

— Il faut bien que quelqu'un le fasse, reprit la logeuse en mettant une demi-cuillerée de sucre dans son thé. Vous devriez présenter vos excuses à Grace et accepter son offre. Ensuite, vous vous préparerez à m'accompagner à l'orphelinat pour faire une lecture.

— L'orphelinat ? répéta-t-elle, abasourdie. Pour lire ?

— Vous faisiez des lectures quotidiennes dans votre librairie, non ?

Mrs Nesbitt se tourna vers Grace et releva fièrement la tête.

— Oui.

— J'ai l'impression que vous avez du temps libre et de nombreux enfants ont besoin de livres, dit Mrs Weatherford en remuant son thé.

— Eh bien…

Grace et Mrs Weatherford posèrent sur elle un regard plein d'espoir.

Mrs Nesbitt ajouta du sucre dans son thé et but une gorgée, le petit doigt en l'air. Puis elle reposa sa tasse dans sa soucoupe et soupira.

— J'accepte votre offre, miss Bennett, déclara-t-elle, les yeux baissés. Merci.

— Et pour l'orphelinat ? insista la logeuse.

— Je me préparerai à partir dès que nous aurons bu notre thé.

— Formidable ! conclut Mrs Weatherford.

Pour Mrs Weatherford et Grace, le passage à l'an 1941 se fit sans festivités. Elles étaient bien trop occupées par ailleurs. Mrs Nesbitt ne rechignait plus à aller à l'orphelinat. À la librairie, l'étagère consacrée à Nesbitt's Fine Reads rencontrait un vif succès.

Mrs Nesbitt n'était pas la seule à bénéficier de l'hospitalité de Primrose Hill Books. La nouvelle s'était vite répandue parmi les libraires de Paternoster Hill. Cinq autres installèrent leur marchandise, dont Smith. Grace façonna des présentoirs et fit tourner les titres de chaque confrère ainsi que son propre stock pour ses lectures de l'après-midi. Bientôt, les clients des autres librairies se joignirent aux fidèles de Primrose Hill Books.

Ce partage de l'espace bénéficiait non seulement aux sinistrés, mais aussi à Mr Evans, car ce nouvel arrivage empêchait ses stocks de s'écouler trop vite. Simpkin Marshall n'était plus en mesure de leur fournir des livres et, le papier étant rationné, ils avaient du mal à trouver un autre grossiste. Par ailleurs, les clients qui venaient pour soutenir les sinistrés en profitaient souvent pour acheter autre chose.

Grace écrivit à George pour lui raconter cette expérience. Primrose Hill Books était devenu le dernier lieu en vogue pour les passionnés de littérature qui s'y attardaient pour discuter. George lui manquait terriblement, surtout lorsqu'elle écoutait les débats, lui qui était si éloquent quand il lui décrivait un roman.

Il lui répondit qu'il était impatient de venir à la librairie lors de sa permission suivante, au cours des mois à venir, peut-être.

Je me languis de retrouver Primrose Hill Books, avoua-t-il, *où l'on parle littérature et où une libraire ravissante donne vie aux histoires de sa belle voix.*

Ces mots réchauffèrent le cœur de la jeune femme. Cependant, elle était intimidée à l'idée de lire devant lui, comme la première fois, dans la station de métro.

Les lettres de Viv exprimaient une grande impatience, d'autant plus qu'elle serait mutée à Londres dans les mois à venir, car elle était pressentie pour une mission sur laquelle elle ne pouvait s'étendre. Elle était si exubérante que Grace eut encore plus envie de revoir son amie.

Lors d'une rare matinée de calme à la librairie, Mr Evans notait une série de chiffres dans son registre.

— Un jour, vous m'avez dit que j'étais un bon professeur, dit-il en posant son crayon. Eh bien, sachez que vous m'avez beaucoup appris vous aussi.

Perplexe, Grace remit un ouvrage de chez Stephens Booksellers en place.

— Regardez un peu ce qu'a engendré votre compassion, poursuivit Mr Evans en désignant les étagères bien garnies. Vous vous donnez corps et âme pour aider les autres. Et pas seulement à l'ARP. Ici aussi, avec nos confrères, vos auditeurs. Dehors, vous sauvez des vies et, ici, vous sauvez des âmes.

Flattée par ces compliments, Grace se sentit rougir.

— Vous exagérez... murmura-t-elle, envahie d'une onde de chaleur.

À en juger par la tendresse qu'exprimait le sourire de Mr Evans, il était conscient de l'effet de ses paroles.

Mrs Nesbitt entra, affichant son air hautain habituel. Cette fois, pourtant, elle avait changé. Son trench ceinturé à la taille et son petit chapeau élégant avaient fait place à un uniforme vert du WVS.

— Allons, miss Bennett ! Ne me regardez pas ainsi ! Vous n'avez jamais vu une femme en uniforme du WVS ?

Sur ces mots, elle s'éloigna en direction de son étagère. Grace se garda de tout commentaire. Elle était impressionnée par l'influence de Mrs Weatherford sur sa voisine.

— Je viens de terminer les comptes, annonça Mr Evans en soulevant son registre pour montrer ses colonnes de chiffres à Mrs Nesbitt, comme à chacune de ses visites.

— Ce n'est pas la peine, merci, dit-elle d'un ton désinvolte.

Elle prit un livre pour enfants à couverture jaune vif.

— Je venais chercher quelques articles à emporter à l'orphelinat. Leur stock de livres est bien maigre.

Elle sélectionna cinq autres titres qu'elle énuméra.

— Vous pouvez les déduire de mon chiffre, monsieur Evans. Je compte les offrir aux enfants.

— C'est noté, répondit Mr Evans en adressant un regard étonné à Grace.

— Merci, monsieur Evans, conclut sèchement Mrs Nesbitt.
— Ce n'est pas moi qu'il faut remercier.
Elle se posta devant Grace et la dévisagea d'un air pensif, puis son visage s'adoucit.
— Merci pour tout, miss Bennett.
Sur ces mots, elle reprit son air hautain et quitta la librairie.

*

Le mois suivant passa très vite. Les lectures remportaient de plus en plus de succès, à l'image de la librairie. Si Foyles attirait toujours les célébrités avec son thé insipide, Primrose Hill Books était réputé pour les lectures de Grace et les débats littéraires qui suivaient.
Mrs Weatherford venait chaque jour, en uniforme du WVS, pour repérer les orphelins dans le besoin et les prendre sous son aile. Elle ressemblait enfin à la jeune femme qu'elle avait été, malgré les cheveux blancs qui striaient désormais son chignon. Au mois de mars, un nouveau produit fut ajouté au carnet de rationnement, la confiture, ce qui contraria la logeuse au plus haut point.
— Ce sera quoi, la prochaine fois ? Le fromage ? tonna-t-elle.
Les bombardements se poursuivirent à un rythme si intense que Londres avait perdu sa splendeur d'antan. Malgré la fatigue et la guerre, Grace menait les habitants de son secteur vers l'abri, soir après soir. Les camions slalomaient

parmi les cratères, les ménagères faisaient la queue pour acheter quelques denrées et les habitants balayaient les gravats devant leur porte, au matin, en récupérant leur bouteille de lait.

La vie continuait.

Le temps était mauvais, avec du brouillard et des chutes de neige intermittentes. Ces intempéries qui gênaient les bombardiers étaient des moments de répit.

Les Allemands se limitaient à survoler la ville pour larguer quelques bombes au hasard avant de repartir. Les dégâts étaient moindres et le bilan moins meurtrier.

Grace écrivait toujours à George et à Viv, malgré les difficultés d'acheminement du courrier. Parfois, un employé des postes se tenait dans la rue avec une pancarte « bureau de poste » et un comptoir de fortune éclairé par une bougie enfoncée dans une bouteille. D'autres se promenaient avec une pancarte autour du cou indiquant qu'ils prenaient les télégrammes. Les gens s'appuyaient sur le dos des jeunes gens pour écrire leurs messages.

Si le travail de l'ARP n'était pas moins épuisant, il était moins traumatisant. À force d'expérience, les gardes dominaient leur peur. Grace et Mr Stokes prenaient leur temps. Ils ne se hâtaient qu'en distinguant clairement le ronronnement des moteurs et les coups de canon antiaériens.

En avril, les plantations reprirent. Cette fois, Mrs Weatherford organisa mieux son potager. Elle et Tabby étaient inséparables. Le chat ne la quittait pas d'une semelle.

— Ne t'inquiète pas, Grace, dit-elle. Je n'ai pas planté de salades.

Les jours suivants, le temps s'adoucit malgré la pluie. La librairie attirait toujours plus de clients. C'est à cette période que Mr Evans commença à avoir mauvaise mine. Il s'essoufflait au moindre effort. Lorsqu'elle lui demandait s'il allait bien, il la rassurait.

Un jour, elle le trouva dans l'arrière-boutique, une main crispée sur sa poitrine, le visage empourpré. Naturellement, il refusa d'aller chez le médecin.

Au terme de la première semaine d'avril, par une matinée fraîche, Grace vit son patron affalé sur le comptoir.

— Monsieur Evans ?

Sans lever la tête, il émit un grognement.

Grace se précipita dans la rue pour appeler à l'aide, puis elle lâcha son sac et ôta sa veste. D'instinct, elle se rappela sa formation de garde ARP, même s'il s'agissait cette fois de secourir Mr Evans.

Elle l'allongea par terre.

— Restez calme et respirez.

Elle lui parlait du ton apaisant dont elle usait avec les victimes des bombardements. Mais cette fois, une fêlure dans sa voix la trahit.

Mr Evans peinait à respirer et grimaçait de douleur. Le voir dans cet état de vulnérabilité fit monter en elle une émotion qui menaçait de la submerger.

Il avait le front moite et le teint pâle, les lèvres bleuies. Il se passait quelque chose de grave et elle n'était formée que pour les traumatismes visibles.

Elle se sentit impuissante et désespérée. Soudain, il prit ses mains dans les siennes, qui étaient froides et moites.

— Alice…

— Ne vous inquiétez pas, murmura-t-elle.

Soudain, il se crispa et écarquilla les yeux comme s'il était surpris.

— Quelqu'un va venir vous aider, fit Grace d'une voix brisée. Bientôt.

Elle savait que c'était faux, mais que faire d'autre pour le soulager ?

Il existait chez chacun une lumière, que seule la mort pouvait obscurcir, à la toute fin, comme une lampe dont la pile s'épuisait. Grace l'avait déjà vue dans le regard chez une dame dont la maison avait été bombardée et qui s'accrochait à la vie. À leur tour, les yeux de Mr Evans, si pétillants d'intelligence, de bonté et d'humour, s'éteignirent.

— Non ! s'écria Grace, le cœur serré, en cherchant un pouls à son poignet. Non !

Doucement, elle le tourna sur le ventre et lui replia les bras pour poser son front sur le dos de ses mains. Si elle ne pouvait réparer les dégâts internes, elle avait appris à réanimer une personne en détresse respiratoire. Elle plaça les paumes entre ses omoplates et appuya de toutes ses forces. Ensuite, elle tira ses bras en arrière par les coudes en inhalant. Encore et encore, elle essaya de le faire respirer.

Soudain, le carillon tinta.

— Quelqu'un a appelé à l'aide ? lança un homme.

— Par ici !

Il portait un costume et une sacoche en cuir noir. Ses cheveux poivre et sel étaient ébouriffés et il avait les yeux cernés.

Avec l'efficacité d'une garde ARP relayant ses informations au personnel médical, Grace lui expliqua ce qui s'était passé. Sauf que cette fois, elle connaissait personnellement la victime et elle l'aimait, comme le père qu'elle n'avait jamais eu. Sauf que cette fois, la victime était déjà morte.

Le médecin posa une main bienveillante sur son épaule.

— Vous avez fait le maximum. Je suis désolé.

Désolé.

Un mot dérisoire au vu de l'énormité de la situation. Une vie venait de s'éteindre, une vie si essentielle dans l'univers de Grace. Mr Evans était un mentor, un ami, une figure paternelle.

Et il était parti. Pour toujours.

Après l'évacuation de la dépouille de Mr Evans, la librairie se retrouva plongée dans un silence irréel. Pour la première fois depuis le début de la guerre, Grace ferma Primrose Hill Books avant l'heure et rentra chez elle, se laissant guider par ses pieds, sans réfléchir.

Lorsqu'elle franchit le seuil de la maison, Mrs Weatherford l'accueillit.

— Seigneur, où est passé ton manteau ? Que se passe-t-il, Grace ? C'est Viv ? Mon Dieu, dis-moi que ce n'est pas Viv !

Grace secoua négativement la tête.

— C'est Mr Evans.

Le visage de la logeuse se décomposa. Les deux amies s'étreignirent pour affronter ce nouveau deuil.

Et pourtant, Grace ouvrit la librairie dès le lendemain, puis les jours suivants. Chaque fois qu'un client demandait des nouvelles de Mr Evans, puis exprimait son affection pour le défunt, la jeune femme sentait le chagrin ressurgir.

Elle avait l'esprit embrumé. Le matin, elle s'attendait à trouver Mr Evans derrière son comptoir, à faire ses calculs. Elle ne rencontrait qu'un grand vide. Elle avait beau refuser la triste vérité, Mr Evans était parti.

Grace n'accepta sa mort qu'au moment des funérailles, lorsque son cercueil fut mis en terre. Il pleuvait, comme si le monde entier pleurait la perte terrible d'un homme tel que Percival Evans.

Grace poursuivit les lectures de l'après-midi. Le souvenir de Mr Evans et son sourire plein de fierté l'encourageaient. Chaque soir, elle plaçait la recette de la journée dans le coffre-fort de l'arrière-boutique, sans trop savoir ce que deviendrait cet argent. Et que deviendrait la librairie ? Peut-être existait-il un cousin éloigné dont il n'avait jamais parlé.

Une semaine plus tard, elle obtint une réponse. Après sa lecture, par un après-midi morne, un vieil homme l'aborda.

Ce n'était pas rare. De nombreux auditeurs aimaient lui parler du livre qu'elle venait de lire. En général, elle appréciait ces échanges, mais pas cette fois. Elle avait le cœur gros.

— Miss Grace Bennett ?

— Oui. Que puis-je faire pour vous ?

— Je suis maître Henry Spencer, notaire. Je viens de l'étude Spencer & Clark. J'aimerais m'entretenir avec vous.

Grace se tourna vers Mrs Weatherford, qui l'avait certainement entendu. La logeuse lui fit signe de le suivre. Grace invita donc le notaire dans l'arrière-boutique et s'excusa pour le manque d'espace. Depuis qu'ils avaient changé de grossiste, de nombreux titres étaient stockés sur place.

— Il est rare que je me déplace chez mes clients, déclara maître Spencer. Toutefois, Mr Evans était un ami et je tenais à vous parler en privé.

La gorge de Grace se noua.

— Vous n'ignorez pas que Mr Evans n'avait aucune famille, dit le notaire en sortant de sa poche un trousseau de clés. Il vous lègue son patrimoine, la librairie, l'appartement du premier étage. Tous ses biens vous appartiennent.

— Moi ? demanda-t-elle, abasourdie.

— Absolument, miss Bennett. J'ai cru comprendre que vous avez fait de cette librairie un succès. Il savait que nulle autre que vous ne saurait s'en occuper.

Il lui fit signer des documents avant de lui remettre les clés.

— À quoi correspondent ces deux autres clés ?

— Celle-ci est celle de l'appartement. Quant à l'autre, je ne sais pas.

Grace comprit aussitôt que c'était la clé du coffre personnel de Mr Evans.

Elle se rappela le jour où il lui avait montré ces précieux ouvrages sauvés des flammes nazies. Ce jour semblait si loin. Avec ses paroles de sagesse, il avait partagé une partie de lui-même avec elle et avec le monde entier.

La librairie lui appartenait et elle était plus déterminée que jamais à la faire prospérer, en mémoire de Mr Evans.

CHAPITRE 20

Grace referma son exemplaire de l'*Odyssée*, un ouvrage qu'elle avait vu Mr Evans feuilleter si souvent et dont elle faisait la lecture.

Le mois qui venait de s'écouler aurait été bien plus douloureux sans la librairie. Elle s'était jetée à corps perdu dans son travail.

— Vous tenez bon, mon petit ? s'enquit Mrs Smithwick en posant une main sur son bras.

Cette cliente entre deux âges portait toujours un collier de perles. Grace hocha la tête, comme chaque fois qu'on lui demandait de ses nouvelles.

— Lire les livres qu'il aimait m'aide énormément, répondit-elle.

— Je n'aurais jamais cru qu'un texte aussi ancien soit aussi intéressant, reprit Mrs Smithwick.

— Moi non plus, avoua Grace avec un sourire complice. Mr Evans les appréciait particulièrement. Je suis ravie de cette découverte.

— Continuez, conclut Mrs Smithwick. Nous viendrons vous écouter.

Grace la remercia et posa le livre derrière le comptoir. Il provenait de la bibliothèque de l'appartement situé au-dessus de la librairie. Malgré ses pages usées à force d'avoir été tournées et sa couverture cornée, c'était un véritable trésor.

Entre ses gardes à l'ARP et son travail à la librairie, la jeune femme n'avait guère eu le temps de vider l'appartement de Mr Evans. Si les bombardements étaient moins fréquents, il fallait poursuivre les efforts du quotidien. Grace était trop fatiguée pour s'occuper des affaires du défunt libraire et préparer le modeste logement afin de s'y installer. En vérité, elle préférait rester encore un peu chez Mrs Weatherford, car elle ne se sentait pas la force de vivre seule.

Il y avait eu trop de morts.

Sa mère, Colin, Mr Evans, Mr Pritchard et toutes les victimes des bombardements qu'elle avait vues au fil de ces mois éprouvants.

Tant de chagrin en si peu de temps. Plus le chagrin enflait en elle, plus Grace travaillait.

Mrs Weatherford s'inquiétait de sa mauvaise mine et s'efforçait de la faire manger. Hélas, Grace n'avait le goût à rien, ni à sa fameuse tourte aux légumes, ni aux rares morceaux de volaille que lui dénichait sa logeuse en ces temps de ténèbres, de rationnement, de hurlements de sirènes. Cette guerre semblait interminable.

Depuis la mort de Mr Evans, Grace tardait à répondre aux lettres de Viv et de George de peur de leur faire porter le fardeau de son chagrin.

Pour combler le vide en elle, elle réorganisa la vitrine en se concentrant sur l'esthétique.

Soudain, un visage familier apparut à son côté.

Mrs Nesbitt observa les livres disposés harmonieusement parmi des fleurs en papier confectionnées par la jeune femme pour symboliser l'arrivée du printemps après un hiver rude.

— Encore un changement de vitrine ? N'est-ce pas le deuxième de la semaine ?

— Elle attirera peut-être de nouveaux clients. Nous avons tous à y gagner.

Mrs Nesbitt grommela un commentaire indistinct, puis ajouta :

— Si vous tombez de fatigue, nous serons tous perdants.

Grace émit un rire sans joie.

— Je ne plaisante pas, reprit la voisine d'un ton sec. Je vous parle sincèrement, miss Bennett. Rien ne fera revenir Mr Evans, pas même un travail acharné.

Cette réflexion piqua Grace au vif. Ses yeux s'embuèrent de larmes.

— Laissez-moi, je vous prie.

— Par le passé, vous m'avez assené quelques vérités bien senties. J'en fais autant pour vous, insista Mrs Nesbitt avec un peu plus de douceur. Croyez-le ou non, vous me faites de la peine.

La compassion soudaine de cette femme irascible ne fit qu'intensifier la tristesse de Grace.

— Et si je vous aidais en travaillant ici une journée ou deux par semaine jusqu'à ce que vous trouviez un employé ?

Elle soupira comme si cette éventualité était un grand sacrifice.

— Vous ne pouvez pas continuer ainsi...

Mrs Weatherford lui avait dit la même chose. Grace devinait les motivations de sa voisine.

— C'est Mrs Weatherford qui vous a soufflé cette idée, n'est-ce pas ?

— Je ne suis pas aveugle, ma chère, grommela Mrs Nesbitt. Et vous êtes à deux doigts de l'épuisement.

Grace se détourna, refusant de reconnaître la justesse de ce constat. Mrs Nesbitt finit par tourner les talons sans un mot de plus.

Ce soir-là, Grace était contrariée par l'intervention de sa logeuse. Comment osait-elle charger Mrs Nesbitt de lui reprocher de trop travailler ? Prête à en découdre avec son amie, elle ouvrit la porte d'entrée.

— Grace ! appela la logeuse d'un ton morne. C'est toi ?

La jeune femme entendit des pas dans la cuisine, puis un changement d'intonation trahissant la présence de Tabby sur ses talons.

— Grace… gémit Mrs Weatherford. Ils ont ajouté le fromage sur la liste des denrées rationnées ! Le fromage !

Elle leva les yeux au ciel.

— C'est vous qui m'avez envoyé Mrs Nesbitt afin qu'elle me fasse un sermon ? demanda-t-elle en s'efforçant de ne pas être agressive.

— Jamais je ne chargerais cette femme de s'occuper de mes affaires.

— Ce n'est donc pas à cause de vous si elle me reproche de trop travailler ? insista Grace, sceptique.

La logeuse éclata de rire.

— Comme si tu allais l'écouter ! Je vais continuer à te le dire et tu m'ignoreras jusqu'au jour où tu comprendras mes mises en garde.

Elle prit Tabby dans ses bras. Aussitôt, le chat lui donna des coups de tête affectueux.

— Je t'assure que je suis parfaitement capable de te harceler sans l'aide de personne... bref, je voulais te parler d'autre chose.

Grace se prépara au pire. Ces derniers jours, les mauvaises nouvelles s'enchaînaient.

— J'ai décidé de lancer une procédure d'adoption pour Jimmy et Sarah.

Elle posa Tabby par terre dans un nuage de poils de chat.

— S'ils s'installaient ici, qu'en penserais-tu ?

Au fil des semaines, les enfants avaient fait de gros progrès. Non seulement ils assistaient tous les deux aux séances de lecture, mais ils venaient souvent à Britton Street pour dîner ou jardiner. Ils mettaient de la vie dans une maison restée trop longtemps silencieuse. À l'idée de les voir en permanence, Grace esquissa un sourire.

— Je m'en doutais, fit Mrs Weatherford, ravie. Demain, je leur parlerai pour voir si cette idée leur plaît.

Grace acquiesça et monta se reposer dans sa chambre. Elle aimait cet état d'épuisement qui empêchait les souvenirs douloureux de ressurgir à son esprit et lui permettait de dormir, la nuit venue.

En ouvrant son armoire pour suspendre son manteau, elle vit son uniforme de l'ARP. Ils avaient récemment reçu une tenue en serge bleue. Les femmes portaient une jupe. Ce soir-là, elle n'était pas de service.

Elle s'efforça de rester éveillée pour dîner avec sa logeuse, qui se servait des arguments du rationnement pour l'encourager à manger. Tout repas comportant bacon, beurre, miettes de fromage, ou un morceau correct de viande était bien trop précieux pour qu'on le gâche.

Puis elles se préparèrent à passer la nuit sur le quai du métro. Les alertes étaient moins fréquentes, mais la prudence restait de mise.

Sachant que si elles attendaient la sirène pour descendre dans la station, elles ne trouveraient pas de place, les deux femmes sortirent de bonne heure avec leur baluchon pour faire la queue. Le ciel plombé commençait à se dégager. Grace en eut la chair de poule.

Cette nuit-là, la lune serait propice aux bombardiers. Il ne fallait pas que les nuages s'éloignent, d'autant que la Tamise était au plus bas.

Elle fut envahie d'une sourde appréhension. Dans la station, elles enjambèrent les riverains déjà installés sur le sol pour s'allonger à leur tour côte à côte. Malgré sa fatigue, Grace ne trouvait pas le sommeil.

En général, elle parvenait à dormir malgré les bavardages et les ronflements. Ce soir-là, des images douloureuses venaient sans cesse la hanter.

Peu après vingt-trois heures, la sirène se mit à hurler. Le bruit strident des bombes, les tirs de canons, les explosions dévastatrices… Du plâtre tombait du plafond. Les lampes se mirent à clignoter et s'éteignirent parfois pendant un certain temps.

S'ils étaient habitués à ce vacarme, il était bien plus intense que de coutume.

L'appréhension de Grace monta d'un cran.

Mrs Weatherford serra son grand sac vert contre elle, une main glissée à l'intérieur pour caresser Tabby. Les animaux n'étaient pas autorisés dans les abris, mais la logeuse refusait d'abandonner son chat. Heureusement, il était sage et ne se faisait pas remarquer.

Les bombardements se poursuivirent jusqu'à l'aube. Le pressentiment de Grace persista, de plus en plus lancinant.

Quelque chose n'allait pas, elle le sentait au plus profond d'elle-même.

Le calme avant la tempête.

Dès que la sirène de fin d'alerte retentit, les riverains firent la queue pour sortir de la station Farringdon. Grace ne tenait pas en place. Les gens semblaient ralentir une fois dehors. Elle comprit vite pourquoi. Le ciel était embrasé, parsemé de nuages de fumée noire. Le quartier était dévasté. Des bâtiments entiers avaient été rasés. Parfois, seul un pan de mur restait debout.

Le sang de Grace ne fit qu'un tour.

— C'est affreux, souffla Mrs Weatherford.

La jeune femme se précipita en direction de leur maison. À bout de souffle, redoutant le pire, elle tourna au coin de la rue.

— Attends-moi ! Je ne peux pas courir avec Tabby ! haleta la logeuse, derrière elle.

Grace ne l'écoutait plus. Leur foyer était intact, tel qu'il avait toujours été, à part les plants de tomates à la place des pétunias blancs et pourpres, dans les jardinières.

Soudain, l'angoisse l'assaillit à nouveau.

La librairie !

— Continuez sans moi, dit-elle à sa logeuse.

Sans lui laisser le temps de demander des explications, Grace fila en direction de Hosier Lane, serrant sa couverture contre elle. L'air âcre lui brûlait la gorge et lui piquait les yeux, mais elle ne ralentit pas.

Il fallait qu'elle vérifie que la librairie avait survécu à l'assaut. Mr Evans la lui avait confiée.

La rue était jalonnée de débris carbonisés et fumants. Le bâtiment situé à droite de la librairie n'était plus qu'un amas de briques fumantes. Primrose Hill Books tenait encore debout, en piteux état.

Toutes les vitres avaient éclaté et des pages déchirées voletaient dans la brise parmi les débris jonchant le trottoir. La porte avait disparu et l'intérieur était ravagé. Une partie du toit s'était détachée et le stuc s'était enflammé sans consumer la structure entière.

Le cœur de Grace se serra. Pétrifiée, le souffle court, elle garda les yeux rivés sur la bâtisse. Une bourrasque souleva un nuage de cendres.

La boutique était inutilisable.

On lui avait arraché sa raison de tenir encore.

Elle fit quelques pas, foulant les bris de verre. Son baluchon lui tomba des mains.

De près, Primrose Books Hill n'avait pas plus fière allure. Grace s'arrêta devant ce lieu qui était toute son âme, l'œuvre d'une vie pour Mr Evans, une communauté construite autour de la lecture.

Le souffle court, Grace sentit une douleur enfler en elle. Une petite fleur en papier roula sur le sol. Elle se pencha pour la ramasser. Ses pétales roses étaient immaculés.

Il fallait qu'elle entre, qu'elle examine les lieux, qu'elle s'assure au moins que ses livres précieux avaient été protégés par le coffre-fort.

Elle franchit le seuil et foula les débris en évitant avec soin les livres tombés à terre. Peut-être pourrait-elle en sauver quelques-uns.

Comment allait-elle distinguer les marchandises des différentes librairies ? Ah oui… elle avait inscrit leur nom en première page à l'encre bleue… son sens de l'organisation se révélait payant.

Les autres libraires étant sinistrés, ils n'auraient nulle part où aller, désormais. Cette incapacité à aider ses confrères lui fit monter les larmes aux yeux, car ils comptaient sur elle.

L'arrière-boutique n'avait plus de porte et la petite table n'était plus qu'un amas de métal fondu, dans un coin. Heureusement, le coffre-fort était encore niché dans le mur. De ses mains tremblantes, elle l'ouvrit en retenant son souffle.

Les ouvrages précieux conservés avec soin constituaient le véritable héritage de Mr Evans.

Dès que la porte s'ouvrit en grinçant, la jeune femme poussa un long soupir. Les livres sauvés des flammes de la haine nazie avaient survécu à un nouvel assaut, bien protégés par les épaisses parois métalliques.

Elle songea à les rapporter à Britton Street, mais se ravisa, car le coffre était solide. Au moment où elle allait refermer la porte, un morceau de papier capta son regard.

Une enveloppe.

Un coin dépassait, entre deux livres dont elle ne pouvait lire le titre en allemand. Grace la prit et lut son propre nom, écrit de la main de Mr Evans.

Elle retint son souffle.

Glissant un doigt sous le rabat, elle en sortit une lettre.

Madame ou monsieur,

Je tiens à vous recommander miss Grace Bennett, que j'ai employée dans ma librairie, Primrose Hill Books, pendant six mois. Durant cette période, elle a transformé ma boutique encombrée en un commerce élégant dont la fréquentation et les ventes ont augmenté de façon spectaculaire.

Miss Bennett est une jeune femme courtoise, pleine de compassion et d'une intelligence vive, voire brillante.

Ne pas l'embaucher serait une folie, comme l'est pour moi le fait de la laisser partir.

Ma librairie n'a jamais été aussi bien gérée.

Meilleures salutations,

Percival Evans

Grace entendait sa voix dans sa tête, sa voix de plus en plus véhémente vers la fin de la lettre.

Ma librairie n'a jamais été aussi bien gérée.

Le spectacle de désolation qui l'entourait démontrait le contraire. Grace rangea la lettre dans l'enveloppe qu'elle remit dans le coffre.

Elle laissait tomber non seulement les libraires qui comptaient sur elle pour vendre leurs livres, mais aussi les clients qui avaient besoin de se distraire, sans parler d'elle-même, et de Mr Evans.

Elle avait tout perdu.

CHAPITRE 21

Elle n'avait plus qu'à parcourir les décombres pour sauver ce qui pouvait l'être. Grace quitta l'arrière-boutique en prenant soin de ne pas trébucher sur les débris déjà couverts d'une fine couche de poussière et de cendres.

La silhouette élancée d'un homme se profilait à l'entrée du magasin. Grace recula et se tapit dans l'ombre, regrettant de ne pas avoir son sifflet de garde ARP.

Des pillards sévissaient sans vergogne, surtout après les nuits de bombardements intensifs. De retour chez elles, certaines familles se rendaient compte que le peu qu'il leur restait avait été volé. Si la plupart de ces malfrats filaient dès qu'ils étaient repérés, certains étaient plus téméraires.

— Qu'est-ce que vous faites là ? lança Grace en espérant le faire fuir.

L'homme ne broncha pas.

Crispant les doigts autour de la torche qu'elle avait retrouvée, elle se dit qu'elle pouvait s'en servir pour frapper l'inconnu s'il s'approchait.

— Miss Bennett ? répondit Mr Stokes. C'est vous ?

Grace poussa un long soupir et s'avança.

La veille, elle avait coupé l'électricité avant de partir, comme d'habitude. Elle s'en réjouissait, car sans ça, le magasin aurait pris feu. Avant de rallumer, elle devait évaluer l'état des lampes.

Mr Stokes entra, vêtu d'un pantalon et d'un veston, et se fraya un chemin jusqu'à la jeune femme.

— J'ai appris que la librairie avait été touchée, expliqua-t-il en scrutant les alentours. Je suis désolé.

— Pas de dégâts de votre côté ?

Il secoua négativement la tête.

— Tout le monde ne peut pas en dire autant. Ce fut l'une de nos pires nuits. Il paraît qu'il y a eu mille morts, paix à leur âme, et deux fois plus de blessés. Les incendies ne sont toujours pas tous maîtrisés. C'est une bonne chose que la librairie tienne encore debout. On peut encore en sauver une partie.

Hélas, Grace n'avait pas autant d'espoir.

— Merci d'être venu, monsieur Stokes.

Il était devenu un ami au cours des derniers mois. Ensemble, ils avaient subi les bombardements, vu la mort, sauvé des vies…

Grace se pencha pour ramasser un livre à ses pieds, dont les pages étaient repliées. Elle en récupéra trois autres et en ôta les bris de verre.

— Vous n'avez pas l'intention de réparer les dégâts seule, j'espère ? lui demanda Mr Stokes.

Grace balaya du regard le désordre qui l'entourait, les étagères brisées, les pancartes de travers...

Lorsqu'elle se tourna vers Mr Stokes, il se mit au garde-à-vous :

— Stokes, équipe de secours, bon pour le service, dit-il. Ces choses-là ne se font pas sans aide.

— Comment refuser une telle proposition ?

— Impossible, répondit Stokes avec un sourire.

Ensemble, ils passèrent la matinée et le début de l'après-midi à trier les décombres. La plupart des livres étaient moins abîmés qu'elle ne s'y attendait. Malgré le toit endommagé, l'appartement était intact et protégeait la librairie, du moins dans l'immédiat.

Elle avait bien fait de tarder à vider le logement et de rester chez Mrs Weatherford.

Ils balayèrent le sol et sortirent les étagères brisées. Mr Stokes l'invita à déguster un *fish & chips* avec une tasse de thé.

La nuit précédente, la jeune femme avait dormi par intermittence, mais elle ne manquait pas d'énergie. Son corsage était maculé de suie, ainsi que ses mains.

Quand le sol fut dégagé, Grace observa la pile de livres un peu branlante. Certains étaient un peu brûlés. Elle avait du pain sur la planche.

Il faudrait repartir de zéro, sans Mr Evans. En proie à une vive émotion, elle ne savait pas si elle avait envie de rire ou de pleurer. Les deux, peut-être.

— On a sauvé pas mal de choses, commenta Mr Stokes.

— Que s'est-il passé ?

Grace se tourna vers la voix familière de Mrs Kittering. Elle consulta sa montre. Il était presque l'heure de la lecture publique. Mrs Kittering ne serait pas la seule à se présenter.

Cette dernière se précipita vers Grace, les yeux écarquillés d'effroi.

— Quel malheur ! Après tout le travail accompli dans cette librairie !

Sa compassion alla droit au cœur de la jeune femme.

— Je m'en sortirai, affirma-t-elle avec tout le courage dont elle était capable.

Plusieurs autres personnes entrèrent à leur tour, abasourdies.

Mr Stokes posa une main sur l'épaule de Grace.

— Merci de m'avoir aidée, lui dit-elle avec un sourire plein de gratitude.

— Je peux rester encore un peu, si vous voulez.

Elle n'osait abuser de sa générosité, car il avait les yeux cernés de fatigue. Toutefois, il hésitait à partir.

— Rentrez chez vous, monsieur Stokes ! lança Mrs Weatherford. Je prends le relais.

N'osant pas la contrarier, il tourna les talons.

— Ma pauvre petite ! fit la logeuse en prenant la jeune femme par le bras.

Ce soutien vint à bout de la résistance de Grace, qui aurait aimé se laisser aller dans ses bras maternels.

Elle se contenta d'un sourire.

Mrs Weatherford savait ne pas insister. Elle baissa la tête, puis rejoignit Jimmy et Sarah sur leur marche d'escalier.

Grace fouilla dans son sac et en sortit le livre qu'elle était en train de lire, *Jane Eyre*.

— Miss Bennett, ne vous sentez pas obligée de lire, surtout aujourd'hui, dit Mrs Kittering.

Grace n'en fut que plus déterminée. Elle se redressa fièrement comme sa mère le lui avait appris.

— Je crois que nous en avons plus que jamais besoin.

Elle en avait besoin, elle, pour se rappeler ce qu'elle avait à reconstruire.

Un jour.

Elle se percha sur la deuxième marche, qui n'avait pas été balayée. Mrs Smithwick lui tendit un mouchoir qu'elle accepta avec un sourire.

Elle était assez proche de la fenêtre pour voir clair. Un peu hésitante, elle observa les visages de l'assemblée. Puis elle comprit qu'elle devait dire quelque chose.

Mais quoi ? Qu'elle ignorait combien de temps il faudrait pour réparer les dégâts ? D'autant plus qu'une autre bombe risquait d'anéantir ce qui restait. La pluie risquait aussi de s'infiltrer par le toit et d'inonder le reste de la bâtisse.

Comme en réponse à ses pensées, un coup de tonnerre retentit au loin. Un orage.

Le désespoir ressurgit et menaça de l'engloutir.

— Merci à tous d'être venus, déclara-t-elle d'une voix mal assurée.

Sur ses genoux, *Jane Eyre* était le symbole de ce qui les réunissait, de ce qui les rassemblait face au danger et à la guerre. Jane faisait preuve de courage contre l'adversité. Grace voulait s'inspirer de ce personnage.

— Primrose Hill Books a été touché par les bombardements de cette nuit, de même que de nombreux autres édifices. Je ne suis pas en mesure de vous dire quand tout rentrera dans l'ordre. Je ne sais pas…

Sa voix se brisa.

— … je ne sais pas s'il sera possible de continuer.

Elle observa ces visages qu'elle avait appris à connaître, les professeurs qui aimaient se réunir pour leurs débats philosophiques, les femmes telles que Mrs Kittering, qui s'évadaient de leur foyer vide pour se réfugier dans les livres, les sauveteurs qui avaient parfois besoin d'un peu plus que de l'alcool pour oublier ce qu'ils avaient vu. Et même Jimmy et Sarah, blottis l'un contre l'autre sous le regard attentif de Mrs Weatherford.

Celle-ci encouragea Grace d'un signe de tête, comme le faisait naguère Mr Evans.

— J'apprécie ce que vous avez fait pour cette librairie, poursuivit la jeune femme. Ce sont les livres qui nous ont réunis, l'amour des histoires, des aventures, l'évasion qu'ils procurent en ces temps difficiles, le rappel qu'il faut garder espoir.

Un nouveau coup de tonnerre gronda au loin, plus fort, cette fois. Plusieurs personnes regardèrent vers le plafond sans masquer leur angoisse. Il manquait une partie du toit et le premier étage ne les protégerait pas très longtemps.

— Même si nous n'avons plus Primrose Hill Books... poursuivit Grace en serrant *Jane Eyre* contre son cœur, nous aurons toujours les livres, donc du courage et de l'optimisme.

Les visages étaient graves. Une femme s'essuya furtivement les yeux.

Sans doute pensaient-ils que la librairie allait fermer.

Et ils avaient probablement raison.

Au troisième coup de tonnerre, Jack et les deux hommes qui l'accompagnaient quittèrent les lieux.

— Je continuerai mes lectures jusqu'à la fin de *Jane Eyre*, précisa Grace en montrant le marque-page qu'elle avait glissé dans le livre, à plus de la moitié du roman. Ensuite...

— S'il vous plaît, continuez les lectures ! implora quelqu'un.

— Vous êtes la dernière librairie de Londres ! s'écria Jimmy.

Mrs Weatherford posa une main sur son épaule, au bord des larmes.

— Pas la dernière, non ! répondit Grace.

Foyles serait toujours là, mais il avait frôlé le pire, car une bombe avait laissé un cratère devant la boutique – que les clients contournaient désormais pour entrer. On murmurait que le propriétaire avait tapissé la toiture d'exemplaires de *Mein Kampf* pour protéger ses six étages d'ouvrages soldés. La méthode semblait efficace. Chacun se débrouillait dans la tourmente.

— Il n'y aura jamais d'autre librairie comme la nôtre, dit-elle, la gorge nouée.

Elle ôta le marque-page de son livre. Si elle ne se mettait pas à lire très vite, elle risquait de perdre courage.

— Il nous reste encore quelques chapitres.

Elle se perdit donc dans l'histoire de Jane, sentant sa souffrance, admirant sa force et sa bravoure. Les deux chapitres qu'elle avait l'intention de lire se muèrent en trois chapitres. Elle savait qu'elle devait s'arrêter.

Elle n'avait aucune envie de cesser. La force de Jane face à l'absence de logis et à la faim, après qu'elle avait quitté Thornfield, dans *Jane Eyre*, permettait à Grace d'oublier ses propres épreuves.

Hélas, chacun devait reprendre ses activités et elle aussi.

Elle referma son livre à regret. Dehors, il pleuvait. L'eau ne tarderait pas à endommager davantage la bâtisse et son contenu. Primrose Hill Books était voué à disparaître, ainsi que tout ce pour quoi elle avait travaillé.

Plusieurs hommes venaient d'arriver devant le magasin, menés par Jack, qui entra, tenant sa casquette entre ses mains.

— Désolé, j'ai raté la lecture.

Les autres hommes entrèrent à leur tour, braquant des torches sur les murs et le plafond en échangeant des murmures.

Ils ne pouvaient être venus pour...

— Il fallait que je réunisse mon équipe, reprit Jack. Afin qu'on puisse réparer votre boutique.

— Pardon ?

Elle n'en croyait pas ses oreilles. Elle devait se méprendre...

— On est là pour réparer votre boutique ! répéta-t-il.

Il donna ses ordres à ses hommes.

L'un d'eux remplaça une vitre brisée par une feuille de tissu ciré clouée à l'encadrement d'une fenêtre. La pièce s'assombrit aussitôt.

— On va réparer la librairie pour que vous puissiez continuer les lectures, répéta-t-il d'un air complice. Ces gars-là ne vous ont pas encore entendue, mais ils sont intéressés.

Grace émit un petit rire qui avait tout d'un sanglot d'émotion.

— Je leur lirai tous les livres qu'ils voudront, promit-elle.

— Ils espéraient que vous diriez cela.

Il se retourna un instant et lança encore quelques ordres.

— Allez vous reposer, miss Bennett. Votre librairie est entre de bonnes mains. On a prévu un roulement pour éviter les pillages, même la nuit.

— Jack... merci, souffla-t-elle, impressionnée par tant de bonté et de solidarité. Elle était incapable de parler davantage.

Mrs Weatherford prit la jeune femme par les épaules pour la conduire à la maison. Elle lui servit un repas chaud et veilla à ce qu'elle se couche.

Après les événements éprouvants et les émotions de la journée, Grace sombra dans un sommeil profond.

À son réveil, il pleuvait derrière les rideaux noirs de sa chambre. Elle avait la bouche sèche et l'esprit embrumé. L'épuisement l'enivrait davantage que les cocktails du Grosvenor avec Viv, des mois plus tôt.

Soudain, les souvenirs ressurgirent, la librairie bombardée, l'aide de Mr Stokes, la lecture au milieu des décombres, Jack et son équipe…

Elle se redressa d'un bond et se prépara à la hâte, impatiente de voir ce que les hommes avaient accompli dans l'après-midi. Pourvu qu'ils aient au moins bâché la toiture pour éviter toute infiltration dans l'appartement de Mr Evans.

Elle trouva Mrs Weatherford au salon, Tabby sur ses genoux.

— Je me demandais quand tu te réveillerais enfin, dit-elle en riant.

Elle gratta le chat entre les oreilles. L'animal se laissa faire, les yeux fermés.

— Je suis contente qu'on ait passé une nuit entière sans alerte.

— La nuit ? s'étonna la jeune femme.

— Eh oui, mon petit. Tu dors depuis ton retour de la librairie, hier après-midi. Et c'est tant mieux ! Tu avais tellement besoin de repos.

Jack était de mon avis. Il est adorable, n'est-ce pas ? Il m'a dit de t'assurer que le magasin...

— La librairie ! s'exclama Grace en se précipitant dans l'entrée.

— Mange quelque chose avant de partir !

Grace courait déjà en direction de Hosier Lane. Elle espérait y voir une bâche sur le toit, mais en arrivant devant l'édifice, elle constata qu'il n'y en avait pas.

Des tuiles en ardoise couvraient la toiture.

Elles étaient un peu difformes, récupérées çà et là. Les fenêtres, en revanche, étaient calfeutrées de toile cirée tendue.

Ils avaient même repeint le stuc maculé de traînées noires.

C'était comme si rien ne s'était passé. Grace s'approcha de la porte. Une porte !

Elle semblait avoir été découpée dans une porte plus grande. Fraîchement repeinte en noir, elle avait fière allure, avec sa poignée en cuivre.

À son entrée, elle fut accueillie par le carillon.

Et par un spectacle enchanteur.

Des étagères de diverses couleurs et hauteurs, façonnées dans du bois de récupération, chargées de livres. Les rayonnages subsistants étaient propres et garnis, eux aussi. Les pancartes étaient en place.

Un miracle.

De nombreuses personnes qui venaient l'écouter étaient présentes aussi, affichant un sourire las.

— Je... C'est vous qui avez réalisé ces prouesses ?

— On a travaillé toute la nuit et une bonne partie de la journée, expliqua Mrs Kittering. Heureusement, il n'y a pas eu d'alerte.

— Ce n'est pas terminé, renchérit Mrs Smithwick d'un air contrit. Mais on s'en occupe.

— Vous avez effectué du bon boulot, madame Smithwick, lui dit Jack.

Elle se rengorgea et afficha un large sourire.

— C'est incroyable, souffla Grace.

Sa librairie était remise en état !

— On a dû bricoler un peu, admit Jack, mais la boutique est solide, du moment que les Allemands ne la bombardent pas de nouveau.

— Comment vous remercier ? fit Grace, le cœur battant.

— Tout le monde voulait mettre la main à la pâte, répondit Jack en désignant le groupe.

La petite Sarah s'avança, vêtue de la robe bleue à pois blancs que Mrs Weatherford avait cousue pour elle grâce à un coupon de Viv.

Sarah prit une profonde inspiration et déclama, telle une actrice :

— Chaque jour, vous nous faites la lecture. Ce ne sont pas seulement des histoires. Pour beaucoup d'entre nous, la librairie est un sanc... sanctuaire.

Elle buta sur ce dernier mot et se tourna vers son frère, qui l'encouragea d'un geste. La fillette se tortilla de fierté et croisa le regard de Grace :

— Vous n'êtes pas seulement quelqu'un qui nous lit des histoires, vous êtes une héroïne.

Grace en resta sans voix. Ivre de gratitude, elle eut l'impression de chanceler.

— Vous m'avez sauvé la vie, miss, ajouta Jack en s'approchant. Sans vos lectures, j'aurais été tué à Marble Arch. Merci.

Sans attendre de réponse de sa part, il recula et baissa la tête en signe de gratitude. Mrs Kittering intervint à son tour.

— Quand vous m'avez trouvée en larmes dans la librairie, j'étais au plus mal. Vous m'avez donné la force d'avancer et je vous en remercie.

— Je n'aurais pas pu m'occuper de Sarah aussi bien que vous et Mrs Weatherford, admit Jimmy. Nous n'avions rien et vous nous avez donné de la nourriture et des vêtements.

— Et une maison, ajouta Sarah, à ses côtés. Merci.

— J'en suis très heureuse, répondit Grace, comprenant que les enfants avaient accepté de vivre avec elle et la logeuse.

Les enfants s'éloignèrent main dans la main.

— Mon Tommy est mort à la guerre et mon Donald aussi, raconta Mrs Smithwick. Vous ne le savez sans doute pas, mais vous m'avez sauvé la vie, à moi aussi, murmura-t-elle. Vous m'avez montré que, quand la situation semble perdue face à l'ennemi, il reste l'amitié.

Les autres s'avancèrent tour à tour, dont un homme à la jambe bandée à la suite d'une explosion. Pour détourner son attention de sa douleur, elle lui avait raconté de mémoire les détails du *Comte de Monte-Cristo*. Un professeur qui cherchait à partager sa passion de la littérature avait trouvé des amis à Primrose Hill Books. Il y avait aussi un commerçant sinistré de Paternoster Row et même Mrs Nesbitt, qui s'excusa pour son comportement passé et la remercia pour ce qu'elle avait fait.

La dernière à intervenir fut Mrs Weatherford.

— Tu m'as sauvée, Grace. Quand Colin est mort, j'ai cru tout perdre et tu m'as rappelé que la vie valait la peine d'être vécue. Tu m'as montré la voie.

Elle se tourna vers Jimmy et Sarah, qui lui adressèrent un signe d'affection.

— Je connaissais ta mère mieux que quiconque et je te le dis : elle serait très fière de toi, de tes sacrifices, de ton courage et de ta force.

Elle prit la jeune femme dans ses bras.

— Et je suis fière de toi, ma chérie, murmura-t-elle.

Lorsqu'elles se séparèrent, Jack se tenait à côté de Grace, les mains dans les poches de sa salopette.

— Excusez-moi, on a besoin de votre accord pour faire quelque chose.

Grace acquiesça, submergée par les efforts de chacun, non seulement pour la librairie, mais aussi pour qu'elle se sente appréciée. Elle suivit Jack à l'extérieur où les attendaient deux hommes en tenue de travail, fatigués et maculés de peinture. Ils portaient une grande planche de bois.

— On sait que la librairie s'appelle Primrose Hill Books, dit Jack. On a trouvé que cet autre nom était plus approprié au vu des circonstances.

Il fit signe aux deux hommes qui retournèrent la planche, qui n'était autre que la nouvelle enseigne : *La librairie des rêves ensevelis*.

Grace s'esclaffa, ivre de joie et de reconnaissance. C'était un nom parfait et Mr Evans l'aurait approuvé.

— Excellente idée, commenta-t-elle. Puis-je apporter une légère modification ?

Mrs Kittering apporta un pot de peinture et un pinceau. Grace ajouta en petites lettres : OUVERTE À TOUS.

— C'est bien, Grace ! s'exclama Mrs Weatherford en tapant dans ses mains.

— Attendez ! Encore une chose...

Jimmy s'empara du pinceau pour écrire à son tour, puis il s'écarta avec un sourire espiègle. Sous le « ouverte à tous » de Grace, il avait tracé en lettres un peu grossières : sauf Hitler.

Ils éclatèrent de rire, puis les ouvriers fixèrent l'enseigne sur la devanture du magasin.

Sarah tira soudain sur la manche de la jeune femme.

— Oui, ma puce ?

— Vous voulez bien nous faire la lecture, maintenant ? implora-t-elle en levant vers elle ses grands yeux bleus.

Tous les regards se portèrent sur Grace, pleins d'espoir, à la fois fatigués et enthousiastes.

— Rien ne me rendrait plus heureuse, répondit Grace en les entraînant à l'intérieur. Mesdames et messieurs, j'ai le grand plaisir de vous accueillir dans la *Librairie des rêves ensevelis*.

Au milieu des acclamations, elle prit sa place sur la deuxième marche de l'escalier. Face à tous ces visages qui constituaient le cœur de la librairie, elle hésita un instant. Elle se tourna vers le rayon histoire, où Mr Evans se réfugiait si souvent et crut sentir sa présence bienveillante.

Elle sourit à travers ses larmes, ouvrit son livre et se mit à lire, emmenant ses spectateurs dans un univers dépourvu de bombes. Il y aurait des morts, de la peur, mais aussi la force de relever tous les défis.

Dans un monde tel que le leur, plein de courage et d'amour, avec tant de récits de puissance et de victoire, il y aurait toujours de l'espoir.

ÉPILOGUE

Juin 1945

La station Farringdon grouillait de soldats et de civils. Ceux-ci avaient revêtu leurs habits du dimanche malgré le rationnement du textile qui persistait. Grace portait une robe bleue ourlée de petites fleurs blanches un peu défraîchie.

Elle ne quittait que rarement la librairie où le travail ne manquait pas. Elle avait fini par remplacer le nom trop chargé d'émotion de *La librairie des rêves ensevelis* par Evans & Bennett, qui figurait désormais sur l'enseigne bleu-vert, au-dessus de la porte. Tout au long de la guerre, la librairie avait prospéré grâce à des clients qui, pour beaucoup, étaient devenus des amis. Ce jour-là, elle avait confié la boutique à Jimmy.

Le jeune homme était un employé compétent et très motivé, presque aussi passionné de lecture que Grace. Il n'était pas rare qu'il se faufile entre deux rayonnages pour se plonger dans un roman. Il lui rappelait tant Mr Evans que Grace était incapable de le réprimander.

Elle consulta la montre à aiguilles luminescentes qui faisait partie de son équipement de garde ARP pendant le black-out.

Trois heures moins cinq.

Cette nuit fatidique où Primrose Hill Books était tombé avant de renaître de ses cendres fut la dernière du Blitz, à Londres. Durant les quatre années qui suivirent, il y eut encore des bombardements de temps à autre, jusqu'à la fin des hostilités, le 8 mai 1945.

Une formidable liesse populaire s'empara alors de la ville. Les gens dansaient dans les rues, remontaient leurs pantalons et leurs jupes pour patauger dans les fontaines, les épiciers distribuèrent leurs dernières réserves de sucre et de bacon, les voisins se réunirent pour festoyer comme jamais. Les projecteurs antiaériens qui, naguère, traquaient les avions ennemis, tournoyaient dans le ciel en signe de victoire.

Grace et Mrs Weatherford emmenèrent Jimmy et Sarah à Whitehall pour assister au discours de Churchill sur la défaite de l'Allemagne. Le roi et la reine apparurent au balcon, resplendissants et heureux de la fierté de leur peuple. La princesse, qui portait son uniforme de l'ATS, suscita l'enthousiasme de Grace et de la foule.

La Grande-Bretagne avait résisté de façon héroïque.

À la station de métro, Grace consulta à nouveau sa montre. Il était presque trois heures de l'après-midi et le groupe patientant sur le quai s'étoffa dans une atmosphère fébrile.

Les soldats rentraient à un rythme soutenu. Les premiers à arriver furent les appelés, en majorité des femmes. La guerre étant finie, leur contribution essentielle à la victoire n'était plus indispensable. Certaines s'en émurent, surtout Viv qui s'était donnée corps et âme à son travail.

Elle avait participé à la première unité mixte à manier les canons antiaériens. Pendant quatre ans, elle avait été cantonnée dans l'East End, où elle logeait avec plusieurs camarades. Du moins, jusqu'au jour où on l'informa que son service prenait fin.

Le télégramme de Viv précisait simplement l'heure de son arrivée à Farringdon et demandait à Grace de venir la chercher.

Viv rentrait à la maison.

D'après le ton de son message, Grace devinait qu'elle n'était pas enchantée de devoir quitter l'ATS aussi brutalement. Grâce à ses permissions, les deux amies s'étaient vues régulièrement, mais c'était la première fois que Viv priait Grace de venir la chercher.

Enfin, la rame apparut et les portes s'ouvrirent pour rendre une foule de soldats à leurs proches. Avec ses cheveux roux et son sourire radieux, Viv fut facile à repérer dans cet océan d'uniformes. Certaines choses ne changeaient pas malgré six années de guerre.

Grace interpella son amie, qui se précipita dans ses bras comme si elles ne s'étaient pas vues depuis une éternité.

— Tu vas bien ?

Viv hocha la tête, les lèvres pincées, incapable de masquer sa désillusion.

Autour d'elles, les gens s'embrassaient et savouraient leurs retrouvailles.

— J'ai vraiment fait du bon boulot, là-bas, répondit-elle.

— C'est sûr, admit Grace.

— On a toutes les deux fait du bon boulot, reprit Viv en saisissant la main de son amie. L'ARP te manque ?

— C'est l'exaltation qui me manque.

Naturellement, elle préférait vivre en temps de paix. Cependant, au fil de ces années, elle avait vibré d'une énergie décuplée. Elle se réveillait tous les matins en se réjouissant d'être en vie, un effet du danger permanent dont on ne prenait conscience qu'avec le recul.

— Mr Stokes vient souvent à la librairie, dit Grace avec un sourire attendri. Et j'apprécie mes nuits de sommeil réparateur.

— Nous vivrons d'autres aventures, assura Viv, toujours optimiste.

En cet instant, elle n'avait d'yeux que pour un soldat aux larges épaules et à la poitrine bardée de médailles.

— Avec un mari séduisant, peut-être ?

— Et une boutique à gérer, ajouta Grace.

Viv se mit à rire.

— Parle-moi de ta merveilleuse librairie !

Grace songea à sa boutique pimpante et bien rangée. Les étagères étaient en bois de récupération, les lectures qu'elle avait continuées malgré la guerre, ses amis. Les libraires qu'elle avait aidés après la destruction de Paternoster Row avaient monté d'autres établissements qui consacraient chacun une étagère à *La librairie des rêves ensevelis*, en signe de gratitude.

Evans & Bennett était toute sa vie.

— C'est donc cela ? railla Viv. Une boutique suffit à te donner cet air radieux ?

— Absolument, répondit Grace au pied de l'escalator.

Les deux amies se rappelèrent une autre occasion où elles s'étaient trouvées ensemble dans cette station de métro, le jour où elles avaient quitté Drayton, avant la guerre. Jamais elles n'auraient imaginé qu'elles se retrouveraient cernées par les bombes ou en train de manier un canon antiaérien. C'était avant que Grace ne se découvre une passion pour les livres.

Elles avaient à présent peine à croire qu'elles avaient mené une vie aussi morne.

Juste après la fin de la guerre, Grace avait contacté son oncle Horace pour lui dire qu'elle était saine et sauve et l'assurer de son affection. À une époque, elle aurait eu l'impression de tendre l'autre joue. À présent, elle savait que c'était ce qu'on appelait la compassion.

Il lui avait répondu, toujours aussi bourru. Tout le monde allait bien et il l'invitait à passer les voir si l'envie lui prenait de faire un tour à la campagne. En vérité, elle n'en attendait pas autant de sa part.

Elle devait cette réconciliation fragile à Mr Evans. Et tant d'autres choses, aussi.

Sur le chemin de Britton Street, Grace et Viv bavardèrent gaiement. Viv occuperait la chambre qu'elles partageaient autrefois. Grace s'était installée dans l'appartement situé au-dessus de la librairie, qui était trop petit pour deux. À l'approche de la maison, Viv afficha un sourire radieux.

Soudain, elles se mirent à courir avec l'insouciance de la jeunesse et gravirent les marches du perron vers la porte verte ornée d'un heurtoir en cuivre. Dès son entrée, Viv fut accueillie par les exclamations de joie de Mrs Weatherford et de Sarah. Elles avaient façonné des guirlandes en papier journal et préparé un gâteau grâce aux réserves de sucre et de farine de la logeuse.

Au cours des semaines suivantes, Grace et Viv profitèrent pleinement de leur temps libre loin de l'ATS et de l'ARP. Elles allèrent au cinéma, au théâtre et dans les bars, les boîtes de jazz et les dancings.

À mesure que les enfants évacués rentraient de la campagne et que les soldats retrouvaient leurs familles, les clients habitués de Grace lui amenaient leurs proches. Elle rencontra ainsi des maris, des femmes et des enfants.

Jimmy aimait faire la lecture, lui aussi. Il prit l'initiative d'organiser chaque samedi une heure consacrée aux plus jeunes. Un jour, Mrs Kittering se présenta avec sa fille, une jolie brunette aux bonnes manières et aux grands yeux noisette. Mrs Kittering n'avait jamais été aussi souriante qu'en présence de son enfant, qu'elle couvait du regard. Elle n'attendait plus que son mari militaire.

Par un après-midi ensoleillé du mois d'août, Grace profita d'un moment de calme pour s'installer près de la vitrine avec un exemplaire d'*Ambre*, le roman de Kathleen Winsor.

Le parfum familier du papier et de l'encre l'entraîna dans une nouvelle histoire. Elle était si absorbée par sa lecture qu'elle n'entendit pas le carillon de la porte tinter.

— Je n'aurais pas cru que la lecture pouvait être aussi belle, fit une voix familière. Jusqu'à maintenant.

Grace leva vivement la tête. Son livre lui tomba des mains.

— George.

Il était plus séduisant que jamais dans son uniforme impeccable de la RAF, un chou rouge à la main.

— J'ai l'impression que les choux font toujours fureur en guise de fleurs, dit-il.

— Uniquement parce que tu n'es pas le Ritz.

Elle se jeta à son cou sans se soucier de l'imposant légume qui roula à terre.

Durant les années de guerre, ils s'étaient rapprochés, exprimant leurs sentiments profonds dans les lettres qu'ils échangeaient et lors des rares moments partagés pendant les permissions de George.

— Tu es de retour pour de bon ?

Elle se noya dans son regard, puis posa la tête sur son épaule pour humer son parfum. Elle aimait le contact de son uniforme en laine sur sa joue.

— Tu ne me demandes pas si je t'ai apporté quelque chose ? demanda-t-il d'une voix un peu rauque.

— Je possède tout ce dont je pourrais avoir envie, répondit-elle, étonnée.

— Tu es sûre ?

Il sourit et glissa une main dans sa poche.

— Tu ne veux pas un livre, par exemple ?

Il la dévisagea, plein d'espoir.

Grace se redressa et tapa dans ses mains. Ils avaient l'habitude d'échanger des livres. Ceux de George étaient souvent cornés, car ils étaient passés entre les mains de nombreux soldats, mais les récits n'en étaient pas moins captivants.

— Je ne pouvais pas revenir les mains vides…

Elle découvrit un petit livre à couverture verte, d'un format inhabituel, à peine plus grand que sa main.

— Ils sont produits en Amérique spécifiquement pour que les soldats puissent les ranger dans leur poche, expliqua-t-il avant même qu'elle ne l'interroge. C'est une excellente idée, je trouve.

— En effet.

Grace observa le livre de poche sous toutes les coutures avant d'en lire le titre.

— *Gatsby le magnifique* ?

Dans le coin gauche, un cercle noir indiquait qu'il s'agissait d'une édition destinée aux forces armées.

— Il fait fureur aux États-Unis.

— Tu ne l'as pas lu ? s'étonna la jeune femme.

— J'ai très envie que la patronne de la librairie Evans & Bennett m'en fasse la lecture.

Il posa sa grande main sur la sienne.

— Cela devrait pouvoir s'arranger, répondit-elle avec un sourire. Je ne sais pas si je t'ai remercié.

Il arqua les sourcils d'un air canaille qui le rendait irrésistible.

— De quoi veux-tu me remercier ?

— De m'avoir appris à aimer les livres.

Elle balaya la librairie d'un regard plein de tendresse.

— Cette passion était en toi, Grace. Tu es allée la puiser au plus profond de toi-même, rien de plus.

La jeune femme demeurait persuadée que George Anderson avait été, au moins en partie, à l'origine de cette passion en lui offrant son précieux exemplaire du *Comte de Monte-Cristo*. Elle devait aussi beaucoup à Mr Evans, à cette librairie et aux personnes qui venaient l'écouter en ces temps difficiles. Ses histoires étaient porteuses de rêves, d'amour et de rires. Elle la devait même à la guerre, au désespoir qui l'avait poussée à chercher une évasion, pour combattre le chagrin et la peur.

C'était tout cela, cette communauté née du pouvoir de la littérature, qui nourrissait son amour des livres, qui constituait le cœur d'Evans & Bennett ou, comme l'appelaient encore certains clients de longue date, *La librairie des rêves ensevelis*.

REMERCIEMENTS

J'ai toujours rêvé d'écrire un roman historique sur la Seconde Guerre mondiale. C'est chose faite grâce à Peter Joseph, mon éditeur, et à Grace Towery, son assistante, sans oublier Laura Bradford, mon agente. Mon rêve est devenu réalité et je tiens à les en remercier.

Merci également à Eliza Knight pour son soutien indéfectible. Ce fut une expérience merveilleuse à partager. Merci à Tracy Emro et à sa mère qui m'ont permis de garder le cap. Je remercie Mariellena Brown et ma merveilleuse maman, Janet Kazmirski, qui ont lu mon texte.

J'adresse toute ma gratitude à ma famille : John Somar, qui est toujours à mes côtés et qui s'occupe des enfants pour me permettre de tenir mon planning. Merci à mes adorables filles, mes plus grandes admiratrices, qui sont impatientes de lire enfin l'un de mes livres. Merci à mes parents qui sont si fiers de moi. Ma vie est remplie d'amour et pour ça, je remercie chacun d'entre vous.

Enfin, un grand merci à mes lecteurs qui réalisent mes rêves chaque fois qu'ils ouvrent un de mes romans.

13764

Composition
NORD COMPO

Achevé d'imprimer à Barcelone
par CPI Black Print
le 5 mars 2023

Dépôt légal mars 2023
EAN 9782290373637
OTP L21EPLN003280-431437

ÉDITIONS J'AI LU
82, rue Saint-Lazare, 75009 Paris

Diffusion France et étranger : Flammarion